沙丘幻海

松凝 著

辽宁人民出版社

图书在版编目（CIP）数据

沙丘幻海 / 松凝著 . —沈阳：辽宁人民出版社，2024.6

（青铜夔纹悬疑小说系列）

ISBN 978-7-205-11053-6

Ⅰ.①沙… Ⅱ.①松… Ⅲ.①长篇小说—中国—当代 Ⅳ.① I247.5

中国国家版本馆 CIP 数据核字（2024）第 044855 号

出版发行：辽宁人民出版社
　　　　　地址：沈阳市和平区十一纬路 25 号　邮编：110003
　　　　　电话：024-23284191（发行部）　024-23284304（办公室）
　　　　　http：//www.lnpph.com.cn
印　　刷：河北朗祥印刷有限公司
幅面尺寸：145mm×210mm
印　　张：9
字　　数：214 千字
出版时间：2024 年 6 月第 1 版
印刷时间：2024 年 6 月第 1 次印刷
责任编辑：赵维宁　段　琼
封面设计：乐　翁
版式设计：一诺设计
责任校对：吴艳杰
书　　号：ISBN 978-7-205-11053-6
定　　价：58.00 元

目　录

楔子

司马迁曾在《史记·西南夷列传》中写道：西南夷君长以什数，夜郎最大；其西靡莫之属以什数，滇最大。

有传闻，古滇国灭国之后，一方青铜古镜流传于世。传闻得到此镜者，可通晓人欲，操控人心……

第一章　龙王潭

禅达这个地方总给人一种永远都不会放晴的感觉。

三天一小雨，五天一大雨。

到了夏天更是潮湿闷热，连那块被盘出包浆的老木门板都快要生出青苔。

阳光不温不火地笼在地上，就算是躲进阴凉里，也并未觉得凉爽。

街边上卖芒果的，卖冰水的，过了晌午之后都陆陆续续地出了摊。

一个锅，一把勺子，支在自家门口的砖地上，生意肯定算不得红火，但是城里来的游客都大方，一碗冰水搅一搅，二十块钱也有人买。

早些年的游客，最多也就是到腾冲的镇上转转，感受一下古镇的风情，买点过不了几天就会发乌的银饰，也算不虚此行。

可现在的人，都变着花样地往人少的地方钻。钻来钻去，就容易钻出麻烦来。

前几年，有个当地的领队带着一帮外地的大学生去龙王潭那边搞什么绘画夏令营。晚上从龙王潭回去，队里就有个女生发了疯病，嘴里嚷嚷着没有时间了。到了半夜，女生咬死了自己的一个室友，然后从房间里冲了出去，这一跑就再也没有回来。

听说那女生的家里还是颇有背景的，费了不少工夫，愣是连个头发丝都没找见。

"一碗米凉虾。"陆厉从口袋里摸出一张皱皱巴巴的十块钱，递给正讲在兴头上的大姐。

大米制浆煮熟，用漏勺漏到凉水里。因头大尾细形状似虾，因此得名米凉虾。

凉虾盛到碗里，再以红糖点缀。陆厉端着满满的一碗凉虾，在旁边找了个小板凳，捧着喝了起来。

"然后呢？那姑娘去哪了？"有人耐不住性子，不等大姐放下漏勺便问道。

"没有下落咯，连个认尸的衣服都没找到。"

"龙王潭出事也不是一次两次了，以后那个地方还是不要去的好。"旁边的摊主撇着嘴说。

陆厉仰头喝光最后一口凉虾，起身把碗送了回去。

没等走出多远，微信收到一条于雷发来的消息："有消息了厉哥。"

＊＊＊

花花绿绿的灯箱，上面的跑马灯歪歪扭扭地凑出了"云情客栈"四个字，门口时不时地飘出一阵阵劣质香薰的味道，陆厉抬头看了一眼："就这？"

于雷手里盘着那串发红的星月菩提，一脸邀功相："你别看这外面看着是个客栈，其实内地里做的是旅行社的生意，第一大特色就是提供一对一伴游。"

于雷挤眉弄眼，好像话里有话。

"一对一伴游？"

于雷压低了声音说："就是一个老板租一个伴游，贴身服务，长则一个月，短则三两天。这客栈做的就是中介生意，不同的老板要求不同。要我说你要找的这人躲得可是真深，腾冲这片儿能打听到的我都打听了个遍。要我说，厉哥你要身材有身材，要模样有模样，何苦找个这样的……"

"你快闭嘴吧。"陆厉抬脚离开。于雷看着他冷漠的身影说："陆厉你变了，你以前不会这么对我的。果然是有了女人忘了兄弟，早知道我就不该……"

陆厉回头横了一眼，于雷这才闭上那张喋喋不休的嘴。

这边的客栈里，前台候姐早就补好了妆，只等着换班时间一到去赴约。

黎漾换好工装从后面走出来，笑着和候姐打招呼："还没走啊，候姐。"

同样的衣服，穿在二十多岁的小姑娘身上，是和自己不太一样，候姐悻悻地想。

"走了，这就走了。最近客人反常地多，你晚上值班留点神。"候姐说罢，扭着腰晃出了门。

黎漾脸上始终赔着笑意，却在候姐迈出门的瞬间收回了嘴角，转而表情木然地低头做事。

陆厉在门外将黎漾的表情变化尽收眼底，小姑娘家家，还有两副面孔。

柜台擦了一遍之后，黎漾瞟了一眼显示器，除了两间标间和一间大床房之外，基本客满。

禅达这地方不比腾冲市内，平时少有游客投宿，今天也不知道抽的哪门子风，乌泱泱来了这么多人。

"双人标间。"陆厉低头道。

"双人标间没有了，只有精品大床，贵五十块而已，不算多。"黎漾抬头便是那副职业假笑。

两人就这么平静地对视了十几秒，于雷这才觉出事情好像没那么简单。本以为陆厉让自己找了好几个月的女人是旧相识，但看这姑娘的眼神像完全不认识他。自己这位小兄弟千里追爱可能要吃瘪，于雷觉着这下可有好戏要看了。

陆厉似乎也在试探，半晌之后他主动打破僵局："好，就再加五十。"

录入信息的工夫，陆厉开口："听说咱们这也提供伴游服务？"

黎漾随手从抽屉里拿出一张卷了边的价位单："等级不同价格不同，年龄、身高看您喜好，本地户口的在价位单基础上再加二百。"

"本地的还要加钱？"于雷也是第一次听说。

"当然了，伴游伴游，最重要的还是游，本地的带起行程来，您也玩得尽兴。"

黎漾一勾眼，明明说的是再正经不过的话，陆厉却闪躲着轻咳一声。

"那我按照最高价，再加五百，不知道你方不方便带我们在禅达转一圈。"

黎漾也不觉得冒犯，只笑着回答道："我就是个前台，伴游的业务可不熟。"

"不会走得太远，我们俩外地来的，听说龙王潭奇景多，有些好奇罢了。"

听到龙王潭三个字，黎漾脸色一沉，再抬起头时便带着些警惕："我也是外地人，对那边不熟。"

"没去过？"陆厉反问。

"没去过。"

陆厉笑着从于雷夹着的公文包里拽出一张五年前的报纸，指着上面一则新闻图片对黎漾道："那你看这个人，是不是有些眼熟？"

新闻报道几乎占了整个版面，放大的粗体写着标题——

"夏令营竟成夺命营，花季少女精神失常杀人后下落不明，罪魁祸首竟在龙王潭！"

图片上龙王潭被警方围成调查区，黎漾戴着黑色的鸭舌帽和围观群众站在警戒线外，被拍得清清楚楚。

"这照片这么糊，你怎么就知道是我？再说五年前的事了，可能也只是偶然路过，围观群众那么多，能说明什么？"

黎漾迎上陆厉的眼神，坦坦荡荡，丝毫没有谎言被拆穿的心虚。

最后到底是陆厉处于下风，他转而笑道："有道理，那就不打扰了。"于雷还要追问，却被陆厉拦下，拿起前台的钥匙转身上楼。

楼梯狭窄，宽度大概只够两人并排通过。木板也有些返潮，踩上去是略带着些沉闷的咯吱声，迎面传来噔噔的脚步声，陆厉和于雷靠着楼梯一侧让路。

"慢一点，慢一点跑。"一个年轻妈妈追着孩子，从两人身边擦肩而过。

陆厉余光瞥见楼下，黎漾放在键盘上的手，攥紧了又松开。

······

第二章　发疯的病人

屋子里一股发了霉的味儿，呛得人直咳嗽。

洗手间的水龙头边缘结了一层厚厚的水垢，像是在海水里泡了十来年的沉船上才有的东西。于雷想了半天，还是拿起旁边的淋浴喷头。他把水流开到最大，花洒像发射一样弹了出来，打着旋儿滚到了蹲坑里。

于雷从头湿到脚，发梢滴着水从洗手间走出来："心态崩了，这到底是什么鬼地方。"

陆厉不言不语地坐在床边，手里摆弄着一块生了铜锈的怀表，表盘里面嵌着一张梳着马尾的少女的照片。

约莫十五六岁的年纪，笑得一脸灿烂。

于雷往衣服上擦擦手，探过头看了一眼："这不是楼下那个女的吗？她真的是你老相好？"

老相好？看她的反应应该不是。黎漾看向陆厉的时候，完全是看陌生人的眼神，警惕里还带着一丝打量。

五年前的那个傍晚，陆厉醒来时，发现自己一半身子没在龙王潭的水中，一半身子撑在岸上。某些记忆变成了一片空白，只要往深了想，脑子里有一处就被扯得生疼。

当时，他的全部家当除了一只被泡坏的对讲机、一身带着编号的制服，还有就是这只被放在里衬口袋里的怀表。

本以为找到怀表中的女人一切就会水落石出，没想到情况比自己预想的还要复杂。

既然素不相识，为什么自己会把她的照片放进怀表，还小心翼翼地藏在里衬口袋里……

陆厉用右手轻捏着左手的虎口，这是他开始封闭自己的信号。

于雷虽然平时爱开玩笑，但这时候也老老实实地坐在沙发上不再出声。

说来认识陆厉这么多年，关系很亲近了，但总觉得他身上远远地亮着黄灯，警告行人来往小心，保不齐下一秒就会禁止通行。

……

晚上九点之后，外面凉爽了许多。推开窗户，禅达夜景尽收眼底。

零星灯火从低矮屋檐下钻出，门槛上坐着的老人操着一口陆厉听不懂的方言，慢吞吞地话家常。

这座城好像随着留在这里的人一起老去，千百年来一成不变，静谧安详。

这种景色里，一抹年轻的身影尤为显眼。

黎漾换下了那身死板的工装，穿着松垮的白色短袖和牛仔短裤，露出小半个肩膀，蹲在宾馆后门啃西瓜。

陆厉倒是有点小瞧她了，本以为看了那张报纸她多少会有些惴惴不安，没想到她惬意自在得很。

虽然她蹲着的动作不修边幅，西瓜吃得倒是仔细。几口下去不偏不倚，把瓜咬得整整齐齐。黑色的籽一粒粒地吐在掌心，然后用白色的纸巾包好。

最后一口吃完的同时，巷子口走来一个矮胖的男人。那人趿拉着一双皮拖鞋，每走一步路都呼哧呼哧地喘粗气，腋下夹着一个档案袋，直奔着黎漾过来。

黎漾把西瓜皮和纸巾随手丢进垃圾桶，拍拍手站起来，从短裤后面的口袋里掏出一摞厚厚的钱。

两个人没多言语，一手交钱一手交货。

陆厉仔细打量，那摞钱颜色不同，百元钞票里还夹着几张五十和二十。

"你就不能给我换点整钱？"矮胖男人不情不愿地接过。

黎漾拆开档案袋看了一眼，确认里面是自己想要的东西，随即又缠上说道："少废话，爱要不要。差你四十，下次补上。"

陆厉佩服，这股穷横穷横的劲儿，也不知道随了谁。

转过眼，夜已深。小客栈不比连锁酒店那么讲究，来往进出都随意。时不时有人出来问个路，各地方言呼来喝去地掺和在一起，好不热闹。

黎漾是个外地人，但各地口音都能听懂一些。四川话辛辣，湖南话有腔有调，陕西话和西安话听起来类似，但其实大不相同。

这时电话主机响了两声，接通了就听见于雷在那边喊："302要壶热水，快快快。"

黎漾看了一眼墙上挂着的温度计，室内温度30℃。喊了几声发现保洁大姨没有回应，只好自己烧了热水端上去。

看着黎漾上楼，陆厉轻手轻脚地在前台里面摸索了一圈，最后在坐垫下摸到了那被裹得严严实实的档案袋。

十几张照片，从陆厉和于雷在腾冲市下车开始，一直到走进这家客栈，所有行程全然在录。

陆厉想起那个蹲在门口吃瓜的瘦弱身影，哑然失笑。

有趣有趣，十分有趣。

***

楼上。

于雷被黎漾盯得心里直发毛，吞了一口口水道："这真不是我弄坏的，我进来时候就这样。"

黎漾看了看堵在蹲坑里的水龙头："五十一个，退房的时候算在房费里。"

"多少？这玩意扔在马路上我都嫌绊脚，你跟我要五十？"

"那你现在去马路上给我捡一个。"

"你……"

于雷被黎漾一句话堵在喉咙里，磕巴了半天也想不出一句话来回怼。

就在此时，隔壁房间里突然传来"砰"的一声，好像暖水壶炸裂。紧接着桌椅板凳碰撞发出的声音与女人小孩的哭喊声交织在一起，惊醒了深夜里熟睡的住客。

于雷探出身子去看，只见一个满身是血的男人狂笑着撞开门，上半身赤裸着，下半身只穿了一条蓝色条纹睡裤跌跌撞撞地朝楼下跑去，一边跑嘴里还一边嘟囔着什么。

对面房间一个睡眼惺忪的男人开门，揉着眼睛问："怎么回事？怎么这么大动静？"

黎漾忙说道："不好意思，隔壁有位租客癫痫犯了，为了安全起见，您锁好房门留在房间里不要出来。"

男人惊慌地看了一眼走廊尽头，忙不迭地把门反锁好。

隔壁的女人同样也满身是血抱着孩子跑出来，一个趔趄就绊倒在门口。

孩子重重地摔在地上哇哇直哭，黎漾想也没想，一把推开堵在门口的于雷，转身冲进浴室扯下一条毛巾便追了出去。

于雷愣了一下，才想起陆厉走的时候嘱咐自己一定要拖住黎漾，赶紧拔腿追在后面喊道："咱俩没算完账呢，你干吗去啊？"

前面的男人跌跌撞撞地朝楼下跑，速度极快，满手的鲜血在墙壁上留下了一个又一个清晰的血手印，黎漾咬牙在心里盘算，地毯要重新换，墙壁可能还得粉刷一遍，满走廊的血腥味还得两瓶空气清新剂，大晚上的给我没事找事……

恰巧此时上楼的陆厉和发疯的男人打了个照面，黎漾像看见救命稻草一样朝陆厉呼救："快，快抓住他！"

陆厉下意识反手扣住那人的肩膀，一个过肩摔将人死死地摁在楼梯上。

他快速地上下扫了一眼，虽然这男人满身是血，但肉眼可见的伤口并不多。受伤最严重的位置都在手臂，参差不齐的创面，皮肉像是被成块扯掉的。

这是？咬伤？

男人见自己挣脱不开陆厉的控制，像疯了一样用后脑去撞击楼梯，本来就年久失修的楼梯被撞得颤了三颤。

男人瞳孔涣散，嘴里不停地想要说话，却说不出一个完整的句子。陆厉远远地闻到从他嘴里传出的血腥味，再看他牙缝中的血丝，不自觉地和他手臂上的伤口联系到一起。

黎漾三步并作两步跑过来，在众人出房门围观之前，脱下外套盖住男人鲜血淋漓的手臂，再一把钳住男人的下巴，将毛巾死死地塞进他的口中。

陆厉把人提起来问黎漾："怎么回事，这人哪来的？"

黎漾顺手抽出自己的腰带，把男人的两只手反绑在身后："隔壁跑出来的，有癫痫，犯病了。"

于雷这时候也追到了楼梯口，看见陆厉已经和黎漾碰了面，知道自己没搞砸事情，这才松了一口气。

嘈杂的声音惊醒了越来越多的住客，大家纷纷开门看出了什么事。黎漾瞟了一眼楼梯转角的监控摄像头，回头对于雷道："看着干吗，先把人送回去啊。"

于雷的火气"噌"的一下子就起来了，自己活了这么多年，还没见过求人还态度这么嚣张的小姑娘。

"你以为老子……"

"于雷。"陆厉开口，"先把人送上去再说。"

于雷的后半句话憋了半天，勉为其难地咽了下去。走过黎漾身边的时候恶狠狠地瞟了一眼，心里想着：青山不改，绿水长流，你看我不找机会出了这口气。

……

屋子里一片狼藉，女人满身满脸的血污，抱着孩子在沙发上不住地哭，连句完整的话都说不出来。

但从断断续续的讲述里，陆厉也听出了个大概。

这女人是缅甸人，十六岁去湖南打工嫁给李国富。李国富平日里靠开吊车养活一家三口，这几年日子过得好了，便打算带着老婆孩子回缅甸探亲。

一家三口雇了个顺风车，打算从公路出境。早些年的时候从腾冲开车大概一个白天就能到密支那，但是这几年边境管理得比较严格，除了当地边贸企业的雇员之外，其他人一律都不许通过。

于是三人当天便返回了禅达，打算留宿一天，第二天再去腾冲的驼峰机场乘飞机去缅甸。

没想到晚上吃了饭之后，李国富就开始有点不对劲。先是坐在那自言自语，然后就是死死地盯着孩子咯咯咯地笑。

李国富的妻子本来并没太当回事，直到半夜睡醒，竟然看见李国富坐在窗边啃食自己的手。

手臂上伤痕累累，他却好像没有任何感知。一双眼睛空洞地看向窗外，麻木地将手腕上的肉扯下来一块又一块，咀嚼之后吞咽。

于雷想象了一下那个诡异的画面，忍不住干呕："吃自己？这，这也太恶心了吧。"

黎漾没理会于雷，平静地问道："你们在回禅达的这一路，有没有遇见过什么奇怪的事？"

于雷见没人理自己，撇了撇嘴。

女人回忆道："我们是搭的顺风车，那开车的人也要去缅甸，结果跟我们一起都被拦回来了。去的时候都讲好了价钱，结果回来的路上车开了一半，他非让我们给他再加二百。我男人一气之下就说下车不坐了，我们在小河边等了好一会儿才等到回禅达的车。"

于雷追问道："河边？什么河？"

女人抽泣着摇了摇头："不清楚，我就记得那河在一个山坳里，周围都是树，密密压压的。"

禅达是腾冲市最南边的一个镇子，与缅甸隔怒江相望，这中间不再有其他的村落间隔。从边境返回，开车的话，一条腾密公路直通禅达。

如果这女人的描述准确，车程开了一半，那她看见的河水便不是怒江。

陆厉心里盘算着路线，确定答案只有一个。从腾密公路北行，进入树林，他们应该是误打误撞走进了龙王潭。

龙王潭得名的缘由，一方面因为每逢雨天水底都会传来龙吟的传说，另一方面则是因为潭面狭长，宛如卧龙。不熟悉的人将潭水误认为小河，也是极有可能的事。

黎漾的手机铃声打断了陆厉的思考，她转身走出去压低了声音接起电话，声音极低，但陆厉还是隐约听到她称呼电话另一头的人为老板。

于雷看了看李国富身上撕咬之后留下的伤口，又想起报纸上提到，当年在龙王潭失踪的女生也是发狂之后咬死室友……总觉得这两件事之间似乎有种奇妙的联系。

三五分钟后，黎漾挂了电话走进房间："救护车快到了，你先收拾收拾东西。"

　　那女人这才反应过来，连忙道谢。

　　医生护士冲进房间，将人绑在担架上，那女人抱着孩子刚要走却被黎漾拦住。

　　黎漾手里捏着计算器，一样一样地清点："电视维修、地毯清洗，还有砸坏的热水壶，哦，对了，墙壁的粉刷费用，一共七百六，我给你抹个零，七百。"

　　"……啊？"女人有些难以置信。

　　黎漾伸出手，再次重复了一遍："七百。"

　　于雷眉头一皱，她是魔鬼吗？

　　……

第三章　火草坡头

屋外看热闹的人还没散去，三三两两地卡在门口。说起来不过是一个男人满身是血地跑了出来，围观的人互相之间猜测一下缘由，顺便再可怜一下那个抱着孩子的妇女。说完也就作罢，这点同情和怜悯甚至都无法维持到连续剧插播的广告结束。

别人的事，到底都是别人的事。

折腾了一晚上，黎漾总算有时间能看看自己大价钱买来的东西。

十几张照片被整齐排列开，借着电脑映出来的光，黎漾一张张地看过去，最后目光锁定在陆厉在街边买米凉虾的那一张上。

陆厉上身穿了一件白色短袖，下身搭了一件卡其色工装裤，裤腰上挂着一块黎漾熟悉得不能再熟悉的东西。

那是顾卫东的怀表。

黎漾想起顾卫东叉着腰说："很快我就要发大财了，到时候给你一百万，你做老板娘，我给你打工。"

这句话成了顾卫东与黎漾相识二十年，说的最后一句话。

后来无数次被噩梦缠绕的夜晚，黎漾都能梦见同一个场景。顾卫东浑身湿漉漉地在淤泥里挣扎，痛苦地喊着："阿黎你救救我，你救救我吧。"

五年，同样的一个梦，黎漾做了五年。

于雷靠在床上，搜索着当年网上关于龙王潭的一些新闻报道。

龙王潭在禅达镇最南角，由山体缺口常年积水而成。由于地势较高，且山脚下就是湍急的怒江，所以一直人迹罕至。

几年前起，有传闻说龙王潭内的水会莫名沸腾，而且水沸腾之时潭底会传来龙吟的声音，所以才陆陆续续吸引了不少探险者来一探究竟。

于雷的食指划着屏幕往下翻，几个醒目的标题映入眼帘：

"夏令营竟成夺命营，花季少女精神失常下落不明，罪魁祸首竟在龙王潭！"

"是毒气还是癔症？少女在龙王潭竟然目睹了这个？"

点开之后的内容大同小异，无非就是女大学生白天去过龙王潭之后，晚上突然精神失常，一口咬断了室友的动脉之后跑了出去。

每个标题后面都打着重重的惊叹号，于雷看得心惊肉跳。

跟陆厉出门，于雷向来是不问做什么怎么做的。大多数情况下都是陆厉想做什么，知会一声，于雷就跟着做。就像陆厉当年说要开店，于雷就砸出了自己所有的私房钱入股，虽说没多少钱吧，但诚意可是满满的。好在陆厉也没亏待他，该给的分红一分都不会少。

这一趟来云南，最开始他只当是帮忙找人，所以对龙王潭到底发生了什么事一点也不好奇。本来店里做的就是古玩和典当生意，认识的人三教九流各行各业都有。稀罕事听说过不少，但今天这场面，属实让人有些好奇。

这女的和陆厉到底认不认识？五年前的事和她又有什么关系？陆厉又为啥这么执着于龙王潭……

这一系列问题都让于雷并不充裕的脑内容量快要爆炸，可他了解陆厉，只要是他不想主动说的事，把嘴撬开都没用。于雷翻来覆去地直哼唧，心里像长了草一样。煎熬无数个回合，最后还是把话咽了回去，手机丢在一边一个鲤鱼打挺，将被子蒙过头。

睡觉！好奇害死猫！

陆厉对于雷这复杂的心理斗争视而不见，最后见他终于平静了下来，无奈地摇摇头关了床前的灯。

刚闭上眼睛不到三分钟，只觉得床往下沉了一些。

陆厉睁眼，看见于雷用美人侧卧的姿势躺在自己面前，直勾勾地盯着自己看。

陆厉吓得一个激灵，坐起来骂道："有病啊你。"

于雷扭着身子往前蹭了蹭："厉哥，咱俩交换个秘密吧，你问我一个，我问你一个。"

陆厉看着他："我没兴趣，现在已经凌晨两点了……"

"我知道，我知道，咱俩就玩一局我就睡觉，不然你先问我。"

陆厉坐起来，无奈地叹了口气："好，上个月店里的流水金额，你确定和我说的是实话？"

于雷嘿嘿地笑着原地躺下："那还有假？你看你这个人就是多疑，咱们兄弟一场我还能蒙你钱啊……奇了怪了，刚才还倍儿精神，现在这怎么说说话还就困了呢。"

下一秒做作的呼噜声震天响，陆厉懒得追问，起身到另一边床上躺下。

陆厉又何尝不是满肚子的疑问，无数个为什么，但这些答案似乎都在路上。

从龙王潭爬出来到现在已有五年，总算费尽力气找到了黎漾。而这个女人带给自己的，仿佛又是一个未知的、无底的深渊。

……

艳阳藏在云层里，像在蓄谋日上三竿后的毒辣恶作剧。

许久不骑的电动车被黎漾从仓房里掏了出来，她早上和候姐一换班，就赶紧推到修理铺子换胎打气。

修车师傅的食指少了一截，但动作麻利，一点都不影响修车。

他从钢圈上拆下里胎，打足了气摁在水盆里。转了两圈，发现有一处咕嘟咕嘟冒泡。

师傅指着一堆废胶皮对黎漾道："给我拿一块皮子。"

黎漾在各种颜色里面选了一圈，挑了一块和自己里胎颜色完全不同的红色。

师傅将里胎从水里捞出来擦干，再把胶皮剪成大小适中的椭圆，用锉子锉薄了之后，点胶贴合，就算粘好了。

虽然没风，但云彩飘得极快。一会儿明一会儿暗，让黎漾不知道该躲在哪。

趁着打气的时候，黎漾蹲在一边问："师傅，你是禅达本地人吧？"

师傅头也没抬："嗯，禅达水好，养人。"

"那我跟你问个路，这附近有没有个叫草火坡的地方？"

师傅手里的动作顿了顿，想了许久才有些印象："你说的是火草坡头吧，不在附近。离这远着呢，在李家寨子那头。"

黎漾了解似的点点头，怪不得自己搜了好半天都没找到这么个地方，原来是名字搞错了。

不过李家寨子听起来……倒是个十分耳熟的地方。

出于感谢，黎漾临走之前还在修理铺子换了一块电瓶。她在导航地图上看了一眼禅达到李家寨子的距离，这一块电瓶应该是勉勉强强能到。

毒辣辣的太阳烤得电瓶车座直烫屁股，黎漾骑出去不到五公里，在心里暗暗发誓，年底之前攒点钱，高低换一个四个轮的。

……

于雷风风火火地从楼下跑上来，喘着粗气对陆厉道："不好了厉哥，那丫头跑了。"

陆厉在慢条斯理地绑鞋带，头也没抬地问："早餐买了吗？"

"还买啥早餐啊，我刚下去就看见前台换了个大姐，说昨天那个丫头一大早就换班走了。"

"走吧。"陆厉收拾好之后起身叫上于雷。

"又去哪啊？"

"医院。"

昨天救护车来的时候陆厉留意了一下医院的名头——禅达镇中心卫生院。

禅达的医院不多，打车不过二十分钟就到了。

李国富经过昨天一晚上的抢救，命算是保住了，但还处于深度昏迷之中。于雷和陆厉在门口站了一会儿，正巧遇见李国富的媳妇打水回来。

那女人看见陆厉有点紧张："你们，你们找我有事？"

于雷看这孤儿寡母的可怜样，估计是昨天被黎漾要钱给搞出心理阴影了。顿时对黎漾那种黄世仁行为气得牙根痒痒，义愤填膺地表示："放心大姐，我们不是来找你算账的。"

陆厉开口说道："是有点事想问你，昨天情况也不方便，所以今天找来了，咱们进去说吧。"

那女人看陆厉和于雷还算和善，迟疑着把人带进了病房。

孩子在旁边的病床上睡得正沉，女人轻手轻脚地给孩子拉上被子，又把毛巾打湿给李国富擦身上和脸上的血痂。

"大夫怎么说？"陆厉问。

这句话似乎又刺激到了女人的泪腺，她动作顿了顿说道："他们说这医院小，也没查出是个什么原因，让我们去市里的大医院再查一查。给那边打了电话了，说是下午有车来接。也不知道还能不能醒过来，不然丢下我一个女人家带着孩子，往后的日子可怎么过……"

于雷听得几乎快要跟着一起抹眼泪了，陆厉倒是问得直接："你之前提过顺风车的那个司机，你知道他的车牌号吗？"

女人摇头道："车是我男人找的，我只听他说过司机就是腾冲市的本地人，脖子后面有一块巴掌那么大的青色胎记。"

"腾冲哪里？"

"好像叫什么草火坡，你们怎么都问这个？"

于雷眼睛一亮："你们？还有谁问过？"

"昨天那个女孩，上救护车之前也问过我。"

于雷对陆厉的敬佩顿时又增加了几十个点，激动得直拍陆厉的肩膀说道："神了厉哥，你怎么知道她去那了？"

陆厉没正面回答，掏出钱夹顺手抽出了几张百元大钞递给女人："算是我的一点心意。"

女人连忙把陆厉的手推回去："不用不用，兜里带着钱呢。"

"那就算是我帮你赔偿了昨天店里的那些损失。"

女人勉强地笑了一下："昨天上救护车之前，那小姑娘把钱还给我了，说一码归一码，这钱算是买那司机的消息。"

于雷有些意外地愣了一下，这个黄世仁会有这么好心？阴谋，绝对的阴谋。

……

第四章　没有时间了

小摩托在半路就歇了菜，看着它因为没电而原地抽搐的样子，黎漾后悔不该大发善心在那个小破维修店买什么电瓶，又折了50块钱。

路走了一半，没办法只好暂时把它寄存在饭店门口，改坐大巴车直接到李家寨子。

黎漾上了车把鸭舌帽一压，靠在窗户上直接补起了觉。

迷迷糊糊之中，只听见旁边的女人始终在嘟囔着一些不成句的话，好像在唱一首跑调的歌，又好像是在念经。

黎漾抬起帽檐，踢了一脚她屁股底下的座椅："喂，你能安静一会儿吗？"

这女人看年纪也就二十岁刚出头的样子，穿着打扮十分奇特。上身的衣服五颜六色、层层叠叠，脖子上还挂着许多小葫芦和小笤帚的配饰，下身一条枣红色的粗麻布萝卜裤，配着棕色罗马凉鞋。

总的来看，像个小神婆。

见黎漾不悦，小神婆连忙凑过来："不好意思啊小姐姐，吵到你了吧？"

黎漾懒得理，帽子戴回去转个身打算继续睡。可她却不依不饶地凑过来和黎漾搭茬："小姐姐去哪啊？我看你不是本地人吧，我觉得不像。我来这么久了都没见过像你这么好看的小姐姐，你看这满车的人，我觉得你最好看了。你要去哪我俩可以搭个伴儿，你觉得怎么样？嗯？"

她快要把脸贴到黎漾的脸上，黎漾把她推了回去："我俩不顺路，我现在想休息一会儿可以吗？"

小神婆悻悻地收回身子，低头摆弄自己的布口袋："果然，好看的玫瑰都是带刺的。"

说话间，司机突然一个急刹车，整车人都随着惯性被猛地甩出了座位。小神婆一个趔趄，直接被甩到了后门的台阶缝里。

黎漾前胸狠狠地撞在了前面的座椅靠背上，疼得感觉肋骨缝直漏风。

"会不会开车啊……怎么回事……到哪了这是……"车里咒骂的声音此起彼伏，黎漾顾不上其他，捂着胸口便上前找司机理论。

刚走到司机座位后面，就看见那司机低着头，肩膀微微地颤抖着，嘴里不停地重复一句话："没有时间了，没有时间了。"

黎漾心里一惊，连忙看向司机的脖颈处，一块巴掌大的青色胎记十分显眼。

还真是踏破铁鞋无觅处，得来全不费工夫啊。

那司机的动作越发地剧烈，本来还能清晰听出的句子开始变成混乱的呜咽。黎漾看了一眼他的状态，估计是撑不了太长时间，忙回身故作惊慌地对车上的乘客说："大家快过来帮忙，这人好像得了什么传染病，身上都烂了。"

一群人刚刚还抱怨声漫天，听见黎漾这么说霎时间鸦雀无声，面面相觑。再看那司机明显异于常人的样子，没一个肯过去凑热闹，全都"轰"的一下争先恐后挤下车，行李都顾不上拿，生怕这传染病粘在自己身上。

黎漾见人影远去，从挎包里掏出一条早就准备好的麻绳。绳子从司机的腋下穿过，束缚住两臂的同时，又在嘴上紧紧勒了一道，预防一会儿他再张口。三下五除二，一个壮汉就被黎漾绑成了粽子。

趁着那司机还没开始剧烈地挣扎,黎漾撸胳膊挽袖子,把人从驾驶座位上拖出来,扔到后边的车座上。自己轻手轻脚地钻进驾驶室,抬起手刹、挂挡、原地掉头之后猛踩油门冲了出去。

......

今天是禅达难得的好天气,不见阴,也不见云。许是前几日刚下过雨的缘故,吊脚楼的梯子踩上一脚就吱吱呀呀地哼哼。

嘎贡端了一杯刚沏好的普洱,走上二楼。见那位花白头发的老先生已经靠在阳台的藤椅上小憩了,便没出声,轻手轻脚地把茶壶放在了阳台的小圆桌上,收了上面堆满烟灰的坛子转身下了楼。

嘎贡在这基诺山寨租了四间户傣楼,旅游旺季再转租给外地来的游客,赚些房费。说起来吊脚楼虽颇具傣族风情,但住过的人都知道,禅达常年湿热,蚊虫蛇蚁颇多,吊脚楼这种密闭性极差的建筑,实在不是长居的好去处。

但这位先生却是个例外,最近这几年,每年都赶在淡季的时候过来,一住就是三两个月。白天不见他会什么客,只是有需要的时候会给嘎贡打个电话,让他来沏一壶普洱,收拾收拾屋子。

嘎贡拿了东西正要出去,只听外面不远处传来轰轰的车声,定睛一看,是一辆中型客车。

离基诺山最近的一班车也在山北那边,怎么开进村子里来了?

眼看着车子越来越近,好家伙,竟然直接开到了院子里。

"哎哎哎,客车不能停在院子里的。"

黎漾没想到这个时候院子里竟然有人,忙回头看了一眼被绑住的司机,好在还没有挣脱的迹象。这边拔了钥匙跳下车,锁紧门窗,忙迎了上去。

"不载客,私家车,私家车。"

嘎贡还想说什么,转头就看见二楼的那位老先生已经醒了,摆摆手让嘎贡先去忙，似乎是认识面前这个横冲直撞的女人。

既然是客人包下了院子，人家要停什么车自己也管不着，嘎贡没再多说，拿着刚才在房间里清出的垃圾准备离开院子。

可就在走到下车门一侧的时候，里面突然传来了一声闷哼。这让嘎贡的脊背一紧，所有不好的念头都涌了出来。

绑架？灭口？走私？

嘎贡放缓了步子，想趁机垫脚看一眼车窗里的情况，身后却又传来了少女明媚的声音。

"夜路不好走，师傅下山可得小心。"

嘎贡不敢说自己是人精，但是做生意这么多年好话坏话还是能听出来的。不该自己管的事别管，不该自己看的东西别看。

"就走了，就走了。"

一路上脚底好像抹了油，直到摩托车开到了山脚下，嘎贡才缓过神来，笑自己神经质。

青天白日朗朗乾坤的，哪有那么多绑架杀人的事。

只不过这么个二十岁出头的小姑娘，这么急火火地找一个满头白发的老头子，究竟能有什么事？

……

黎漾把地上那个被五花大绑、神志不清的男人翻了个面，露出了他脖颈处巴掌大的青色胎记。

"和昨天夜里的那人一样，他也到过龙王潭，但是有一点不一样。"

有一点不一样，这是黎漾如此兴奋地把人送来的理由，也是她要价的筹码。她帮柴国森做事，和在旅馆打工并没什么不同。柴国森需要一切和龙王潭相关的消息，更迫切地需要和柴月萌有共同经历的人，而黎漾负责把消息收集来，送到他面前，然后坐等收钱。漂泊在外，人总需要一些钱防身才能睡得踏实。

"他也和柴月萌说了同样的一句话——没有时间了。"黎漾好像在形容一件羊毛大衣，版型挺括，面料珍贵，颜色高端。语气中并无其他内容，更像是在推销。

没有时间了……

听见这句梦魇一样的咒语，柴国森的身子一晃，转手将那支龙头拐杖换到了右手，从前襟口袋中拿出一块帕子擦了擦额头的汗，随后又将目光放到了车窗外的远山深处，喃喃地应了一声。

这次再见柴国森，明显感觉人已经老了许多。黎漾有些怅然，外界口中的古玩巨商柴国森，不过是一个中年丧女的可怜人。

黎漾有些唏嘘，但唯独没有怜悯。这世上谁还不是个可怜人呢？因为顾卫东的一句玩笑话，自己便如背负了千斤枷锁一般寻找到如今，说到底两个人都是被这谜团愚弄的倒霉蛋，但柴国森是有钱的那种倒霉蛋。

见柴国森没有反应，黎漾只好又喊了一声："柴老？"

柴国森这才从晃神中抽离出来："我刚才梦见月萌了，她叫我不要再找她，她说我的时间不多了，不要浪费在这一件事上。我讲不行，因为我这一辈子，也就剩下这么一件事了。"

黎漾不知道这话该怎么接，每到需要安慰人的时候，她总是感觉很尴尬。

"得找啊，找了这么多年怎么能不找了。"

得找啊，不找了我岂不是少了好多的收入，黎漾心里想。

柴国森起身把那司机从地上抄起来，拿掉了死死绑在他嘴上的布条。

原本的呜咽变成了清晰的句子："啊！没有时间了！就快要没有时间了！"司机俨然已经疯魔，没有丝毫正常人的神志状态，只顾乱抓乱咬。

"我估计现在也问不出什么，他只反复说这一句。"黎漾道。

柴国森已然预想到这样的结果，将布条丢在一边，撑着拐杖缓缓起身："一会儿叫老秦把人带走，等镇静些了再问。你去善后一下，顺便查一查这司机。"

说罢柴国森便要下车，突然想到了什么转头问黎漾："对了，你最近有见到什么奇怪的人吗？"

黎漾想到了那两个住店的不速之客，半晌之后摇了摇头，那两个人，她自有其他的计划。拿人钱财，她可以为柴国森奔走，但总没必要事事都要向他交代。

柴国森点点头，像一个泄了一半气的皮球离开了车子。相识五年，黎漾眼看着他像一座矿山一样，一点一点地被挖空，一日一日地矮了下去。

老秦就住在不远处的寨子里，收到黎漾的消息来得也快。两人都是沉默寡言的性格，把司机一交接，老秦朝黎漾点了个头就把人带走了。

按照之前每次的流程，都是简单地问些话，再把人送到医院里等着医生联系家属。但日复一日地这么问，就好像没头的苍蝇，发病的人嘴里根本套不出任何有价值的话。坚持着这么做，多半就是柴国森的心结罢了。

盘问和送人去医院这活不归黎漾管，她接下来要做的就是把车开回李家寨子，再找个借口去司机家里查查有关龙王潭当日的事，回复给柴国森之后，这笔辛苦费就能安稳进入口袋了。

这边黎漾刚准备发动车回镇上，就听见客车后门的台阶下传来窸窸窣窣的声音。黎漾警惕地抵住了腰间的匕首，小心翼翼地靠近，定睛一看，竟然是之前车上的那个小神婆从台阶下面爬了出来。

"哎呀我的妈呀，这是哪啊？"

"你怎么在车上？"

不问还好，一问这小神婆还反客为主开了腔："我怎么知道！刚才车子一晃我就滚走了，后脑勺着地差点磕死我。这是哪啊，到李家寨子了吗？不对，不对不对，那个司机呢？怎么是你开的车？"

　　黎漾冷着脸观察着小神婆的一举一动，思索着刚才自己和柴国森的话被她听去了多少，有没有什么重要信息是不能被外人知道的。

　　柴国森向来多疑，自己断不能这时候把她扔出去，不然被柴国森看见，会疑心自己有意带外人来这里。稍作思索后，只能决定先把人带出去，摸清了底细再说。

　　殊不知刚刚上楼的柴国森，此时正站在阳台内的落地窗旁，安静地观察着窗外那辆半晌都没有启动的车。龙头拐杖如同摆设一样被放在一边，原本佝偻的背也挺直了许多。

　　柴国森记得第一次看见黎漾的时候，虽然只是个二十岁不到的女孩子，但眼神里的东西却让他这个年过五十的人都看不透。

　　柴国森时刻提防她，但又需要她。在这片迷雾森林中，黎漾和他一样，是闻着同一股味道前进的人。

　　"老秦，挪出两个人去跟着黎漾，不用做什么，看住她就行。"柴国森放下电话，看着黎漾的车驶出院子。然而，此时目送着黎漾离开的，远不止柴国森一人。

第五章 李家寨子

隔壁院子的吊脚楼里，陆厉悠然地给自己倒了一杯滚烫的普洱。从黎漾开车上山，到老秦带走那位发狂的司机，陆厉把一切尽收眼底。

怀表中的女人、柴月萌的父亲，这一切的蛛丝马迹都在结网。

"这么说，那个失踪的女大学生就是柴国森的女儿？简直难以置信，我以为他女儿早就死了。"

于雷也是在古玩圈混的人，柴国森的大名自然是听说过。

柴国森是来自海外的富商，早些年靠着一批沉船货发的家。按说沉船里的古董因为有水锈和藻类寄生，所以大部分不太值钱。但是当年柴国森拿到市场的那一批，可以说是沉船货里的精品。光洁如新，没有任何附着。

靠着那一批货，柴国森打开了市场，独占鳌头。后来可能也是因为有些时运在，生意越做越好。所有和他打过交道的人，无一不称赞一句"柴老仁义"。这句话在这个圈子里并不是虚言，因为出手入手的免不了有些过不了明路的东西，但和柴国森做交易，他绝不让人吃亏，一来二去，名声就传开了。

但就这么一位有名声有财力的古玩商，却经历了中年丧女之痛。外界只知道柴国森的女儿因病去世，自此之后柴国森一蹶不振，却不知道事情的真相竟然如此血腥，富家女竟然是以这么离奇的方式失踪，活不见人死不见尸。

见陆厉也没搭茬，于雷紧接着又问："那咱接下来干点啥？"

陆厉瞭了一眼隔壁院子："我得出去一趟，你留在这帮我盯着他。"

龙王潭周边二十四个县城，七八十个小镇，村寨更是数不胜数。柴国森为什么选在了这么一个既不够隐蔽、位置也不够便利的地方当作在云南的落脚处？

于雷抬手拍死了一只缠在腿毛里吸血的蚊子："柴国森，盯他干吗？"

的确，一个看起来有些萎靡不振的老人，似乎在寻人这件事上已经耗光了所有的心力。但陆厉总觉得，柴国森和龙王潭的渊源，应该不止柴月萌这么简单。

"别管那么多了，好好看着，尤其是夜里，别跟丢了。"

"他那颤颤巍巍的腿脚，我拿半个眼睛盯着都不能丢。"

把于雷留下看守柴国森后，陆厉跟寨子里的村民租了一台红色的二手马自达，沿着黎漾的车辙远远地跟了出去。

……

基诺山的山路盘旋，十分陡峭。坐在车窗边往下看，直溜溜的就是一道悬崖立在脚下。被车胎碾轧后蹦出去的石子就好像自由落体一样，坠进了深不见底的空洞中。

小神婆坐在车里，有点不安地看着黎漾的脸色。

自打刚才上车之后，这女人就一言不发，自己问了八百个问题，连一个"嗯"和"不"字都没听到。不知道为什么，明明没有做错什么，但在看着黎漾的时候，小神婆的心里还是怕的。

做了十几分钟的心理建设，小神婆给自己壮了壮胆子："下车，我要下车。"

黎漾挂了挡，丝毫没有减速的意思："这离最近的车站也要十几公里，你打算自己走回去？"

小神婆嘟囔着："那你知道我要去哪吗？"

"李家寨子。"

小神婆一惊，忙从后面的位子换到了驾驶位后面："绝了，你怎么知道的？"

黎漾抬头示意了一下，小神婆顺着黎漾的眼神看过去，一张斑驳的铁皮上面用红色油漆笔写着禅达——李家寨子。

"原来如此，我还以为你神机妙算呢。"小神婆悻悻地摆弄自己身上的破布条。

黎漾并没有那善心关心她是不是要走山路，只不过是自己也得去一趟李家寨子，还能顺路探探这神婆到底什么来历，去李家寨子到底要做什么。

"你不是乘客？你是换班的司机吗？之前那个司机去哪了？"

"你驾驶证什么时候考的？ A 票？你不会无证驾驶吧？"

"你是云南人？我看不像，北方人？我其实还挺爱吃饺子的。"

……

这一路黎漾也没得闲，耳朵里回响的全是小神婆碎碎念的声音。即便偶尔有了三两分钟的空闲时间，黎漾的脑袋里也跟过了电流一样，嗡嗡直响。

禅达这边的昼夜温差大，中午热起来的时候足有三十摄氏度的高温，早晚气温又会骤然下降十几度。黎漾抬手按下了车窗，直到窗外见凉的风吹进来，这才觉得舒服了许多。

可就在这车窗下降的瞬间，后视镜里一个红色的车影一闪，很快就又消失在可视范围内。

红色马自达？黎漾警惕起来。

十几公里不算远，只是山路不好走，路上又多是石子，一路颠簸这才开到了李家寨子的村口，黎漾可以确认，后面的那辆车就是跟着自己来的。开车的人足够谨慎，始终保持着不远不近的距离，不会很刻意地减速也不会突然加速，中间经过几个路口的时候也没急着跟上来，似乎是知道她要去哪。

黎漾想了一大圈，最后想到了一个人，狗皮膏药一样的一个人。

……

越到晚上，吊脚楼里的蚊虫越多，于雷觉得他可能等不到陆厉回来自己应该就已经贫血了。同时也感叹这老年人的生活是规律，除了回房睡觉就是坐在阳台上，直勾勾地盯着对面的山看。

也不知道这绿森森的山能看出个啥，那山上的树还能倒着长不成？

于雷打了个哈欠，掏出手机刷了两个视频。

对面那座安静了一天的山上，突然亮起了一层柔柔的光晕，沿着山的轮廓扩散。光晕十分微弱，昏黄中还透着一点淡绿色。

柴国森拿出笔，记下了光晕出现的时刻。

等到于雷视频刷得眼酸，这才想起来看一眼柴国森还在不在阳台，没想到早就不见了人影。

房间内已经拉了窗帘，恰巧此时柴国森的影子出现去关了灯，于雷这才放心，也回房睡觉了。

……

黎漾刚把车停进去，就围上来一群八九岁的小孩，眼看着车门一开里面一个人没有，什么货都没带来，他们抻着脖子七嘴八舌地问黎漾："怎么什么都没有？"

"有四个车轱辘，要的话卸下去。"

黎漾讨厌小孩，这么大的小孩尤其讨厌。但孩子听不懂好话坏话，倒真觉得车轱辘是个好东西，拿着树条木棍就去撬。

"喂！"黎漾喊了一嗓子。

一个穿着牛仔短裤和粉色背心的小男孩抬头看黎漾，黎漾接着问：

"知道司机家怎么走吗？"

粉背心小男孩呆愣愣地看着黎漾，旁边一个小孩提醒："她问刀波家在哪。"

粉背心小孩这才想明白，指着坡下一户人家："门前有三角花的那个。"

黎漾看了一眼大致位置，伸头去喊车上的小神婆："你不下来？"

小神婆已经被这十几公里的山路彻底颠得晕了车，头昏脑涨。见车门开了，小快步跑出去，扶着车门"哇"的一声吐了出来。

"不行了不行了，我感觉我快要死了。"

黎漾看了一眼远处，没见那辆红车的踪影，想必是为了不打草惊蛇，没开过来。

"那你走不走？"黎漾略带不耐烦的语气问。

"大家都是女孩子，你怎么一点同情心都没有？好歹，好歹我也和你同一辆车坐了这么久，我吐成这样你也不说给我倒点水。"说完小神婆可能也意识到，这时候可能也没地方倒水，于是转了话锋："哪怕，哪怕你给我拍拍背。"

黎漾把脚踩在前车轱辘上，绑上了散开的鞋带："没有专家说过拍背治晕车的。晚上没有出寨的车，你今晚要是想留宿就趁早找一户，别在这耽误时间。"经过这一路上黎漾的观察，这小神婆也不像是城府太深的人。据她自己所说，来李家寨子也是看了某论坛上说这边有一个小众景点，自己想来凑个热闹，没想到稀里糊涂地被车拉到了基诺山去。

黎漾没打算继续等她，绑好了鞋带就先行离开了，顾不上那小神婆在后面呼叫。

这是个不大的村子，加上偏僻得很，所以出现个生面孔还略有些引人瞩目。黎漾进村的一路上，所遇的大部分人看她的眼神都不算友善。但按理说，李家寨子这边这几年也在陆续地被开发成小众的游玩地，大家对游客应该是见怪不怪才对。

　　黎漾的第六感觉得，这寨子好像也没那么简单。为了不惊动对方，黎漾并没有直接去那个刀波的家里，而是转身敲开了隔壁一家的门打算拿借宿当幌子暂住下来，先侧面打听打听情况。

第六章　借宿

这边的院子都是用篱笆或者种起来的花简单地围起来，再绑一个不算高的木门。黎漾在外面喊了半晌，里面才有人应声出来。

开门的是个老人，花白的头发绾了个发髻，后背已经弓得让人看不清脸。黎漾拿出一张百元大钞："阿婆，我和男朋友出来玩，刚进村口就走散了。能不能在你这歇个脚，也好等他来找我？"

"啊？"老人的耳朵似乎有些不太灵光。

黎漾扯着嗓子又喊了一遍："我说能不能借宿一晚。"

老人抬头看了一眼黎漾，把她从头到脚打量了一圈："这姑娘长的，像花一样好看。"老人说的是略带些当地方言的话，好在黎漾在这边生活的时间够久，才能勉强听懂。

估计最近也偶有游客前来借宿，老人大概能理解黎漾的意思，便也没推辞，收下那张百元大钞对黎漾道："进来吧。"

黎漾把门缝对上，观察着隔壁院子里的环境，然后随老人进了屋。

因为这边普遍都是用篱笆围起的院墙，所以基本从这边就能望到隔壁院子的情况。隔壁院子里的女人在洗衣服，后背还背着个不到一周岁的孩子，看起来应该是那个刀波的老婆。

刚随着那位阿婆进屋，一股潮湿发霉的味道就冲进了鼻腔。

看来这老人已经独居许久，多半是因为腿脚不便，所以这屋子里也很少收拾。灰吊子挂了满棚，老旧的木制家具上落了一层厚厚的油脂状灰尘。黎漾一边假装打量着屋子，一边漫不经心地问道："阿婆，你们这个村子现在有多少户人家啊？"

老人没理会黎漾，自顾自地卷起了旱烟。一只老掉牙的黄猫"喵呜"一声走过来蜷在老人身边，屋子里一下安静得好像只剩黎漾一个人。

黎漾搬来把椅子坐在墙边，正对着另一面枣木色的老柜子。黎漾顺着柜子看上去，只见柜子顶贴着一张发黄的画像。画上一个男人闭目盘坐在怪石嶙峋的山顶上，色彩和构图都有些异样，让黎漾的心里十分不舒服。

黎漾踮起脚，细细观察了一下，发现那山中嶙峋的根本就不是怪石，而是一个个挣扎爬出的人骨。纸张也并没有发黄，而是在人物的背景后细细地刻画了黄沙漫天的景象。

怎么在家里挂了一幅这么奇怪的画？还没等黎漾开口问，门外便匆匆跑进来一个人。

那人连说带比画道："黑稳婆！不好了，又有人发疯病了！"

老人把手里的烟袋在炕沿上敲了两下，慢悠悠地下地穿鞋跟那人一同出门。好像视黎漾如空气一样，什么话都没交代便走了。

疯病？他们说的，会不会是和刀波一样的病症？

黎漾想了想，起身悄悄地跟在老人的身后，随着那两个人，一路竟走上了一个小山坡。虽说这边白日的时间长，但是五点半之后天色也在慢慢转黑。

刚下了雨，山路湿泞，山上深一脚浅一脚的危险得很。黎漾一路小心翼翼地跟着两个人的脚印往前走，一边记得时刻保持距离，一边还要不断地在脑子里描绘地形，免得到时候没办法原路返回。

那老太太刚刚看起来腿脚不便，没想到这会上山竟然利索得很。

"村长，我把黑稳婆请来了。"直到前面出现人影，黎漾赶紧一个闪身躲在树后。

黎漾觉得，自己还真是有点眼光。本来不过是随便一找，找个看起来不会起疑心的老太太借宿一晚，没想到还被自己踩点到了一个什么黑稳婆。从这几个人的态度来看，这老太太的身份估计也没有那么简单。

黑稳婆的声音很稳，听不出什么情绪："把人放出来。"

麻袋口被解开，里面的那人只露了上半身，同样也是被五花大绑，满脸满身的血，看来也是啃食过自己的皮肉，症状和昨晚在客栈里发病的那个人一模一样。

老村长俯下身贴在黑稳婆的耳边小声说了一句什么，手上还在不停地比画，最后指向了北面的一座山丘。

黎漾自幼长大的孤儿院里有一位护工是聋哑人，黎漾小时候跟着她也试着读过唇语。村长大概的口型黎漾试着读了一下，他问的是要不要把人扔到化尸窟。

黑稳婆把烟袋杆子敲了敲，吩咐道："还没死呢，不能填窟，明日死了再来寻我。"黎漾特意观察了一下村长的表情，黑稳婆话音落后，他便和旁边的人交换了一下眼色，看样子并不打算按照黑稳婆说的去做。

话说到这，黎漾估摸着这帮人可能很快就要下山，继续躲在这树后也不是办法，得先他们一步离开才行。

可没想到山上那群人里有人眼神犀利，任凭黎漾动作极小，走了两步路后还是被发现了。

"树后面有人！"

这一嗓子喊出来，黎漾便知道自己暴露了位置，顾不上什么隐蔽不隐蔽的，抬脚就三步并作两步地往山下跑。

黎漾是个运动废柴，从小跳皮筋、踢毽子都是倒数第一，在孤儿院里也没有人愿意和她组队，除了顾卫东。无论长跑还是短跑，从来没有得过任何奖项。但此时此刻不同，为了活命，黎漾脚下就好像生出了两个冒着火的轮子，向山下狂奔。

这伙人不像是什么良善之人，同村的病人都能说捆就捆，说扔就扔，更何况自己一个无名无姓的外人。就算是被弄死了扔到什么窟里，也是没人找的。

但这一点黎漾想错了，有人在找她，狗皮膏药一样在找她。

就在黎漾筋疲力尽的时候，也不知道是哪来的狼狗，被人放开了链子——从四面八方跑下山。

来的路上黎漾也观察了地形，村子外面是一圈不高不低的山，光靠这两条腿是绝对跑不出去的，唯一的可能性是跑到客车那里，开车离开这。

黎漾两眼发黑，甚至开始后悔为什么要贪这一笔钱把刀波送给柴国森。如果自己没抓刀波，柴国森就不会让她来查刀波的信息，如果没来查刀波的信息，自己就不会来李家寨子，如果没来李家寨子，自己怎么会沦落到被狗追到快吐血的境地。

就在黎漾开始思索，禅达市内哪家诊所狂犬疫苗的价格最便宜的时候，眼前亮起了一抹红色。

陆厉狠踩刹车停在了黎漾面前，打开了副驾驶的车门："快上车。"

这个时候，黎漾难得地把所有的偏见、怀疑、不信任都扔到了九霄云外。陆厉再怎么恶，此刻他也恶不过那几只狼狗吧。

直到黎漾关了车门，陆厉把车开走，山上的人和狗才冲下来。短暂地迟疑了片刻，才又顺着黎漾刚才逃离的方向追过去。

"看见了吧，你刚才跑的是死路，是个人都能猜到你会往村外面跑。"

黎漾不安地回头，确定自己脱离险境了才稍稍松了一口气。完全把陆厉说的话当成空气，拿出手机飞快地给柴国森发了个信息。

主要内容就两点：情况危险，需涨酬。

陆厉难得看见黎漾这种凌乱的样子，印象里她一直诡计多端，总比别人先算计一步，像只狡猾的狐狸。现在这么看，不像狐狸，像只愤怒的兔子。

"前面那家停一下，我在那下。"

陆厉愣了一下，随即无奈地笑出声："好歹我救了你，你真把我当出租车了？连句谢谢都没有？"

黎漾想了想，总和他这么绕圈子也没什么大意思，莫不如把话说明白了。于是正了正身子，一本正经地对陆厉说："我知道你是跟着我过来的，从禅达到基诺山，从基诺山到这。我虽然不知道你要干吗，但多半和龙王潭脱不了干系。你找我有事，所以自然留着我有用。要是我刚才被抓了，你也得不到你想要的东西，你不是想救我，你是为着你自己，所以咱俩这种情况，我还用和你说谢谢吗？"

陆厉一口气堵在胸口，再一次被黎漾的诡辩说服。

"那如果我现在直截了当地问你，为什么你会调查龙王潭的事，你会告诉我吗？"

"当然。"黎漾回答得干脆，却让陆厉觉得这是个圈套。

"当然不会。"

陆厉觉得她不该在客栈收银，她应该去说相声。

转过眼，天就已经擦黑了。陆厉大概知道她从哪出来，于是便按照她说的，把车停在了种着三角花前一家的门前。

黎漾干脆地推开了车门，却在迈出一只脚的时候又连忙把身子收了回来。黑稳婆的家里已经亮了灯，这老太太怎么比他们开车回来的还快？自己本就是个外来的生面孔，出来进去的难免会惹人怀疑。要是能赶在这老太太回来之前先一步回来，也好推脱自己和这件事的干系。但现如今这个情况，自己再回去，无疑是给自己找麻烦。

但刚刚在山上发生的一切，足以说明这一整个寨子，发了疯病的人远不止一个，而且这种情况早就出现过，村里的人已经见怪不怪了。搞清楚这村子里到底发生了什么，和龙王潭又有几分关系，这对于柴国森来说至关重要，对于黎漾来说也是价值连城的一件事，自己又不舍得在这个时候半途而废。

就在脑子里天人交战的时候，黎漾突然想到了自己借宿的时候和那黑稳婆说的一句话——"阿婆，我和男朋友出来玩，刚进村口就走散了。能不能在你这歇个脚，也好等他来找我？"

有办法了。

第七章　化尸窟

都说女人的脸是善变的天，但陆厉觉得黎漾的脸应该被画在川剧脸谱里，三两秒就是一副新面孔。刚刚还一脸的不耐烦想要下车，转过头就来关心他晚上有没有地方歇脚，也不知道葫芦里卖的是什么药。

三言两语绕来绕去，狐狸这才露出了尾巴。

"你陪我在这住一晚，我可以回答一个你想知道的问题。"

陆厉有些狐疑："任何问题？"

"对，任何问题。"

这是一笔不吃亏的生意，陆厉也没有理由不答应。只不过这条件黎漾说得如此爽快，其中会不会有诈就很难说了。

黎漾心里想着，回答一个你想知道的问题，但也没有说如实回答。你问我今年多大，我说我爱吃菠萝，这也算是回答吧？

两个人手挽着手说说笑笑地进了屋，黑稳婆盘坐在藤椅上眯着眼睛看黎漾和陆厉走了进来。

"阿婆，这是我男朋友，绕了一大圈刚找到这。"

没想到那黑稳婆也没追问，听清之后"哦"了一声，便站起身招呼黎漾和陆厉可以吃晚饭了。这种反应，反而让黎漾的心里感觉毛毛的。

陆厉刚一进屋，便注意到了墙上挂着的那幅画，许久都没疼过的头突然开始抽痛。

仿佛看见了风沙漫天，遮盖住天空。眼前是看不清的石头城和漫天飞舞的巨鸟，陆厉置身其中，难以抽离。

"怎么了老公？是不是开一天车累着了？"黎漾忙挽上了陆厉的胳膊，伸手去贴了一下他的额头，面露担忧，言辞恳切。

"这边山路真是不好走，你们平时出去一趟也挺麻烦吧？"陆厉边问那黑稳婆，边握住黎漾的手，从自己额头上拿了下来，给了她一个戏别太过的眼神。

"碰不得大事不出去，人还是别乱跑得好。"

晚饭做得简单，一大碗薄荷叶蛋花汤、一盘酸豆角，陆厉依次都尝了一口，基本可以断定，自己绝不是本地人。

这边的饮食基本偏酸辣，也善用薄荷等有特殊气味的食材调味，陆厉吃不太惯，但黎漾却吃得很香，中途还自己主动去添了半碗饭。

饭吃到半路，一个八九岁的小男孩背着书包走进了院子。

原来这黑稳婆不是一人独居，而是和自己的孙子住在一起。男孩叫毛仔，和黑稳婆的沉默寡言不同，毛仔的性格十分活泼健谈。

吃完饭后挨着陆厉在院子里问东问西，一会儿问问车怎么开，一会儿问问飞机怎么飞，天马行空的，陆厉险些招架不住，只好回屋躲躲清净。

黎漾坐在墙边，抬头又撞见墙上贴着的画，黑稳婆恰好端着水碗进来，黎漾佯装不经意地问道："阿婆，这画的是什么啊？看着怪吓人的。"

毛仔跑进屋道："这是我婆婆画的，山北面的化尸窟。"

黑稳婆横了毛仔一眼，毛仔噤声不语。黎漾觉得有些耳熟，便顺着追问下去："化尸窟是个什么地方？有画上这么恐怖？"

黑稳婆拖着腿坐上了床，慢悠悠地道："传说而已，现在就是个山洞洞，没得稀奇。"

老式挂钟敲了七下，天渐渐黑了。

村寨再次恢复了平静，如果不是陆厉还明晃晃地坐在那，黎漾真有点怀疑刚才山上惊魂的一幕是不是自己的幻觉。明天是单号日子，旅店该轮到自己值班，但看今天村里这情况，自己怕是一时半会儿走不了。

晚上黎漾和陆厉被安排在了一间房，黎漾早早躺在了床上，给床边一侧留出一人宽的位置。倒是不扭捏，陆厉原本以为两个人还要像电视里演的那样，互相谦让推诿一番。

陆厉顺势坐在床上，半靠在床头，两个人这才算难得有了独处的时间。

"为什么跟踪我？"是黎漾先开口打破了平静。

陆厉扭头看去，发现她正在抠指甲边缘的死皮，全神贯注，并没有过多地在意自己问出的这句话。

"我在查龙王潭，发现你也在查，我很好奇，你和龙王潭到底有什么关系。"

"就因为这个？"黎漾停下了手上的动作，直直地看向陆厉。

"不然呢？"

黎漾没得到想要的答案，索性不再说话，翻了个身转过去，把薄被拉过头顶。

两人心知肚明，彼此都没说实话，现在还不到说实话的时候，也实在不该再多浪费口舌。黎漾觉得这人不简单，看似彬彬有礼说话点到为止，但实际上眼皮子一点就八百个道道。

要是说柴国森是心思深沉的老狐狸，那这人就是龙王潭里的水，看似清澈见底，但谁也不知道里面都憋了些什么东西。

陆厉倒也并不着急从黎漾口中问出些什么，听来的话总归真实性是要打折扣的，陆厉只相信自己看到的、猜测到的。

这些年在旅店值班养成的习惯，黎漾很难睡个完整的囫囵觉。尤其像今天这种多事的日子，不用定闹钟，到夜半准醒。

两人住的这间房没有窗帘，外面明晃晃的月光就那么透过老旧的窗户照在床上，照在陆厉半倚在床上的肩头。黎漾蹑手蹑脚地下床穿鞋，趁着四下无人，拉紧了薄衫，带上随身的挎包走进夜色中。

白天偷听的时候，黎漾大概也猜出了画上的那个化尸窟到底在什么位置，村子里的山不多，走路也用不了太久。黎漾边走，心里边盘算着现在掌握到的信息。

首先，这个村子里发病的人不在少数，基本都是得了疯病被黑稳婆和村长一伙人丢进化尸窟处理了。

其次，往化尸窟扔人并不是最近几年才有的情况，最起码在毛仔太爷爷还在的时候村子里就已经开始这么做了。

那么，早些年化尸窟里的人，和最近几年被丢进去的，都是得了疯病的人？还是说，这个化尸窟只是村里类似于乱葬岗一样的地方，所有横死的人都会被丢在那？

早晚温差大，且越靠近山林温度越低。黎漾出门之前只简单穿了个吊带，外面罩了一件薄可透肤的小衫，现在一走进山里，就冷得直哆嗦。

云南这地方是植物的天堂，就算是长居在此的本地人，也很难叫出这林子里所有植物的名称。在黎漾眼里，这些树就只分为很直的树，叶子很大的树，还有树皮很粗糙的树。

看着月亮，黎漾这才意识到已经临近十五。惨白中又透着昏黄的月，无精打采地挂在树梢，仿佛是那棵最粗大的树孕育而生，吞吐在天边。

在山上足足绕了一圈，黎漾才确信面前这个直径只有一米多高的洞口就是化尸窟的入口。

入口处被一些人为搬来的藤蔓堵住了大半，简单清理之后发现大小也仅仅能容一个人低头进入。黎漾在洞口检查了一下随身携带的迷你手电，确保电量充足。

就在黎漾钻进那一片黑暗之后，原本平静的山上忽然亮起了一阵光晕，似乎是从地下的山石中透出来的光，昏黄中还带着淡淡的绿色。

黎漾自从迈进山洞的那一刻开始，就伴随着不间断的耳鸣。整个山洞里都充斥着一股被泡了几十年的朽木味道，黎漾觉得自己不是在山洞里，而是在一棵死去多年的老树树干里。

没想到的是山洞里面并不像洞口那般狭窄，初入时只能猫腰低头穿行，到一百米之后足可以直身行走。只是这洞穴里四通八达，每走两步面前都会出现新的分岔路口。黎漾靠着地上的脚印，勉强判断哪一条路才是常用路。

"啊！"一声凄厉的惨叫吓得黎漾头皮一紧，没容黎漾有过多的思考，脚上的动作已经比脑子快了一步，朝着出声的方向冲了过去。

第八章　荧光头骨

小神婆哆哆嗦嗦地坐在地上，拼命地朝墙角缩，惊恐的眼神瞪着地上一片白花花的东西。

是一块有着十字裂纹的头骨，斜插在土中。因为掩埋得不够深，所以两只黑洞洞的眼眶还露在地表，仿佛正死死地盯着面前的人看。

从骨骼的钙化程度看，这人少说死了也有几十上百年了。

"大半夜的一个人往这里钻，我以为你胆子多大呢。"

小神婆看见黎漾跟见了救世主一样，也顾不得地上的东西有多骇人，手脚并用地爬到黎漾身边，抱紧了大腿。

"姐，你是我亲姐，这到底是个什么地方啊？"

黎漾食指点着小神婆的脑门，把她从自己身上推开："少装，你费这么大劲找到这来，你不知道这是什么地方？"

小神婆不厌其烦地抱上来："真不知道，我以为这是藏宝洞，谁知道咋还有死人呢。"

黎漾一听，便知道关于这化尸窟，多半是还有别的说法。于是拍拍手站起身，劝道："不说实话，那你就自己在这待着吧。"

小神婆连忙追上去，在黎漾身旁忙不迭地比画着："真不骗你，我师父说的。"

"你师父是什么人？"

小神婆面露难色，似乎这位师父的大名不能随意说起："那你别管了，我师父有大神通，厉害着呢。我师父给我看过一本失传的宝书，那上面记载了蚩尤的九大神器，能得到这些青铜器的话就能获得蚩尤的神秘力量。"

黎漾觉得自己一不小心换台换到了少儿频道，神秘的力量这五个字，仿佛是《数码宝贝》里才会出现的台词。

只不过这蚩尤的九大神器，自己还的确曾听说过。

十大上古神中，蚩尤赫赫有名，其利用神力打造的九大神器也一直被民间称作护国神器。蚩尤战败后，九大神器散落民间，成为守护民间的宝物。相传，九大神器因为蕴含蚩尤之力，所以得其一者便能获得无上力量。

这种故事，都是黎漾在旅馆前台，闲来无事时打发时间的读物，哪想到还真有人把这事当真。

"所以，这就是其中的一个藏宝地？"

"嗯！"小神婆诚恳地点头，黎漾看着她认真的样子，逐渐放慢了脚步。

"那本书在哪？"

小神婆连忙翻开自己随身背着的破布口袋，从里面掏出了一张皱皱巴巴的照片。

照片上是一页发黄的纸，纸的边缘并不规整，像是被随意扯下来的。简单的线条勾勒出一座山丘的走向，山南的平缓处，写明了李家寨三个字，最后在山丘的北面，用三角形作为标注，标记了一处地点。

很明显，三角形那里，就是她们两个所在的化尸窟。

"那本古书早就下落不明了，我只有这张照片，是我师父留给我的。"

这小神婆说的东一榔头西一棒子，黎漾也听不出个头绪，但是这张照片却很明显，指向的就是这里。只是即便这张照片是真的，这标记的范围未免也太过笼统了。

"姐……"

"别管我叫姐，我叫黎漾。"

"小黎姐，你是不是也是因为听说这山里有东西才来的啊？"

"是，但是咱俩说的不是一个东西。"

"那就行了，咱俩搭个伴，你找你的东西我找我的东西，关键是我自己一个人实在太害怕了。"

"那你还不走？"黎漾确实没想明白，就算是这山洞里真有那个什么青铜神器，她一个十八九岁的小姑娘，要这东西干吗?

"我有用。"小神婆含糊其词，但话里也没有要退缩离开的意思。

两人说话之间，来到一处极开阔的地段，似乎是这化尸窟的最中心处。四通八达的洞穴道路，都通向了这里。黎漾抬起头，忽然感觉浑身的毛孔猛烈收缩，紧接着一阵冷风灌了进来。

"你把手电筒关了。"黎漾喃喃说道。

小神婆也没质疑，连忙按照黎漾说的做。

灯光暗下来之后，黎漾把手电筒调换了另一个挡位，确保可见度，但分散了较为集中的光源。

两人这才发现，这洞穴中心处的四周都是笔直的峭壁，足有三四层楼高。峭壁的各个角落闪着点点的荧光，或黄或绿，好像是散落的萤火虫，又像是光芒微弱的萤石，看得人眼花缭乱。每一处发出的荧光大小均等，不是很亮，完全无法照亮洞内，只是足够密集。

小神婆被亮光吸引，好奇地走到峭壁边，猫着腰仔细查看。待看清了面前的东西之后，突然失了声，阿巴阿巴地指着墙上的一角，半晌之后才喑哑地叫出声："头，头骨，全是头骨。"

黎漾听到以后也抬头看起了其他亮光的地方。这才发现峭壁上一个个闪着荧光的，竟然真的都是人的头骨，就目前看到的规模，这里的头骨少说也有一百个。

黎漾心里也止不住地发毛，要说刚才碰见的那一个，黎漾尚且还能接受，毕竟这几寸土地，上万人在这里生活，尸骨摞着尸骨是常有的事，脚下的哪一寸土地没埋过人，但如今眼前的规模，确实是有点惊人眼球了。

黎漾让小神婆把手电开强光，奇怪的是随着光源的增强，墙壁上的荧光竟然弱了许多。

"这东西还是夜光的？"小神婆难以置信地说。

绿色的荧光，绿色的荧光……黎漾突然想起，之前在查到龙王潭物料的时候，自己曾在新闻上，听说过类似的现象。

大概两年前，云南本地的一支考古队前往昆明，挖掘一座古滇国的遗址。

古滇国是战国中后期出现的由少数民族建立的国家，后来由于瘟疫等不为人知的原因覆灭，最终消失在滚滚历史长河之中。古滇国的覆灭之谜至今仍没有个准确的答案，只知道这个短暂存在了一百七十多年的国家，曾有着灿烂的青铜文化。

当年那座古滇国遗址的出土，令考古学界都为之一震。

规模非常大，出土文物非常多，单单这两项就足够引起重视。

黎漾看到这则新闻的时候，恰巧遇见曾经那支考古队的队员入住旅店，黎漾也因此听说了关于当年那件事背后的故事。

事情是被考古队里最不爱说话的李庆海发现的。

在结束了一天的考古工作后，大家都累得筋疲力尽。有人提议找一个茶馆喝喝茶放松一下，李庆海推辞说要给铜器排编号，就没有加入大部队。

大部队离开之后，李庆海一个人数着当天发现的铜器和其他物品。忽然，储藏室停电了。正当他要出门看看情况的时候，却发现了一个奇怪的现象。

他手中的铜器竟然亮起了一阵幽绿色的光。并不是铜器整体，而是星星点点，像水滴喷溅的一样。再看其他铜器也是如此，周身都布满了像被水溅过一样的荧光色的点。

后来经过化验，出土的所有铜器的表面，附着一种叫做夜光藻的微生物，遇水才会发生反应。因为出土的时候被淋过雨，所以才会形成这种荧光色的点。

不过这种微生物多半存在于水里，为什么会附着在铜器表面也没人清楚。

难道这墓中的头骨也是因为那种微生物的影响，才会有现在的反应？难道说这些头骨也曾经浸过水？望着这深山之中的悬崖峭壁，黎漾也觉得自己的猜想有些过于疯狂。

"好奇怪啊。"小神婆在沉默许久之后突然开口。

"什么？"

"头骨。"

头骨，就只有头骨，没有身体。

黎漾突然意识到，这上百个头骨都没有身体，这足以说明这里绝对不是乱葬坑，而是祭祀坑。

"我师父曾经跟我说起过一种祭祀方式，叫踏骨升仙。"小神婆哆哆嗦嗦，看着峭壁中如同水稻一般被插进墙壁里的头骨说。

"统治者会砍下九九八十一个未婚配的处女的头，用头颅铺路，身体燃火，来完成祭祀，以求长生不老。不过，这只是少数民族曾经短暂存在过的一种祭祀仪式，并没有流传开来。"

黎漾忽然想起了黑稳婆家里的那幅画，一个男人坐在最中央，宛如天神一样凌驾于所有身体之上，看来反映的正是化尸窟里祭祀的景象。

这里最早作为祭祀场所而存在，演变到后来，就成为村子里丢弃那些患病死者的地方。

　　但是那些人呢？那些因为发疯而被丢到化尸窟的人在哪？

　　正想着，黎漾突然察觉到自己的耳鸣停止了，安静，周遭一片安静。紧接着，恶犬的叫声如同洪水一般从洞穴的四面八方冲进来。

　　一只、两只、三只……

　　黎漾根本无法辨别方向，只觉得那叫声离自己越来越近。

第九章　被囚禁的人

小神婆慌乱之中就要原路返回，被黎漾一把拉住。

"你都知道从那条路进来，他们能不知道吗！往南跑！"说着，便拉着小神婆朝南边的出口跑去。

黎漾跑得上气不接下气，心里止不住地痛骂那个黑稳婆。想必这老太太早就看穿了自己，但是并没声张，为的就是把自己堵在这化尸窟里，神不知鬼不觉地解决掉。

好在这小神婆并不是拖后腿的，到了逃命的时候比黎漾跑得还快。不料跑到半路，包里面"当啷"一声掉出一只铜制的罗盘。原本已经跑出去了好几米的小神婆，突然掉头。

"干什么去！"

"我的宝贝，宝贝掉了！"

不顾还追在后面的狗，小神婆愣是两步加速跑回去捡起了罗盘，仔细地放回包里。

"一会儿到前面岔路我俩分开跑，咬死一个总比两个都死了强。"黎漾说话总有种让人在险境之中更绝望的魔力，小神婆原本只是紧张，听完黎漾的话感觉自己离死不远了。

"他们要是把你抓住了怎么办？"

"怎么办，喂狗了呗。你要是能出去，在村口棕榈树下面等我，我还有话要问你。"黎漾说完，把小神婆推向了最靠里侧的那条通道，那条路因为比较隐蔽，狗叫声也最弱，相对安全。

黎漾万万没想到，自己今天最大的敌人竟然是狗。脚下生风，鼻子里也渐渐地飘来一阵似有若无的血腥味。对于黎漾而言，血腥味是危险的味道，所以她向来很敏感。

一直跑到山洞深处，狗叫声渐弱，但里面却突然传来铁链敲击的声音。黎漾蹑手蹑脚地摸过去，把手电筒调成最低挡的亮光，再次被眼前的景象惊出一身冷汗。

数十个一米高的铁笼子，拴着无法辨认男女的，血肉模糊的人。里面蹲着的人个个眼神呆滞，对于黎漾的到来也毫无反应。因为空间狭窄，他们无法直立起身，只能蜷缩成一团。

原来在这里，囚禁着那些号称发了疯病被丢到化尸窟的人。

看着眼前的场景，黎漾突然觉得脑子有点乱，这件事似乎哪里藏着些隐隐的不对劲。

黎漾尝试着靠近，去端详那几个铁笼子的不同之处。笼子的焊接方式、材质，都比一般的宠物笼子要坚固许多，但从大小上看，又不像是动物园里会见到的那种关猛兽的笼子。

黎漾猜测，这些笼子很有可能是定制的。有人为了这些发了疯病的人，量身定制了这些笼子，可是为什么？村里的人为什么大费周章做这些？

"砰"的一声！

笼子里原本安静的人突然开始躁动，狠狠地用头去撞身边的铁笼，仿佛没有知觉一般，撞到血肉模糊。数十个人同时发狂，好像突然开始变得兴奋。直到黎漾听到不远处恶犬粗重的喘息声。

远处手电的亮光越来越近，黎漾避无可避，手上拉过随身的挎包，做好了准备动作。就在光束快要横扫过黎漾头顶的一刻，身边的笼子突然被推开了一条微不可察的缝隙，黎漾被一双大手扣住肩头，整个人都被拉了进去。

是陆厉。

黎漾一时间竟然分不清，到底是其他笼子那些发疯的人可怕，还是带着恶犬杀人灭口的村霸可怕，又或者是神出鬼没让人摸不透的陆厉更可怕。

两人藏身的笼子是空的，但从钢条上的血迹和脚下的污迹能看出，这里曾经关过人。好在数十只铁笼前后堆放，其他笼子里的人又十分躁动，所以两个人躲在这里，并不十分引人注意。

黎漾尽力把头埋得更低些，避免被光扫到而露出马脚。但就在那光影交错的一瞬间，她看见了对面笼子里的那张脸。

那明明就是客栈里发疯的那个男人！

自己明明亲眼看着他进了医院，为什么会被送到这来？

陆厉感受到了黎漾的不安，摁着她的头往自己身后藏了藏。黎漾这才从震惊中缓过神，意识到自己尚且身处险境。

看着数十人同时发狂的场面，举着手电筒的两个男人脚步瑟缩。就连那两只凶牙毕露的恶犬也不似刚才的勇猛，来回踱步不敢靠近。

犹豫了半晌，终于有人开口："再去那边看看。"两个人说完，带着狗朝另一侧追了过去。

等人走远之后，黎漾从笼子里爬出来，连忙拿出手电筒去看对面那人的脸。的的确确，就是那晚在客栈发疯的男人，黎漾突然联想到了什么，顺着铁笼一个一个地找了过去。

陆厉跟在黎漾的身后走了出来："左边第一个。"

黎漾愣住，不可思议地看了陆厉一眼，紧随着他说的方向，找到了左边的第一个笼子。

没错，里面关着的正是昨天的那个司机——刀波。

可能是因为刚才这些人发狂的嘶吼，又刺激到了神经，黎漾只觉得耳边再次响起轰鸣声，头痛欲裂。

按照柴国森最初和自己的说法，黎漾在发现这些发病的人之后，想办法联络柴国森，柴国森派人过来调查发病人的行踪轨迹和背景，最后再抽血化验调查发病的原因。

黎漾只当这是一个失去女儿的父亲，不计人力、物力能做的全部努力去做，所以也从未质疑过柴国森这么做的目的到底是什么。

可为什么这些人最后会被关在这里？抽血调查到底是真是假？

"你真正要查的人是柴国森对吗？"黎漾忽然想通了什么，转头看向陆厉。

陆厉轻笑，无论男女，和聪明人说话总是要节省些时间，看如今的时机，两个人或许也到了要彼此吐露些真话的时候了。

"是，作为一个失去女儿的父亲，柴国森做的事太少了，也太多了。"

黎漾没说话，只是定定地看着他，等着他自己开口继续说下去。

"你和他打交道也有几年，你就没有想过，他做的这些事里，有多少是为了找到柴月萌，有多少是醉翁之意不在酒？"

黎漾明明知道陆厉是在引导她的判断，却控制不住地顺着他的思路去想。柴国森在当地盘了几个店铺，客栈就是其中之一。除此之外，还有一些黎漾知道的典当行、银器铺，都有专门的人打理，生意都一般，但柴国森都曾交代过要格外留心来往龙王潭的人，也要及时收集有关龙王潭的蛛丝马迹。

但如果是为了寻找柴月萌，似乎更应该关注的是年纪相仿、身形相似的女生的踪迹，应该报警、铺天盖地地张贴寻人启事，应该找救援队。

"他的注意力始终都在龙王潭上，你不觉得奇怪吗？"

黎漾觉得陆厉在搅动自己池子里的水，让旋涡越来越深。

"就算是，那跟我也没什么关系。不管他是要找女儿还是要找龙王潭的什么秘密，都是他出钱我出力，我不会因为他目的不同而少拿几百。"

"那他为什么会选择你？"

一句话，再次问到了黎漾的死穴上，这人别的不说，倒是刑讯逼供的一把好手。

"因为你们两个在某件事上可以达成一致。"陆厉把话点得半破不破，却让黎漾觉得自己已然是透明人一样站在他面前。

是因为顾卫东。

黎漾最初会选择和柴国森合作，是因为顾卫东的失踪，和龙王潭之间也有着千丝万缕的关系。

黎漾原本以为，一个财大气粗但失去女儿的悲伤的父亲，不仅可以在资金上给自己提供支持，甚至还能和他共享他掌握到的龙王潭的所有情报。但是几年过去，自己虽然钱赚到了不少，但对于龙王潭的秘密，却始终好像隔着一层厚厚的铁板，刀劈不开，斧斩不破。

但走到如今，黎漾有预感，这层厚厚的铁板，似乎快要被自己踢开缝隙了。

"你知道的，我和柴国森会因为什么事达成一致。"陆厉如今站在这里，和自己说了这许多话，黎漾能预料到，他必然不会再藏着怀表的事。

陆厉从上衣口袋里，拿出了那块款式有些老旧的怀表。

黎漾接过，随手打开，里面竟然妥帖存放了一张自己的旧照。黎漾有些讶异，看着照片上笑容灿烂的自己，止不住微微愣神。

"我第一次打开这块表，之前他都不让我碰。"黎漾举着怀表问，"你哪来的？"

陆厉短暂迟疑了三秒，最后丢出了一句让黎漾无法相信的话："五年前，柴月萌出事一周后，我在龙王潭的水里。"

"什么叫你在水里？"

"一半身子在水里，一半身子在岸上。"

"有人推你下去？"

陆厉摇头："我醒来以后就什么都不记得了，不记得自己从哪来，不记得自己要到哪去，口袋里只有这块怀表。"

黎漾难以消化陆厉说的话，呆呆地看着他："失忆梗……圆不上了，开始跟我玩烂梗了。"

话说到这，陆厉知道现阶段多说无益，怎么能离开这个地方才是当务之急。

"不管你信还是不信，你想找顾卫东，顾卫东的贴身怀表莫名其妙地出现在我身上，无论如何，我都比柴国森离你的真相更近。"

的确，这个怀表的出现，是这五年里，黎漾离顾卫东最近的一次。但陆厉似乎并不需要自己的帮忙，无论从他对柴国森的了解还是对整件事的掌控，都远比黎漾知道的要多得多。

陆厉为什么要拉拢自己？

虽然心中存疑，但黎漾知道，自己不会相信陆厉给出的任何解释，她只相信自己看见的才是真相。

达成短暂共识之后，陆厉带着黎漾从自己进来的那条小路返回。这条路蜿蜒曲折，不太好走，有人工开凿的痕迹，但又十分不平整，更像是盗墓贼为了直通山洞正中留下的盗洞。

陆厉走在前面，黎漾紧随其后。

"你的厉是厉害的厉？"黎漾没头没脑地问。

"你知道我叫什么？"

"当然，我的钞票也不是白花的。再说了，那个大脑袋围着叫你厉哥厉哥的，我也不聋。"

陆厉迟疑了一下才知道她说的大脑袋是于雷，这绰号还挺贴切，于雷别的不说，脑袋确实大。

"你是怎么想到要查我的？"陆厉问。

"在禅达，你在路边看见的卖芒果的、编彩绳的、卖米凉虾的，都有我的人。你前脚刚打听过有关龙王潭的消息，后脚就会有人告诉我。不然你以为，柴国森会留着我给他做事这么多年？"

陆厉了然："还碰上业界良心了，那你为什么没把我的消息告诉柴国森？"

"我没告诉他的事多了。"

陆厉回头，看见黎漾正专注自己的脚下，脸上还带着点昂扬的得意。他突然觉得，在后面亦步亦趋的黎漾，确实就是一副二十岁出头的小姑娘的样子。

看起来冷漠不近人情，其实始终是在虚张声势。

大费周折之后，陆厉总算找到了最重要的突破口。在调查出怀表的主人是顾卫东之后，陆厉就没停止过寻找和顾卫东有关的蛛丝马迹。

最后得到的结论只是顾卫东从小在孤儿院长大，后来逃走去了南方，起初只是在工地打工，后来竟然开始做起了土夫子的行当。刚有些起色，人就下落不明。除此之外，这个人就好像与整个世界脱节了一样，唯一一点联系，就是同时从孤儿院出逃的黎漾。

但据孤儿院认识这两个人的院长所说，黎漾从小性格孤僻，几乎不与任何人来往，这也是她这么多年始终没有被领养的原因。

一直到黎漾十六岁、顾卫东十七岁的时候，两个人不告而别同时离开了孤儿院，就再也没有别的消息。

两个人几乎没有社会交往面，黎漾到云南五年也没有任何朋友，所以陆厉虽然调查了黎漾很久，但对这个人的脾气秉性仍然知之甚少。

不过好在两个人就顾卫东的事达成了共识，陆厉此行也不算没有收获。

第十章　柴国森的秘密

一直到离开山体，黎漾才发现陆厉来时走的这条路极其隐蔽，如果不是事先踩好点根本不可能走得这么顺利。

此时外面的天已经蒙蒙亮了，黑稳婆家必然是不可能再回去了，陆厉的意见是从北面下山不要绕到村前，但黎漾想起有件事还没做。

小神婆躲在不远处的林子里，暗中观察着黎漾说的那棵棕榈树，一两个钟头也不见有人出现。刚刚死里逃生，村口显然不是什么安全的地方，小神婆看了一眼快要冒头的太阳，犹豫着还要不要等下去。

此时，不远处一男一女两个模糊的人影出现，小神婆连忙缩头躲避，借着地上一片巨大的叶子遮挡身体。直到人影越来越近，小神婆这才看出，来人是黎漾，身边还带着一个陌生的男人。

"出来吧，别躲了。"小神婆还在犹豫此刻的黎漾是不是安全的，却没想到黎漾直接一嗓子把她喊了出来。

小神婆一边绕到黎漾身旁，一边警惕地看着陆厉："这是谁啊？"

来的时候没见黎漾身边有人，怎么从里面跑出来还带了一个？

"别管他，你先跟我走，一会儿他们追过来了。"

小神婆虽然不知道要去哪，但是经历过刚刚的事，心里难免对黎漾有一种无条件的信任。

但此时的她又怎么能想到，跟着黎漾这一走，就走出了十万八千里。

于雷还在房间里酣然大睡，手机的画面还停在直播间已关闭的一幕。梦里穿着圣诞装的小姐姐还在扮小猫咪叫于雷哥哥，于雷一个心花怒放，点赞的手指快要戳烂屏幕。

直到外面响起咚咚咚的敲门声，才把于雷喊醒。

一句"谁啊"还没问出口，房门外就露出了陆厉那张冷着的脸。

于雷的手机里，陆厉的一个未接来电和一条短信还静静地躺在里面。短信内容只有简短的一句：醒了回电话。

陆厉刚走开，身后就露出了黎漾那张令于雷憎恶的恶毒面孔，老巫婆身边还多了个看起来也疯头疯脑的女人。

黎漾进了屋，也不管这是哪也不管礼貌不礼貌，第一件事就是脱了鞋，把脚伸进接了冷水的浴缸里。

开车都要走几个小时的山路，三个人就这么趁着太阳出来之前愣走了回来。看这陆厉是个做事果断的，没想到找的伙计不靠谱到了极点。换作黎漾，肯定要倒扣工钱，连人带行李扔出去八百米远。

"你不是去盯梢的吗，怎么还把人带回来了？"于雷追去阳台问陆厉。

陆厉的心思并不在房间里，进来之后的第一件事就是看向不远处柴国森的院子。太阳已经升起，但对面的窗帘依然紧闭，这让陆厉不免觉得有些奇怪。

"柴国森一直没出去过？"

于雷连忙拍着胸脯保证："放心吧，我一直盯着呢，一个人影都没有。"

陆厉看了眼墙上挂着的老式吊钟，估摸了一下时间，抬手又拨通了一个电话。

嘎贡眯着眼睛，钥匙插了几次都插不中摩托车的孔，带着狠劲抽了一下车头。

搞这么几间民宿，钱赚不到多少，快要把人折腾死了。

一会儿这个打电话说没热水了，一会儿那个打电话说想租车了，折腾得人半夜都睡不好。

晚上倒还好说，禅达这地方大部分人都是昼伏夜出。天亮得晚黑得也晚，晚上天气凉快逛逛夜市，江边吹吹风。白天基本都在家里躲着喝茶水，不到上午十点半，街两旁的店铺都不见有人做生意。

嘎贡昨晚和几个司机打牌到十二点，刚要回家睡下就被房客一个电话吵醒，一直到凌晨才回家。洗漱完躺下没多大会儿，不到六点半就又接了电话说有事要他上山。

忍吧，忍吧，谁让这年头生意不好做，有客人总比没客人的好。

这间竹楼的房型大一些，上下加起来有一百五十平方米左右。一楼是厨房和客厅，卫生间和卧室都在二楼。

到了山上推开门，嘎贡见陆厉和于雷正在一楼的小客厅等他，屋子里还多了个昨天没见过的小姑娘。

黎漾在二楼卧室，因为昨天在嘎贡面前露过脸，这时候也不方便下去，但好在这竹楼四下漏风，喘气声都能听得一清二楚。

"老板，麻烦了，又让你跑一趟。"

嘎贡手脚勤快，虽然心里吐槽，但是该长的眼力见儿一点不少。进屋之后就直奔厨房的垃圾桶，不管里面有没有垃圾，统一都把原来的塑料袋摘下，再换上自己带来的新的。

"没事，我住得也近，骑摩托车五分钟就到。刚才电话里说你们要再租一间？"

于雷只是负责打电话，也不清楚陆厉葫芦里卖的是什么药，转头看向陆厉。

"对，有朋友来了，女孩和我们住一起不太方便。"陆厉示意了一下坐着剥芒果的小神婆，小神婆知道到自己的戏份了，朝着嘎贡干笑。

嘎贡把手里的垃圾袋蜷成一团，直起腰："哎呀，这难搞些，我一共就四间屋子，你们住的就是最后一间。"

"没有要退房的吗？最近两天退都行。"

听陆厉这么说，嘎贡突然想起柴国森在这倒是住了有些日子了，但是自己总不好打电话问人家什么时候走，好像要赶人一样。

"那这样，要是这两天有人要退房我也不挂出去，直接电话联系你们。"

房客要是能续上对嘎贡来说自然是件好事，毕竟自己的租金也有成本。

小神婆突然起身，按照陆厉刚刚教她的，说道："那我得看看那个房间是什么环境，要是比这还差我可住不了。"

嘎贡有些为难："这恐怕不太行，人家还没退房呢，我不好带人去看啊。这几间都差不多，你看这就知道了。"

"那拉倒，不知道什么样我可不住，都退了都退了吧，你们这间也退了，咱们还是去镇上住。"

一听说这一间也要退，嘎贡有些动摇。他这几间房子地处偏僻，不算是什么大热门的景区，能找到连住几晚的游客不容易。思来想去，嘎贡想了个折中的办法。

"那要不这样，再过一会儿我也要去换茶，你跟我一块去，但是别说你是看房的房客，能行？"

小神婆眉毛一挑："行啊，有什么不行。"

虽然和陆厉还不算熟悉，但配合得倒是十分默契。陆厉心里担忧柴国森或许早就留意过自己，所以找个脸生的过去探探情况最保险。这小神婆看起来疯疯癫癫，脑子还算机灵。

于雷左看看右看看，觉得目前的局势自己越发捉摸不透了。

怎么好端端的，陆厉出去一趟，一夜之间就多了两个奇怪的女人，一个老巫婆，一个小戏精，这两人能成什么事？

大概十分钟之后，小神婆就回来了。

原来是隔壁的院子里没人，房间里也没有。嘎贡说让他们再等一晚，如果柴国森打电话过来说要退房，就把钥匙给他们。

"人哪去了？"陆厉问于雷。

"是不是就刚才，我们说话的时候出去了？不能够啊，我昨天一直盯着来着。"

黎漾光着脚靠在床上："窗帘都没拉开，那就是说明太阳升起来之前这人就走了，脑袋挺大，不长脑子。"

于雷四下看了一眼，脑袋大？谁脑袋大？

"你说谁脑袋大！"这俩人本来就憋着点仇，黎漾还铆足了劲拱火，于雷觉得是自己太过和颜悦色，都快让人蹲在脑门上拉屎了。

黎漾眼皮都懒得抬，坐起身把脚伸进鞋里，仔仔细细地绑鞋带，轻飘飘地说："还要等他退房吗？我觉得没必要。"

黎漾可以肯定的是，柴国森一定是独居。五年的时间不敢说了解，但是一些行事风格和习惯黎漾还是可以肯定的。柴国森没有近臣，像陆厉和于雷一样的关系，在柴国森身上不曾存在过。

于雷和小神婆被留了下来，陆厉和黎漾准备借机潜入柴国森的房间。

小神婆完成了自己的任务后，安心地看电视吃水果，于雷左右看这人都好奇，凑过去打算套套近乎。

"妹妹，你和那个老巫婆是什么关系？"

"你说小黎姐？"

"那还能有谁，看还看不出来。"

"没什么关系，昨天才认识。"

于雷掰着手指头算了一下，那合着回来的这三人彼此之间都不熟啊，一个昨天认识的，一个前天认识的。

傣楼的锁是那种老式的黄铜长锁，这种锁开起来比用钥匙还简单。随便一根黑色发夹扭一下，小心拨一圈锁芯，"咔哒"一声就能打开。

两层楼总共也没多大，陆厉和黎漾也懒得躲闪，大摇大摆地从一楼走了进去。

柴国森虽说在这住了月余，但是房间里几乎没有私人物品。只有二楼卧室的衣柜里挂着两件长衫、一顶棕色的帽子。

床上的被褥整整齐齐，一点褶皱都没有，这说明自从嘎贡来整理房间之后，柴国森压根就没上过床。所以他也不是今早离开的，而是极有可能昨天夜里就已经出门。

"你给那个于雷开工资？"黎漾一边翻找床头柜里的东西一边问。

"我有个铺子，他帮我打理。"

"迟早要完。"

……

第十一章　四句打油诗

柴国森基本上带走了所有贴身的东西，这次离开应该不是短暂的出行。屋子里没留下任何蛛丝马迹，这让黎漾有些泄气。

陆厉却偶然注意到电视机柜前那本住户反馈的小册子，十几二十页的便签纸，每一页都是空白，只有单拎起第一张，迎着光看的时候才能看出有十分清浅的痕迹。

陆厉找来铅笔，细细地在上面描摹，直到整页纸上的内容全部显现。

是一串数字。

准确地说是竖向排列的七个时间点：6:00、9:00、12:00、15:00、18:00、21:00、24:00。

"时钟转一周，三个小时一次。"黎漾伸出右手食指，顺时针方向转了一圈。

柴国森为什么会写下这几个时间？6:00、24:00……不可能是嘎贡来收拾客房的时间，那会是什么呢？

陆厉回想起昨天看见柴国森时，他独自一个人，好像在等待什么。陆厉推开阳台的拉门，坐在阳台那把椅子上，朝着柴国森昨天看的方向，远远地看过去。

室外的温度逐渐升高，太阳也一点一点爬上头顶，午时最高的温度即将出现。黎漾环抱着胳膊，靠在阳台推门的另一侧，安静地等着陆厉。

偶尔有风吹过，很舒爽。一夜无眠再加上始终精神紧绷，困倦就好似海浪一般，一点点地推过来。恍惚间黎漾觉得有种不真实感，短短的一天时间，自己和柴国森建立了五年的合作关系风雨飘摇，一直杳无音信的顾卫东突然就有了实实在在的消息。这出始终遮着幕布的大戏，究竟是刚刚开始，还是已经有人粉墨登场开唱了。

从一片绿意看过去，是一层的屋顶压着一层的屋顶。发灰的木和烟色的天，中国人的水墨画一直都是写实派，伴着山雾看过去，就是一片丹青。但在最远处，在目光所及的天的尽头，陆厉看到了一座山。

一座郁郁葱葱，但又不算陡峭的山。陆厉用双眼丈量着与对面那座山的距离，就连下山的路都被绘制到了脑海，形成了一张简易的地图。直到路线渐渐重叠，陆厉才恍然明白，柴国森坐在这到底看的是什么。

"你看对面那座山。"陆厉的声音把黎漾从困倦中叫醒。

黎漾顺着陆厉说的方向看过去，也没看出个所以然。

"然后呢？"

陆厉拿过那张便签，用铅笔在上面标记了对面那座山的走向，又在远处标记了二人所在的位置。最后用一条线，蜿蜒曲折地把两处位置串联到一起。

走路和开车不同，开车时会更关注路况，关注前后来车，关注行人。但走路是用步子在丈量土地，会对方向、距离、陡缓更加关注。

从大致地形黎漾可以认出，这是他们刚才下山走的那条路。也就是说，面前的这座山，就是化尸窟所在的那座山。山下的村子，正是二人刚才死里逃生的李家寨子。

现下几乎可以确认，化尸窟的人，就是柴国森有预谋地留在那里的，至于关住这些人的目的到底是什么现在还不得而知。

黎漾拿起了那张便签纸，认真思索着这几个时间点之间可能存在的联系。现在时间已经到了8:55，9点，9点的时候会发生什么？

两个人对坐在阳台的两边，静静地思考，黎漾望向远处，试图从森森的绿意中发现什么。就在短暂的几分钟之后，黎漾忽然注意到，远处的山头有朦胧的绿色光影一闪而过。

因为是在白天，所以亮光并不明显。只是那一抹淡淡的绿色被黎漾快速捕获到，等黎漾确认时间的确是在9:00之后再次看去，光晕已经消失不见。

回想起昨晚山洞内荧光亮起的时刻，应该也对应着字条上的某一时刻。可洞内的荧光为什么会映照在山体之外？而且这座山会定时发光，竟然没有其他人发现？

陆厉在听过黎漾的猜想之后，也觉得事情十分蹊跷。

退一万步讲，先不讨论这淡绿色的光从何而来，单说柴国森为什么会关注它出现的频率……

"会不会和里面关着的那些人有关？"黎漾说。

还没等陆厉回答，外面忽然窸窸窣窣地传来一阵声响。待声音平息之后陆厉和黎漾下楼推开门，只见门边端端正正地放着一只快递箱子。

……

长方形的纸箱，用胶带里三层外三层地缠得十分仔细。

快递单上是很奇怪的手写体，一份来自新疆库尔勒市的快递，寄件人用了化名，只标注了某先生三个字。

可能是路途遥远的缘故，纸箱外表已经被磨损得很厉害，胶带的缝隙里还嵌着金黄的泥沙。

陆厉和黎漾将纸箱搬回住处，于雷没有耐心一圈圈地解开胶带，直接拿来匕首，三两下把箱子划开。

里面放着三张照片、一张被折起来的字条，还有一只老款的粉色智能屏手机。

三张照片依次拍摄了一张毛笔绘下的简图、一只女生的左手、一块铜镜。

毛笔绘画的简图，是连绵不绝的山脉，山中某处，用镜子形状的图案标记了位置。

几张照片里，偏巧铜镜的那张没有对焦，不知道是有意为之还是无心之举，只能隐隐约约地看出是一只花纹雕刻非常复杂的兽类，唯一不同的，是这只兽竟然有大大小小七只眼睛。陆厉的表情骤然发生变化，死死地盯着那只七眼兽。

黎漾在拿起那张字条的时候，手也在微微颤抖。

一张 A4 纸对折之后再对折，沿着折线把角压下，最后反向把两只角互相插在对面的凹槽里。

这熟悉的折纸方法，是顾卫东曾教过她的。

字条上没有多余的废话，只简短地留下了四句打油诗：

浪起不见水，

梦来寻无人。

天翻覆作地，

镜碎了无痕。

二十个字，歪歪扭扭的字体。很明显是怕人鉴定出笔迹，刻意用左手写下。但黎漾心里就是有一种很强烈的预感，这快递极有可能是顾卫东寄来的。

一个谜团压着一个谜团，看似毫无头绪，但黎漾不愿再等了，如今除了去一趟新疆之外没有其他选择。

五年，人是生是死总要有个说法。不能总这么稀里糊涂，留一个重复千百次的噩梦在夜里纠缠自己。

陆厉独自在阳台坐着，用右手轻轻捏着自己左手的虎口。

七月的新疆，雨季要来了。

黎漾走过去，还没等于雷制止，她便在进入后反手插上了阳台的门。

于雷看热闹一般朝里张望，想着这老巫婆肯定要吃瘪。陆厉是个假客气的人，大多数时候都十分礼貌讲义气，但总有那么特定的少数时间，略显不近人情。

例如他独自一人，静静思考的时候，摸虎口就是标准信号。

"你怎么想，这件事？"

陆厉没接话，黎漾自顾着说下去："接下来的这段路，想必会是结伴同行。我被你看得很透，我就是要找这块怀表的主人，但是我看不透你。"

陆厉掐着虎口的手突然顿了一下，开始留心黎漾说的话。

"你费了点口舌说服了我，让我怀疑柴国森，选择和你拴在一根绳上，为什么？"黎漾扭过身子面朝陆厉，"我是打工的，我知道只有老板需要我的时候我才能得到某个工作。需要销售的地方，我盘子刷得再亮也没用。所以你呢，你需要我做什么？"

黎漾知道，即便两个人就算是一起经历过生死且目标一致，也不能妄想着完全了解陆厉，更别想着两个人会有可能成为朋友。但黎漾想知道，他到底想利用自己什么。

可以利用，但要让自己心知肚明。她宁愿两个人是坐在牌桌前，互相等对方出那张自己最想要的牌。但无法接受自己明牌，陆厉在暗中算牌。

"顾卫东的怀表在我身上，有两种可能。第一种是我在落水之前见过他，某种机缘巧合，他把怀表托付给我。第二种是他要害我，我生死一线扯了他的怀表做证据。如果是第二种，我要有筹码。你和他的关系不一般，带着你等于给我加了一层保险。而且最重要的是，你好奇这件事，你想知道，你会拼了命地往前走，我也是。"

拼了命地往前走？拿我犁地呢？

陆厉话说得不好听，但黎漾能听出最起码这句是带着点真心。目标一致，互相利用，这关系比在教堂宣誓生生世世在一起还要牢靠。

鉴于陆厉说的以上两点猜测，黎漾能感受到他和柴国森不同，柴国森对这件事的重点仍然放在龙王潭，而陆厉如果说的是实话，那么他就和她一样，更在意顾卫东的下落。不管自己是不是保险，最起码在找到顾卫东的那一刻之前，两个人的利益都没有冲突。

于雷朝阳台外面张望着，虽然听不见声音，但里面的气氛竟然出奇地还算和谐，按道理来讲，这不应该啊……

小神婆走到快递箱子附近，仔细看了一眼上面留下的详细地址：新疆库尔勒铁门山易货街62-4号。随之握紧了自己身上的口袋，望向不知道还在交谈什么的黎漾和陆厉。

第十二章　跟踪者

陆厉出来之后丢给于雷一串钥匙，嘱咐他先回重庆，自己要去新疆一趟。于雷心里跟过年了一样，强装着淡定应了一声。

这几年于雷没少陪着陆厉颠沛流离，多数情况下都充当司机、跑腿这种角色。陆厉真正想做的事，不是他一个姓于的外姓人能知道的。陆厉这人混不熟的，都说哥们兄弟之间你麻烦麻烦我，我拜托拜托你，两杯酒下肚就是过命的交情。

但陆厉不一样，麻烦到你的地方，很快就会想办法弥补。比如自己昨夜盯了柴国森，不管完成得怎么样，陆厉也会很快补齐这一晚的加班费。于雷时常会觉得自己和陆厉是一家子出来的体己人，但又时常觉得自己不过是个打工仔。

与其陪着陆厉东奔西跑，不如自己回店里晒太阳。老板不在家，店里什么事都于雷说了算，陆厉这点信任还是给他的。

而且离开重庆的这段日子，已经有不少要出货和要买货的联系过于雷，想想那几只盘龙纹白玉花瓶、宋代的建盏、唐朝的策马风云图，于雷就觉得心里痒痒的不得了。

"那你身边没人能行吗？"故作关心，欲拒还迎，不过是打工人惯用的手段罢了。

"再装我就让你一起去了。"

总这么直白，一点台阶不给。

于雷噤声，倒是旁边一直安静的小神婆突然开口："我跟你们一起去，我师父也在新疆，我得去找他问问那藏宝地到底是怎么回事。"

即便她不说，黎漾也想问问这小神婆那九大神器和藏宝地到底是什么情况。不知道为什么，黎漾总觉得那张碎片一样的藏宝图，不应该只是个简单的传说。如果这一趟真能见到她口中的师父，倒是可以当面问一问。

电视的信号断断续续的，地方台女主播面无表情地播报新闻。新疆沙漠地区近日即将迎来罕见暴雨，据悉，上次降水发生在五年前，因为降水区主要集中在无人地带，所以没有给牧民带来财产损失，女主播提醒人们出行前要时刻关注天气状况，避免受困。

晌午时分，太阳正当头的时候，一行四人出发到了禅达火车站，坐上了同一班禅达开往昆明的火车。

绿皮火车现在已不多见，但每节车厢都是爆满。熙熙攘攘的人，操着天南海北不一样的口音。有的随便拉了一桌人开始打扑克，南北规矩不同就干脆斗地主。还有的人直接把外套盖在脸上，只有偶尔停站的时候才起来活动活动去上个厕所。

禅达到昆明不过三个小时的车程，如果坐的是高铁还会再快上一倍。

黎漾靠在窗户边来来回回地翻着那三张没头没脑的照片，窗户外这时候突然闪过了一张小伙子的脸。

看年纪也就二十岁刚出头，穿着一件简单的白色短袖，背着一个灰色的双肩电脑包，拿着纸巾在认认真真地擦着黎漾脑袋边的玻璃。这种情况在通往景区的火车上常有，为了能更好地欣赏沿途的风景，好多游客都会提前下车把玻璃擦干净，方便行驶的时候拍照。

黎漾敲敲窗户，示意了一下外面的人。

小伙子这才发现自己擦错了玻璃，连忙致谢去擦后面的一块。

火车再次行驶的时候，距离目的地也只有一个半小时的路程。黎漾想趁这个机会补个觉，但旁边的小神婆睡得歪歪扭扭，身子靠在黎漾身上大半，手里还不忘紧紧揣着自己的破布兜。

据她自己说，她是被她师父在道观门前捡回家的弃婴。因为找不到生身父母，她师父就只能办了领养手续，成了她的监护人，给她取名——。

虽说她是孤儿，但因为性格比较活泼，所以很得香客们的喜欢。因为在道观里没什么消遣的游戏，她有事没事就喜欢去翻她师父的藏书。也是机缘巧合，知道了她师父有一本叫做《蚩尤残卷》的古书，师父说，古书上记载着许多上古秘术以及蚩尤九大青铜神器的下落，能参悟这本古书的人，就能拥有最终极的力量。

这种话对于一个好奇心旺盛的青春期少女来说，有着致命的吸引力。小神婆日日央求，但师父就是不肯把书拿出来。

直到有一日小神婆溜进房间准备偷书被她师父发现，她师父看她这么执着，也只好拉下脸承认，自己根本就没有那本书，把话传出去都是为了让别人信，日后再给人看风水宅子时好要个好价钱。没想到外面的人没信，倒是小神婆信了。

虽然没有得手那本古书，但小神婆却在师父的房间里找到了一张照片，也就是在化尸窟中给黎漾看的那张手绘地图。小神婆怎么想都觉得，这件事有猫腻，便一个人背着师父，大老远地跑到了云南，还险些丧命在这里。

可当黎漾问她师父叫什么的时候，小神婆再一次吞吞吐吐地犹豫了半天，还是没能说个全名出来。

中途陆厉去了一趟洗手间，黎漾也紧跟着一起。

隔着一道拉门，车厢随着铁路转弯忽忽悠悠地摆动。黎漾靠在门外，等着陆厉出来。

"你是怕我跑了还是怕我丢了，还特意来看着我。"陆厉的声音从洗手间里面传来。

"这话说的，你上厕所我也上厕所，怎么就是我看着你呢。"

"哗啦"一声抽水马桶的声音，陆厉手上的水还没擦干就拉开了门："你去吧。"

"那你在外面等我，我不记得我俩车厢号了。"黎漾说完，没等陆厉回话就钻了进去。

洗手间在火车的中间段，因为后面两节就是餐车，所以来往的人不少。

陆厉下意识地观察了一下周围的环境，突然感觉有些异样。

为了印证自己的猜测，陆厉走向餐车，故意把列车员叫过来低声耳语了两句，内容不过是想要两桶泡面。说完又故作离开，实则躲在车厢末尾观察。

不出两分钟，果然有人出现去询问列车员，具体内容不得而知，但也能看出来话题必然是问了自己刚才说了什么。

黎漾刚从洗手间出来，就被陆厉搂着肩膀带走。

"有人在跟着咱们，得想办法把人甩掉。"

黎漾突然有些兴奋，这枯燥无趣的出行，终于变得有点意思了。

火车还有六分钟停靠下一站——弥勒。黎漾和陆厉简单讲了一下戏，随后就叫醒了睡得歪歪扭扭的小神婆和于雷。陆厉还没等提出反对意见，黎漾那边已经开拍了。

黎漾带着小神婆先是来到了跟踪者的车厢，还没等对方反应过来，黎漾便开始大叫列车员。车里的人原本都无精打采，但都被黎漾这一嗓子给喊醒了七八分。

"您好，他们几个跟踪我。"黎漾就这么直愣愣地指着几个人对列车员说。

那几个人也不甘示弱，立刻反击："你妄想症吧，车上这么多人，咱们都不在一个车厢，我跟踪你干吗？"

黎漾倒是没回他的话，转过来对列车员说："刚才我上厕所的时候这几个人就盯着看了半天，还言语骚扰我，车上要是有监控的话咱们去调监控，就知道我说的是不是真的了。"

小神婆立刻会意，忙在旁边装成陌生路人帮腔："对呀，我看他们几个就是流氓，刚才我来上厕所的时候他们也和我搭讪了。"

"放屁，你们两个是一起的。"

黎漾反击："我们俩都是分开上的洗手间，你没跟踪我，你怎么知道我们两个是一起的？"

"我，不是……"

这时候火车缓缓进站，眼看就要停靠站台。为了不耽误乘客上下车，乘务员只好把对面的三个人请到会客车厢，详细了解情况。

那三人眼看着就要背锅，自然是不愿意，情绪也逐渐激动起来。

这时候火车已经进站停车，乘务员没办法，只好用对讲机又叫了几个人过来，准备强制性扭送。

"凭什么就带我们走啊，她们说的话就都是真的？"

"你放心，我们俩跟你们一起走！我们是举报的我们怕什么。"黎漾义正词严，带上小神婆紧跟列车员步伐。

鉴于对面三人的情绪比较激动，所以列车员的全部精力都在控制那三人上。黎漾始终不远不近地跟在那三人身后，这时上车的乘客已经鱼贯而入，放行李的放行李，找座位的找座位，一下子把两拨人给冲散开。

"她们俩，她们俩还没跟上呢！"被控制的一人还不忘回头看着黎漾，却被列车员呵斥："你管好你自己就行，人家两个小姑娘，有偷跑的理由吗？"

答案当然是有。

第十三章　一路同行

眼看着那三人被列车员押到了车厢中间，黎漾走到车门附近，叫了一声陆厉。

已经收拾好行李就等在门边的陆厉和于雷，听见招呼声后，在列车关门的最后瞬间跑下了车。

与此同时，那个之前因为擦玻璃和黎漾有点头之交的男生也跟着跑了下来，一路气喘吁吁地追上了黎漾。

原本还以为是刚才那三人中的漏网之鱼，没想到转过头却看到了一张年轻帅气的脸。

刚才隔着车窗，只看得见纯白的短袖和双肩包，这下子站在面前，黎漾倒是能仔仔细细地打量一番。男生下身穿得也简单，一条宽松适宜的天蓝色牛仔裤，一双白色的球鞋，看起来是十足的男大学生打扮。

微微靠近，黎漾便能闻到他身上清爽的肥皂味道，紧绷的神经微微放松。

"你们的东西掉了。"说着，他气喘吁吁地递过来一只破旧不堪的布娃娃，大概手掌大小，看磨损程度少说用了也有十几年。

小神婆连忙在口袋里找了一下，宝贝似的拿了回来。

"谢谢啊，可能是刚才被挤掉的。"

"没事没事，没丢就好。"说完男生转身就要往回跑，才发现这时候火车已经快要离站了。

黎漾问："你不是在这站下车？"

男生挠挠头："啊，我要去昆明，没事，我再买下一班。"

于雷："哪还有下一班了，本来这条线就没几趟车，你今天不走就得住一晚了，咱们不是也要到昆明吗，带他一程呗。"

黎漾倒是有这个想法，但是出于安全考虑并没搭茬。不过不管怎么说，人家小伙子也是好心给他们送东西才误了车，带上也是应该的。

"顺路吧小黎姐？"小神婆问。

"问陆老板吧，谁出钱听谁的。"

陆厉能说什么，四个人四双眼睛看着，黎漾这高帽一戴自己还能说什么。

于雷电话联系了一家云南省内做跨市租车的车行，可以从当地开车最后在昆明归还。因为各地都有分店，所以不用再把车开回去。

这样一来方便了许多，既不用隔夜等火车，也不必担心再有鱼龙混杂的人跟踪。

黎漾坐在副驾驶，于雷和小神婆再加上半路捡的那位大学生坐在后座。

男生叫邴川，是借着暑假独自出来旅行的学生，打算从祖国的最南端走到祖国的最北端。先是去了西双版纳，后又到了禅达，丽江、大理之前去过，这次就不打算再绕路。接下来的计划是从昆明到重庆，狠狠地吃两天火锅，过两天山城生活。

黎漾面无表情，但听得很羡慕。

十几岁上学，二十几岁谈恋爱，都是黎漾从别人口中听来的人生。这些年走走停停，始终在赶路，保证温饱之后，才有精力去顾及其他。在禅达几年，她连那几个外地人都叫得上名字的景区都没去过。省吃俭用，钱攒下了一些，但又不知道该花在哪才不算浪费。

一路上于雷与小神婆和邴川相谈甚欢，显然是两个没上过大学的在好奇打探大学生活。

黎漾觉得有点搞笑，不知道陆厉是个什么情况，极有可能一车四个人凑在一起，凑不出一个大学生来。

自从在火车上遇见那三个人之后，陆厉就一直很安静。

那三个人的口音有些混杂，句式像是北方的句式，但语气又有些南方的语调。不像是柴国森的人，那又会是谁呢？

在这一团乱麻之中，想要找到线头的人，难道不止陆厉、黎漾和柴国森三个人？

"我听你们刚才打电话租车，你们是要去昆明玩吗？"

于雷脸上藏不住事，张嘴就磕巴："额，我们是去昆明玩吗？"

小神婆连忙把话接上："我们在云南玩了好几天了，准备去……"

"去甘肃。"陆厉把话接了过去。

"啊，甘肃没去过，但我大学室友有一个是那边的，你们到那边可以联系我，我给你们打听都有什么好吃的。"

"行啊行啊，那我加你微信。"

小神婆好像早就等着这事，连忙把手机递过去，还不忘贴心地告诉人家自己叫——。

"其实我还挺想和你们一起去的，一个人旅行虽然挺自由，但有点太孤单了。"

车里很沉默，没有人接邴川的话，小神婆的心里倒是希望能有个帅哥同行，不然一路上对着黎漾和陆厉两个人，难免会有些闷。但她也知道这一趟多一事不如少一事，别惹麻烦，所以也没敢搭茬。

邴川见气氛降到冰点，自己干咳两下找补回来："但是我觉得既然制定好计划了，还是按照计划走，那我就不打扰你们了。"

一直到分别，小神婆还明显恋恋不舍地朝着邴川摆手。

黎漾费力地合上后备箱拍拍手，不忘招呼小神婆："别看了，你俩这辈子没什么意外也不会再见了。"

于雷也落井下石："就是，男人皮囊真的有那么重要吗？"

难道头围大一点，身高差一点，但人格魅力很强的男生就不值得留恋吗？于雷在心里想。

"当然，男人不看皮囊看什么？看内在？你们有内在吗？"

"你这话不对啊，你这不挑起性别对立吗？"

"看你不像上过学的样，还知道性别对立这词，直播间学的？"

于雷气得直转圈，陆厉到底从哪弄这么两个女的，一个一天不说话，说一句话就阴阳怪气的；一个满嘴都是话，就在你下巴颏等着你，说一句怼一句。

赶紧回重庆，赶紧回重庆，再晚心脏受不了。

登机之前，陆厉简单交代了于雷两句，什么样的货店里可以接，什么样的货不可以接。于雷嗯嗯嗯地点头，具体听进去几句也不知道。

临行前，陆厉把快递来的那只粉色手机交给于雷，托他回去找个信得过的兄弟，把手机修好，里面的数据导出来，别漏出去。

于雷虽然看似不靠谱，但最起码知道什么事可以糊弄，什么事得小心对待。陆厉是他老板，只有他平平安安，一切顺利，自己才能有口饭吃，他说不能漏出去，那这事就得瞒好。

于雷看了看周边的人，小声问："瑶寨那边还用不用回去一趟？"

"你等消息吧，有事的话齐叔会联系你。"

五个人在机场分道扬镳，郏川因为同去重庆所以在登机口又见到了于雷。

两人打了招呼之后于雷暗自打量，要说差好像也没差很多，无非就是高一点、瘦一点、白一点，要说别的也没啥了。

另一边的飞机上，陆厉和小神婆坐在一起，黎漾独自坐，小神婆几次三番想要换到黎漾那去都被黎漾强硬拒绝。

折腾了一天一夜，好不容易有了点休息的时间，自己实在不能再听她多说一句废话。

　　一路无言，黎漾除了喝水之外其余时间全在补觉。小神婆看了一眼黎漾，悄悄地问陆厉："你觉得我黎姐怎么样？"

　　"什么怎么样？"

　　"人啊，人品、样貌、性格。"

　　"样貌还行，人品非常差。"

　　小神婆见陆厉接她的话，有点振奋地坐起身子反驳："不能这么说，当时在山洞里，要不是她指条活路给我，我就死了，哪还能坐在这和你说话？"

　　陆厉余光瞟到了黎漾，偏巧这时候赶上空姐来发餐，送到黎漾那，还没等空姐开口问，就被黎漾冷冷的一句"不吃"打发了。随后为了姿势舒服些，还把腿架到了旁边那张空着的椅子上。

　　"极差。"陆厉再定性。

　　"你懂什么，看人不能光看表面。女生看女生才是最准的，你别看我年纪小，我看人特准，我觉得你俩挺合适，真的。"

　　越说越离谱，陆厉干脆把椅子放下也准备休息。

　　"哎哎，我说正经事呢，不是乱点鸳鸯谱，你多往这合计合计。"

　　"你有姐夫，等找着了我给你拍照片。"

　　离了个大谱，小神婆被惊到几秒说不出话。

　　不可能，绝对不可能，以她这么多年识人的眼光来看，黎漾就不可能谈过恋爱，哪来的姐夫？

　　……

第十四章　多管闲事

出了机场，呼吸到乌鲁木齐的空气，才算真正感受到西北边陲的气候和民俗风情。电视里都说空气里飘散着瓜果和香料的味道，黎漾倒是没感觉。但天更蓝、云更白倒是真的。

大自然赠予了江南山水，赠予了西双版纳风情，也赠予了西北豁达的天。黎漾是第一次踏上这片土地，但还来不及欣赏，便匆匆地踏上了辗转前往库尔勒的车。

因为到乌鲁木齐比较晚，一般的票基本售罄，剩下唯一的交通方式变成先坐长途客车再转车，买票的时候三个人才知道，库尔勒是有机场的。

乌鲁木齐西郊长途客运站的候车室被围得水泄不通，似乎赶上了什么节日，来往的人很多。女人尖细的叫喊声和孩子哭闹的声音尤为刺耳，这让本来已经快睡着的黎漾微微皱起了眉头。

陆厉看出了黎漾的不耐烦，示意了一下客运站的挂钟："再等一会儿，估计快发车了。"

黎漾瞟了一眼检票口，"因故晚点"四个字红得显眼。

客运站的电视上播报着最近的极端天气，看样子客运也受了影响，不知道这一晚点又要晚多久。候车室里吵吵嚷嚷，人群最中间的一个男人正抓着女人的头发往外拖去。另一只手扯着一个四五岁的小男孩，皮肤黝黑，脸颊的红血丝十分明显，鼻涕眼泪流了满脸。

"贱人，跟外面的野男人孩子都生了还有脸回来！骗我的钱，还敢给我戴绿帽子。"

女人拼命地哭喊求饶，旁边围着的几十号人，看样子都把这当成一出家庭伦理剧，并没有伸手帮一把的意思。

女人被拖到座位前面的时候，一把抱住了黎漾的腿。黎漾震惊于她干瘦的身体竟然有如此大的力气，可见求生欲望之强烈。于是弯腰伸手，拉住了女人的胳膊。

男人凶神恶煞地警告黎漾："松手，不然老子连你一块弄。"

围观群众在一旁帮腔，自作好心地提醒黎漾："小姑娘，人家家里的事，让人家自己解决，咱们就别多管闲事了。"

黎漾似乎听进了路人的劝告，想想便松开了女人的胳膊。这世上的大多数人终归还是要关起门来过日子的，都是泥菩萨过江，谁又能管得了谁。

人群散去，大家好像都恢复了秩序，接热水的接热水，上厕所的上厕所，仿佛刚才只是一出闹剧散场。

不知道为什么，看到黎漾冷眼旁观，陆厉反而有些诧异。他总觉得黎漾这个人别扭，很难自洽。心里有点柔软的东西，但总想掺点石灰把那点柔软的东西封上，封上了吧，又总是漏风。

犹豫了一会儿，不出两分钟，黎漾突然起身，走出了候车室。

女人的外衣已经几乎被扯掉，大腿在地上被一路拖行，裤子已经磨损。那个四五岁的孩子被关在车上，已经哭得没力气了，两只小手扒着窗户玻璃，朝外看着妈妈。

陆厉远远地，根本听不到外面的人在说什么，但很奇怪，只有黎漾刚刚靠近的时候，对面人的表情有些不妙。说了两句话之后，对面人的表情就明显发生了变化。

整个过程里，没有剑拔弩张的气势。黎漾比画了两下，神神秘秘地给对方看了一眼自己包里的东西，最后还指了指远处陆厉的方向，不知道达成了什么协议，最后竟然还和那男的握了握手。

然后黎漾大摇大摆地，把那女人和孩子就这么带了回来，一直送到了保卫处。

再回来的时候，小神婆下巴都要惊掉了。

"你，你就这么把人带回来了？她老公也不管了？"

"不是老公，都是人贩子。"

"这么肯定？"

黎漾没说话，随手拧开了一瓶矿泉水仰头灌了大半："你见过哪个男人被戴绿帽子了还这么大声嚷嚷的？"

这话说得倒不假，出轨捉奸这都是大家看热闹的重点话题，但凡这个帽子一扣，围观的人就有了先入为主的观点，只把这场闹剧当家事。

但退一万步讲，就算是家事，也没有在大庭广众之下拳打脚踢的道理。

"那你到底跟他们说什么了，他们就把人给你了？"

黎漾朝电子屏幕看，显示到库尔勒的客车五分钟之后检票，故意把话题岔开招呼陆厉："车来了。"

小神婆也连忙起身跟上，黎漾看着她："你不去找你师父？"

"我，我师父也在库尔勒，我带你们先去找他，正好可以一道问问《蚩尤残卷》的事……嗯？"

陆厉心里已经打定这小神婆有别的意图，但一时又猜不到到底所为何事。既然一同到了这，不如就去看看她葫芦里到底卖的什么药。

库尔勒号称沙漠边缘的威尼斯水城，一条孔雀河穿城而过，让这座城市拥有一般西北城市没有的柔情。但刚适应了云南的气候，还是依稀能感觉到空气里的湿度大不相同。

出租车司机从后视镜里打量着这几个人，总觉得气氛有些夹生。

副驾驶坐着的那个小姑娘指路指得很殷勤，后面那两个从上了车就一言不发，看不出到底是认识还是不认识。从穿着打扮上来看，基本就是外地来玩的游客，司机清清嗓，说道："三位来我们新疆玩啊？"

　　照例还是副驾驶的那位搭话："对啊，来玩。"

　　"那你们可来得对得很，我们新疆可不只秋天美，夏天也美。秋天的时候人就多了嘛，吃的住的都贵，这时候最好，就是白天热一点。"

　　"这边的热和云南的热不太一样哈？"小神婆扭头去问，但看后面那两人面无表情，又兴致缺缺地转了回来。

　　"这边天气嘛就是干，多吃水果就好了。"司机看了一眼导航的地址，"你们去的这个宾馆不好，没听过。"说完顺手在导航上又指了一个位置："这里，这个酒店位置不错，楼下就是美食街，吃饭逛街都方便。"

　　小神婆把导航上的鼠标拖回去："不用，我们就去这。"

　　司机悻悻点头："你们新疆这边有朋友？"

　　小神婆摇头，这给司机再次鼓了劲："那你们坐我的车可坐对了，我知道一家大盘鸡，量大又好吃，贵是有点贵，但是出来玩嘛！"

　　小神婆吞咽口水的声音，黎漾隔着一排都听见了。最后下车前又问地址，又打听订餐电话，看着像是真馋了。

　　据小神婆所说，她师父比她早一步出门，说是去游历，其实就是散心。总在道观憋着，好人也要憋出病。况且她师父是个闲不住的人，天南海北背包就走。

　　报了师父留下的房间号，敲门半晌不见有人开门，小神婆连打了几个电话也没人接。前台一问三不知，唯一能得到的消息就是还没退房。说到能不能开门进屋看看的时候，前台倒是义正词严：这是客户的隐私。

　　黎漾拍拍小神婆的肩膀，示意她靠边，调整了一下情绪对前台道："我亲叔叔，家里老婆出轨被他抓住了，在家闹了几天突然人就失踪了。

我们费了挺大劲才找到这，现在也不知道人是活是死，哎呀，家丑，不行报警吧。"

这话一说，前台的态度很明显就松动了。

开门做生意的，谁不怕这种晦气的事。别说是死在客房里，就算是人惹了事来几个警察转一圈，那都影响生意，传出去不一定怎么说。黎漾看这酒店不大，前台也没穿工装，多半是老板娘亲自坐镇，自己家的买卖，肯定是更在乎名声。

"那你们跟我上来吧。"老板娘拿了门卡，前面带路。

宾馆虽然不大，但装修得十分精致。走廊两边的墙上挂着壁画，有点抽象，是黎漾欣赏不来的艺术。但看这样式，自己回去也可以买几个挂起来，五十元一张买来，跟柴国森报五百块钱的账。

第十五章　五年前的惨剧

房间里十分凌乱，袜子和老头衫乱糟糟地堆得满床满地都是，用空的洗漱用品也散布在屋子的角落，洗手间有，床头柜上也有。

一套类似道袍的灰色大褂还在衣柜里挂着，黎漾左翻翻右翻翻，怎么看也不像正儿八经的道袍。

小神婆解释："我师父说原来的那个不好看，没腰身，自己改的。"

"这人真没了！"看见屋里的场景，最崩溃的是老板娘。

一直沉默的陆厉提出要和老板娘去看监控，老板娘一拍脑门才想起来，对，走廊里还有能覆盖一周时间的监控。

小神婆脸色一紧，也要跟下去。

"你在楼上找，看看他有没有留下什么。"陆厉的语气不容置疑，黎漾看了一眼门口，这表明陆厉对小神婆有防范。

老板娘把一周前的监控都导了出来，调成倍速快速播放。大概看到第二天的时候，楼上 304 房间里就曾出来过一个人。四十岁左右，穿着随意，好像要出门遛弯一样，脚上还穿着人字拖。陆厉把视频放大几倍，发现这人手上还拎着个黑色的东西，但画面有点模糊，看不清是什么。

在之后的视频里，这人就再也没有回来过。

但就在一整天之后，7 月 24 号的早上，监控里出现了一个熟悉的身影。

屋子里没什么有用的线索，只是一些生活日用品，但黎漾看来看去，总觉得屋子里好像少了点什么。

陆厉推门进来摇摇头："老板娘说三楼的监控坏了，一会儿叫人过来修一下。"

小神婆顺势坐在窗户边的椅子上，若有所思地点点头。

黎漾和陆厉两人的眼神有一瞬间的交错，短暂地碰撞就让黎漾瞬间明白了陆厉的意思，这或许是来自同类人的默契。

"你师父什么时候给你打的电话说他在新疆？"

"就前两天，他一天神出鬼没的，隔两三天就换个地方。你们准备从云南走的时候我问他在哪，才知道他也在新疆。"

"那现在你打算怎么办？"陆厉问。

"我想着，那我能不能先跟你们一起走啊，我身上也没钱了，我一时也不知道要去哪。"

"钱我可以给你，足够你回家的路费。"陆厉斩钉截铁，切断了小神婆的思路。

说到底就是个十几岁的小姑娘，心里拿不定主意，被这两人这么一问就有点慌神，干脆原原本本地道出了实情。

小神婆的确是孤儿，却并不是像她所说是个弃婴。

她师父是个半吊子道士，自学成才。虽然小神婆避开了不太好听的措辞，但黎漾也能听出来，多半是自己看了几本道家的书，自学成才，便开始给人看风水，算算卦。

五年前，他接了个大活儿。

具体位置她师父并没有提起过，只说是沙漠附近的农村。

村里时不时就有人发疯病，一开始大家都怀疑是有人家买了死猪死牛，不小心吃坏了被传染了疯牛病。但随着发病的人越来越多，事情开始慢慢有点不对劲了。

这病发起来邪门，先是胡言乱语，然后就像牲口一样疯狂地啃食自己，一直把自己啃到露出白骨还不算完。中医西医都看了个遍，没有哪个大夫能说出个所以然来。当年的网络通信也不像现在这么发达，所以事情传到了县里就被捂住了。

一直到这小神婆的师父来，看到了村里发生的事。所剩不多的村民凑了点钱，想让他帮忙看看这到底是怎么回事。

原本他是想赚上一笔，然后再去往下一个地方。但村子里发生的事，让他良心难安，也实在收不下这笔钱。

六十岁的村长带着他挨家挨户地走，推开一扇门里面就是另一个世界。黄土垒成的房子，风一吹就有沙石被吹落。窗户的缝隙塞着塑料袋，试图阻拦一些灌进屋子里的沙土。有的人家尸体停在屋子地上还没下葬。还有的人刚刚发病，家人只能用绳子把人拴住。

人不像人，鬼不像鬼。

一直走到村尾的最后一家，刚一推开房门，就看见一个男人衣襟上沾满了血躺在地上，已经没了气，一个女人脖子上拴着一条破衣服拧成的绳，在拼了命地啃自己的手。

十来岁模样的小女孩一只手紧紧地抱着一只布娃娃，另一只手抱着女人的大腿哭号，一声又一声地叫着妈妈。

女孩的身上只穿了一件单薄的秋衣，光着脚，瘦骨嶙峋，看起来已经许久没有吃过东西了。这个女孩就是小神婆。

"造孽啊，这都是造了什么孽，剩下一个女娃娃要她以后可怎么活。"村长抹了一把眼泪，再说不出别的话来，随后就是一阵咳嗽。

沉默半晌，师父把收下的钱又退还给村长。他自知没能耐解决这件事，最起码现在不行。师父留下一个自己的地址，告诉村长如果有什么新的发现和线索都可以告诉自己。在离开之前还不忘提醒村长，让还活着的人快快离开这个地方。

小神婆静静地讲着："师父当时已经出门了，没一会儿又回来。他问我愿不愿意和他走，可能没什么好日子过，但是饿不死。我饿坏了，想也没想就点头。然后我就跟着他回到山上的观里，有时候有人来找他给孩子看病，有时候有人来找他看风水，他赚些钱，也确实没饿到过我。但是我知道这些年，他一直都没放下当时村子里的那些事，有时候听到点蛛丝马迹，他可能背上包就走，过了好久才回来。"

或许没有人能忘记那一幕，血腥的、干枯的、了无生气的人，像行尸走肉一样，重复着可怕的动作。

黎漾想起小神婆疯疯癫癫、无忧无虑的样子，能感受到她这个师父这些年把她养得很好。明媚自信，又很勇敢，是在被保护的环境下长大的孩子。

"说实话，我不记得我爸妈的样子了。我只记得他们发病，然后像疯了一样咬自己。我早就已经没有家人了，师父是我唯一的亲人，但是他好像也出事了。

"7月19号那天，山下有集会，我叫师父去赶集。他说一会儿有客人要来，让我自己去……"

小神婆磨磨蹭蹭了好半天，又拿背包又拿水壶，好不容易到了客车的集合地，肚子又开始疼，只能让客车先走，自己再坐下一趟。

回去上完厕所路过师父门前时，发现屋子里除了师父还有一个看起来七十来岁的老人。老人情绪很激动，握着师父的手哭了好一会儿，然后从背包里拿出了几张纸，上面歪歪扭扭地画了几张地图，从说话的语气里，小神婆听出这人就是当年的村长。

村长说起了五年前的那件事，语气里满是悔恨和懊恼。

原来五年前，有一伙自称是刚刚从沙漠回来的游客曾经想要到村子里借宿。因为村子本身情况特殊，之前有过规矩，不留宿村外的陌生人。那段日子那一带不太平，总有土匪流氓入室抢劫，所以一开始村长并不打算留下这几个人。但据他的回忆，这伙人很有钱，每个人都背着一个看起来很重的大包，吃穿用度都是最好的。虽然村长不认得那些牌子，但是他们四个人只打算住一晚，就随手给了村长一千块钱。村长身体不好，常年咳嗽，家里的钱都用来检查身体和治病。一千块钱，够一家老小买上一年的米面油，人家随手就扔得出来。

这么有钱的人，想必应该不是什么坏人。

村长家收拾出了西厢房给他们落脚，晚上村长媳妇去送热水的时候，在门外听见里面的人说起什么石林，什么残卷的藏宝图。

还有人说，在易货行里这也算是个奇货。

还有人打趣，说李拐子半辈子也就找到三张，咱们这一趟就描了三张回来。

村长媳妇也纳闷，到底是什么东西这么神神秘秘的，难不成真有什么宝贝？村长媳妇把这话跟村长一学，村长心里也画了问号。辗转反侧了半夜，披着衣服下地想要从窗户外面偷偷看看隔壁的人睡没睡，能不能再听到点什么。

当时已经是夜里十一点左右，西厢房已经熄了灯，但外面的月亮却格外惨白明亮。

村长猫着腰刚刚探起头，却隔着玻璃正好对上了一张木然的脸。

里面的人直挺挺地坐在土炕上，眼睛死死地盯着面前的玻璃，面无表情，好像一只提线木偶。

村长吓得一个激灵，跌坐在地，忙不好意思地摆摆手，想要离开的时候，却感觉里面的人好像有些奇怪。那人只坐着，愣愣地看着玻璃，村长顺着那人的视线看向外面，远处除了山就是山，并没有什么特别的地方。

坐着看了一会儿之后，那人突然抬起自己的手，朝着手背狠狠地咬下了一块肉。村长见鬼了一样，倒吸了一口凉气，冲进屋子把其他三个人喊醒。

其他三个人看到同伴这样，也都十分惊慌，急忙从包里掏出急救的药和麻醉针，想办法把人先控制住。但村长却说什么都不肯再留下这几个人，连夜把他们送出了村子。

原本以为，这些人离开之后就不会再有什么问题，哪想到接下来才是噩梦的开始。村里的人就好像着了魔一样，一个接一个地发疯。

这疯病又好像有选择性，偏偏放过了老弱病残，最先发病的总是年轻人。

村长总觉得，这件事和借宿的那几个年轻人脱不了干系，但如果不是传染病，那又能是什么？

这四个人走之后，村长意外地在地上捡起了几张纸。纸张有些泛黄，上面是简单的手绘地图，多半是晚上拿药的时候慌乱之中带出来的。村长留着这几张纸，一直没和任何人说过。

村长反反复复地忏悔，不该因为贪财，而不顾村子的特殊情况留宿这几个人，是自己造下的孽障，才害得全村人都不得安生。

一直到最近这段日子，村长觉得自己的肺病可能要挨不过今年冬天，所以想在临死之前，把这件事托付出去。村子里当年离开的人如今已经寻不见踪影，村长能想起的，只有当时师父留下的地址。

接下来的几天，师父都会在灯下来来回回地看那几张纸。

"后来我趁他不注意，偷拍了几张打了出来。"小神婆打开自己一路护着的破布兜，拿出了其余的几张照片，还有一个账本和钱包。

"没两天我师父就走了，他最后一次跟我联系的时候是在这，还发了个朋友圈说环境挺好，就是灰土太大了。23号的早上八点，他突然给我打电话说他知道了，他可能知道那三张地图和李家寨子是怎么回事了。说得没头没尾的，我也没明白他是什么意思，然后再给他打电话就打不通了，短信也不回。我打了四十六个电话，都没人接。我心里有点着急，就也来了。到这一看，他根本不在，我就觉得可能是出事了。"

陆厉拿起桌子上的那几张照片，来回对比了一下，前两张都标记了准确的地名，只有第三张比较潦草，只匆匆地画了几条山峰的走向。

一行探险的人背着很重的大包？这似乎不太合常理。

黎漾问："就只是一天没回，你就这么确定他是出事了？"

小神婆十分认真地点了点头，把钱包打开递到黎漾面前，声音有点颤抖，带着哭腔："我师父这辈子嗜钱如命，冰里冻上个五毛钱他能把冰焐化了把钱拿出来，他不可能出去一天一夜都不带钱包。"

"我还是不明白。"黎漾垫起长腿直接坐在电视柜上，"那你为什么执意要跟着我过来，你觉得我能帮你找师父？"

小神婆把钱包放回口袋，打开了那个账本，上面用蓝色圆珠笔写着一行字：十八块钱，拉面加蛋×2，不好吃。

"什么拉面？"看黎漾满脑袋问号，小神婆忙看了一眼："翻错了翻错了，不是这页。"

说着连忙把账本翻到最新一页。上面写着：交换，奇货，新疆库尔勒铁门山易货街。

"我师父有记账的习惯，这个记账本他走到哪带到哪，花了多少钱干了什么都会写，我虽然不明白前面两个词是什么意思，但是易货街，他去过那。"

易货街，是柴国森收到的那个快递寄出的地方。

小神婆在发现她师父不见了之后，并没注意到账本上的最新一条是什么意思，而是把注意力都放在了那三张地图和师父口中的李家寨子上。她强烈的潜意识告诉她，她师父很有可能想通了照片里有关于李家寨子的什么秘密。

小神婆只能像没头苍蝇一样，顺着照片上标注的地点找过去。第一个目的地，就是李家寨子旁边的化尸窟。

但是在看到柴国森门前的快递后，她意外地发现，易货街这个地方可能才是最可疑的。

　　所有的事，像是不同的水流分支，从四面八方渐渐地汇聚到了同一河流里，挟裹着秘密奔流前行。

第十六章　村长隐瞒的秘密

五年前，小神婆的村子因为一伙不速之客的到来，引发了蔓延全村的疯病。五年前，柴国森的女儿柴月萌发病，与此同时顾卫东失踪，陆厉被人推下龙王潭失去记忆。

而现在，一个神秘快递把所有人都带到这里。

陆厉拿出快递里面的那张手绘简图照片，把它和小神婆拍的几张照片放在一起。

快递里面的那张照片是毛笔绘制，细节更多。从山丘走向到四周地形都有一一标记，而且绘制的纸张也明显年代更久远。但小神婆拍摄的这张只是用黑色的记号笔简单地描摹了一遍，好多细节都有缺失。似乎是在原件不能移动或比较危急的情况下，匆匆誊抄下来的。

但抛开细节不看，快递里的照片和小神婆手中的第二张照片，画的就是同一个地方。

椭圆形的盆地，四面环山，西面标记的四个字指明了盆地的地点。

昆仑山脉。

所有盆地里西面紧邻昆仑山脉的，只有塔里木盆地。地图中三角形标记的地点，正是塔里木盆地中的塔克拉玛干沙漠，中国最大的沙漠。

冥冥中，好像有一股力量在指引着他们向一个地方出发。

如果像小神婆所说，她老家是在沙漠附近的一个小山村，能被刚从沙漠出来的旅行者借宿，大概率就在沙漠出口的位置。

陆厉问小神婆："你还记得村子的位置吗？"

小神婆摇头："记不清了，师父带我出来之前，我没离开过村子。我只记得走的那天他开了一辆老式的桑塔纳，可能是哭累了，我刚上车就睡着了。"

"还有没有其他细节，再想想。"陆厉进一步追问。

人对自己受过伤的经历都会下意识地产生保护机制，选择性地遗忘来让自己避免二次受到伤害。例如有些生产后的母亲，很大一部分人在之后的一段时间里都想不起当天发生了什么，也回忆不起当时的痛感。这是身体的保护机制，忘记是最好的保护。

小神婆也是一样，对于年幼的她来说，当年发生的事过于血腥恐怖，所以记得并不是一件减轻痛苦的事。

八岁的孩子按说已经有了非常清楚的记忆，但无论是从对父母的印象还是对家乡的回忆，小神婆都十分模糊，人总是会下意识地选择一个简单模式的活法。

"我只记得，风沙很大。我在车里能听见沙子砸在玻璃上的声音，好像下雨一样，但是沙漠怎么可能下雨？很久很久，我在车里迷迷糊糊地睡了好久，一直到天都黑了才到了一个镇子上。"

"有没有可能那个村子不是在沙漠附近？"陆厉说。

黎漾质疑："但那几个人明显就是刚从沙漠出去。"

"会不会他们根本没走出去？我的意思是这个村子不在沙漠附近，它就在沙漠里。"

陆厉的猜想并不是没有可能，一个村庄如此大范围的瘟疫，一来没有扩散到城镇，二来没有引起当地新闻媒体的注意，本身就说明村子从地理位置上就远离人烟。离开村子后大半天穿越风沙的车程，也可以侧面证实这一猜想。而村长反反复复地提起村里的情况特殊，到底指的是什么特殊？

"最可疑的，你师父走过这么多地方，估计也见过不少难以言说的事，为什么唯独对这里执着了这么多年？除了村子里发病的人之外，是不是他还看见了什么让他无法释怀、困惑不已的事？"

这些事是小神婆从没想过的，面对陆厉的种种猜想，她才意识到，自己好像从没真的了解过师父。

"你师父叫慎虚啊？"黎漾随手翻开账本第一页，发现了小神婆对师父名字三缄其口的原因。

小神婆一把夺过黎漾手里的记账本："那是我师父为了提醒自己，要务实慎虚。"

"但是好像不太吉利。"黎漾挑眉，心情一点都没受到刚才那些乱事的影响，还有精力和小神婆打趣。

"听见我说的了吗？"陆厉皱眉道。

"听了听了，所以不管村子在哪，不管她师父看见什么了，咱们都得去那个易货街，那就别在这打哑谜了，你赶紧给你师父收拾收拾东西退房。"黎漾一边走一边嘟囔，"我都看了，大床房一晚上一百一十九元，这都空了多少天了，不行再跟老板娘说说打个折，不行，对折也不划算，应该直接让她把这几天房费免了，不然就报警。"

"占了人家的屋子，这事咱们报警也不占理吧？"小神婆问。

"谁说要报警退房费了，人在店里住着住着就没了，报警找人啊。"

陆厉心想，老板娘摊上这么个混不讲理的人，也算她倒了八辈子霉。黎漾说得倒是胸有成竹，却忽略了一件事，能在这种地方开店的人，也不会是简单的商人，背后少不了有能撑腰平事的。为了一会儿少浪费点口舌，也不折黎漾的面子，陆厉借口出去抽烟，顺便打算把房费再给一份，嘱咐老板娘一会儿黎漾要是来要，就装个面子给她。

小神婆收拾着慎虚留下的几件简单的行李，黎漾从洗手间出来，把手里的水顺手在裤子上擦了擦，靠着门框看着小神婆。

她收拾得并不快，每一样都是仔仔细细叠好放进背包，可能是为了控制情绪，时不时地还捏两下鼻子把眼泪憋回去。

"不会有事的。"黎漾突然说。

小神婆被这么轻描淡写地一安慰，情绪突然难以控制，干脆放下手里的东西，三两步走到黎漾面前，伸手就要熊抱她。黎漾如临大敌，连忙一个闪身绕了过去，让小神婆抬起的手环了个空。

惊魂未定，黎漾顺了一下自己的碎发，尴尬地咳嗽："我是说你师父这么大人了，也不是有仇家，最多就是有事耽误了几天，没必要哭得这么早。"

黎漾并不讨厌她，这很难得。大多数时候她讨厌所有人，讨厌他们绕着圈子说话，讨厌他们明里暗里地算计。但是她并不讨厌这个神神道道的小神婆，可能是同样的经历，让她看着她，好像看见了几年前的自己。

说起来黎漾不过虚长她四五岁而已，却好像隔了不止四五年的岁差。

"谢谢你们愿意带着我，我知道这还挺麻烦的。"

你们，小神婆默认了黎漾和陆厉才是志同道合的一路人。

"也不用把我和他划在一个阵营，我们三个人自己有自己的打算。你也不要相信任何话，包括他，包括我，都是在生死一线的时候只求自保的人。"

陆厉走到门前，突然听见了这句话，止不住地心疼刚才自己交房费的八百块钱。狼心狗肺，黎漾就是个喂不熟的白眼狼。

但是在看见她从楼下老板娘那里要来房费之后，略显得意的神情，陆厉觉得八百就八百吧，一路枯燥，就当给自己买了个节目。

第十七章　易货街

易货街和慎虚住的宾馆距离不远，不需要打车，走两条街就能找到。

街两旁偶尔能看到小商贩推着平板车吆喝，大多是一些吃的用的。其中比较吸引黎漾注意的是一种比拳头要小一圈的梨子。

说它特别倒不是因为形状、颜色有多特别，而是几乎每走两步就能看见一家在卖。

堆成小山一样的梨子堆，尖尖的梨把，圆滚滚的肚子，上面还带着一抹红。

"皮薄肉细，甜得很，称一点尝尝吧，姑娘。"

看黎漾留心，摊主及时吆喝了一声。突然被人喊住，黎漾有一种被人戳穿的窘迫感，连忙摆摆手，表示不要。

"想吃就买一点，也没有多赶时间。"陆厉感觉自己是个搭台阶的。

"我带的钱不多。"黎漾理直气壮地说。

"我付。"

"那来六个。"

嘴上说着不要，原来心里早已经把每个人的分量安排好了，陆厉一个，小神婆一个，黎漾一个，剩下三个放在塑料袋里拎着，万一要是好吃就不分了，不太好吃的话就再一人一个。

细一打听才知道这梨就是库尔勒梨，当地的特产。也因为这种梨久负盛名，库尔勒也被称为"梨城"。

不愧是这么有名的梨，吃起来是和普通的梨子不太一样。几乎吃不到梨肉中的颗粒和纤维，入口后十分绵软甘甜，像是一块蓄满了汁水的棉花糖，不需要牙齿和咬肌用力就能吞入喉咙。在七月烈日当头的天气里，吃上一口感觉身体里蒸发的水分瞬间回到了满格。

黎漾把手里的塑料袋转着圈打了个结，打算留到晚上再吃。

易货街早些年的时候是外地人聚集地，起初是个叫李拐子的在这条街上开了一家交易行，说白了就是个以物换物的门市。虽然门市不大，但是交易起来规矩很多，每周只有两天时间交易，其余时间用来收货和评估。

因为李拐子眼光毒辣，收来的货都是精品，所以有换物需求的人都慕名到这来。

李拐子家立下的奇葩规矩，让到这来的人少说也得留下个三五天。外地的人一扎堆，一来二去的整条街就都开始有全国各地的人做生意，时间长了，这条不知名的小街就被叫做了易货街。

起初街上只有些吃住行的店，比如小饭馆、小旅店，到后来有眼热的人也跟着开了当铺和易货行，但是生意都很萧条，始终也没第二家能端起这个饭碗。

不见金，不卖货，这是李拐子一开始定下的规矩。

但这六个字说的并不是看不见钱就不卖货的意思，而是需要拆开来看的两条规矩。

不见金，意思就是易货行里不能有现金流通，送来的货如果李拐子看得上，或者有其他客人喜欢，只能用物品交易。

不卖货，说的就是店里的东西如果有来客看得上的，也不能买走，须得拿来一样让李拐子看得上的东西才行。

但一〇几年的时候，李拐子生病去世，把店留给了不知道从哪认的义子李成。李成接管之后，改了李拐子的规矩，见钱，也卖货。根据大家自己的选择，可以选择物物交换或者钱物交换。

但可能是这种交易方式更加商业化，也更满足客户的需求，所以易货行难得地并没有随着李拐子去世而没落，反而越做生意越红火，在这个圈子里也一直小有名气。

但这位小老板是出了名的低调，几乎不见人，也很少和店里的客户打交道。在大家嘴里，就是个不懂人情世故的毛头小子。

只是李拐子这个名字，倒是有些耳熟。

等到黎漾和陆厉到的时候，原本只有一个木匾额的易货行，如今已经摇身一变，成了能盘下半条街的大货行。

店里的装修古色古香，没有太多现代的气息，但扫视一周，每一样看似不起眼的摆在角落里的东西都是精心挑选过的。陆厉算是个行里人，知道把这些东西凑在一起，需要的不只是钱，还有成倍的时间和精力。

和易货行不太一样，陆厉的店里只卖叫得出名字和来路的古玩还有名人字画，但易货行显然更偏门一些，离谱到分手后不需要的钻戒，穿了两次的二手球鞋和传说从俄罗斯还是苏联的时候捡回来的子弹壳都在前台做登记。

三个一眼看过去就是游客的人，大摇大摆地直接来店里找人可能有些过于引人注目，不如三人分头行动，各自去打探消息。

还没等陆厉说话，黎漾抬腿就要走。

临行前还不忘提醒小神婆：“什么都不要摸，什么都不要碰，万一碰坏了哪个不会有人管你的。”

小神婆被唬得一愣一愣，忙不迭地点头。

黎漾看了看陆厉，想着是不是也要提醒点什么。陆厉也在等着，等着看她狗嘴里到底有几颗牙。

“你的店大还是他的店大？”

陆厉愣了一下，万万没想到会是这么个问题。

"差不多。"陆厉敷衍着回答。

那就好，不然这一路上衣食住行黎漾还想着要不要帮忙分担一点，吃人家的、喝人家的腰杆子不太硬气，但自己手里的钱又实在舍不得往出拿。这么看的话陆老板财大气粗，也不会太在意自己这仨瓜俩枣，有便宜还是能占则占。

黎漾跟着人群登记，前面站着的是个五十多岁的枯瘦女人，一只手放在包里，两只眼睛不停地瞄着四周，好像生怕有人来抢。

好不容易排到自己，这才神神秘秘地把手从包里拿出来。

她手腕上戴着一只发绿的镯子，很明显是受了潮的青铜，才会生出这种颜色的铜绿。这年头有金镯子、银镯子、玉镯子，就是没听说过还有人用铜打镯子。

登记的人让女人摘下来好记录一下圈口，顺便拍张照存档。但女人却早有准备，把写有圈口的数字字条和拍好的照片一并递给了前台："我男人说了，拿不到钱，这镯子不能往下摘。"

"有易货价吗？"

"我要换一百万的货。"

记录的人停下笔，有点难以置信地看向女人，再三确认，得到的答案都是斩钉截铁的"一百万"。

身旁看热闹的、排队的人都小声地议论，直到后庭来了人在登记员的耳边耳语了一句，那女人就被请到了堂后议事，说是老板有话要问。

"都说这个小拐子偏好收青铜，十样货九种铜，说得真是不假。"

"你们说那女的那东西能值上一百万？"

"我看十万块钱都不值。"

"青铜哪好得过我这白玉瓶，脏兮兮的。"

大家东一嘴西一嘴地议论，黎漾看着那女人一路被带到了后院。

其实镯子并不值钱，她也不是真的想要一百万的货，她想要的只是和这位老板面对面谈价的机会。她真正想要出的货，就在她的包里。

到了黎漾，登记的人简单问了黎漾名字和联系方式。

"进货还是出货？"

"出货。"

"货带了吗？"

"在身上呢，不方便拿出来。"

今天一个两个，全是这种奇葩，不方便说名字的，联系方式没有的，说就在门口等着，什么时候开始易货什么时候喊一嗓子的，还有黎漾这种上嘴唇一碰下嘴唇，空手套白狼，什么都没有，张嘴就要出货的。

"看不到的话没办法登记哈。"

黎漾踮着脚，把手伸进柜台里，指着登记表上的一栏："你在这写，奇货。"

黎漾当然不知道奇货是什么意思，但是从在场几个人的目光来看，估计是不一般。

"又是个来闹事的，今天真是不顺，一个像样的东西都没见着。"

"要不咱们哥儿几个找个地方喝点？明天易货的时候再过来？"

"不着急，还有两个小时，万一能捡个漏呢。"

"奇货？笑死，什么人现在都敢张嘴就忽悠了。"

"今天她要是不拿点东西出来，我看她怎么出这个门。"

演唱会有黄牛倒卖门票，医院门口有黄牛高价卖专家号，易货行也不例外。行里除了来出货的和收货的，还有一小撮就是所谓的捡漏的。看见出货人拿出了难得一见的宝贝，会暗中在易货之前和出货人联系，抬一个好价格自己把东西收入囊中，然后再拿到市场上去转手。要是言明东西是从易货街流出去的，往往还能再要一个好价格。

易货行也在打击这种现象，凡登记之后没来易货的货主，都会被易货行拉入黑名单。但话又说回来，这一辈子谁手里能有几个宝贝，大多都是出了一件不指望能出第二件的。

闲言碎语的这几个人，明显就是炒货的黄牛。

做一行有做一行的规矩，不管黎漾说的是真是假，都得按照有奇货的规矩对待。登记员摁下了桌子上的对讲，让后面来人带货主去验货，待遇显然和刚才那个要换镯子的不太一样。

既然慎虚的账本上写了，有奇货这么个东西，那不管是出还是进，总得有点线索。

来了两个看似伙计的人，和颜悦色地带着黎漾进入后院。

门市的后面是个不大不小的院落，东西有厢房，正中也有一间，建筑风格倒是有些像把北京的四合院拆一拆改一改搬到了这。院子地上是一条十字交叉的鹅卵石小路，交叉点上是一口井。十字路通向各个房间，没有鹅卵石的地方铺的几乎都是青灰色的砖。

"我第一次来，不知道咱们行里每个月出奇货的人多不多。"

"您小心，前面有台阶。"

看似客客气气的两个人，实际上对黎漾说的话一句都没有回复过。

西厢房的门帘一掀，里面的低温吹得黎漾原地打了个冷战。

进去才发现，从外面看起来糊了窗纸一样的窗户只不过是装饰，实则屋子里只有三堵墙，还有屋顶朝天开着的一扇气窗。

照明用的是在四角点亮的黄灯，亮度也不比蜡烛好多少。伙计带着黎漾坐在单人沙发上，面前是一张足有两米长的茶台，规规整整地放着点茶的工具，对面摆着的是另一把要高出自己身位的藤椅。

还是那位客客气气的伙计，蹲在茶台边给黎漾满上了一杯茶："验货之前，先给您介绍一下咱们行里的规矩。普通白货大厅登记，每周三、周五交易。出货人如果喊奇货，就不必等周三、周五再交易，可以直接请我们钱婆鉴定。鉴定时间以一根香烛燃尽为准，鉴定是奇货，行里的东西随意您换，但如果是虚喊，您要付钱婆鉴定费五十二万元。"

一个人进来黎漾没害怕，满屋子一个窗户都没有黎漾也没害怕，一听说要给五十二万元，黎漾确实有点腿软。前台一个月工资三千五百元，自己得攒多少年能付得起这鉴定费。

鉴定费是假，要给这些耽误事的人一点教训才是真。不然不管有货没货都到这来吆喝一嗓子，这生意还怎么继续往下做。

说话间，一个满头白发的女人从里屋走了出来，坐在黎漾对面的藤椅上，想必这就是伙计口中的钱婆。走近黎漾才发现，她年纪并不老，从皮肤的保养状态来看，应该绝不会超过五十岁，是个保养得当的中年女人。

五官虽然并不算漂亮，却足够大气舒展。

不过转念一想，只是出场鉴个货，就能收五十几万的鉴定费，换作她，她也舒展。

钱婆示意了一下伙计，伙计连忙会意，撤下了桌子上的茶具，换上了一根蜡烛点燃，离开前还不忘带上门。

屋子里只剩两个人，钱婆耐心地看着黎漾："小姐准备出什么货？"

黎漾并不是个怯场的人，相反的，越是火烧眉毛的状况，她越能冷静下来，带着对方的思绪兜圈子。

"我说实话，货现在不在我的手里。"

钱婆笑："您应该知道，我们这边不做空单的生意。"钱婆用金边镊子把烟丝从软锦囊中夹出来，一点点地放进烟袋锅里，随后双唇轻轻含住翡翠烟嘴儿，侧头靠近蜡烛，将烟丝点燃。

空单，也就是无实物谈价。起初是有的人怕只身一人来鉴定手里的宝贝遭遇不测，被歪门邪道的盯上。所以人来了但是东西不带来，谈好了自己满意的价格再拿东西。

"你知道的，什么都是眼见为实。"

黎漾也有样学样，舒展地朝沙发里一靠："眼见为实不假，但这东西不在我这，也不在外面，它在它该在的地方。"

钱婆挑眉，吐出烟圈："不懂。"

"它在它该在的地方，你们要，我去把它拿来。"

钱婆的眼底有一丝摇晃，这短短的一瞬间尽收黎漾眼底，她大概知道自己的这步棋走的是对的。

她不是傻子，也不会因为陆厉和小神婆的介入就晕头转向，她没和任何人说起，但她知道自己要找的是什么。

寄给柴国森的快递里曾有一张青铜古镜的照片，虽然没能对焦，但分辨材质不是问题。快递从这里寄出，无非两种可能，来这出货或是收货的客人，再或者就是易货行的人。

小老板李成好收青铜器尽人皆知，连一个明显的行外妇女都知道拿青铜镯来吸引李成的注意，黎漾又怎么猜不到该拿这东西去博弈。

"你可能理解错了，严格来说，我们不需要你的任何东西。"

"那我来猜猜，大概我手掌这么大的青铜古镜，背面雕花，雕的大概是……一只七眼兽。"

黎漾平视着看向她，似笑非笑，钱婆很少见这种眼神。

来这的女孩不多，大部分是一些家境不错的，往这个圈子里挤一挤凑个热闹。易货街走一趟，出去就可以说自己是在玩货圈里打过滚的。

这种女孩历事少，通常很难有主意，也受不住钱婆几番查问。

别说是年纪轻轻的女孩，就算是那些炒货的、在这一行干了几十年的老油条，钱婆只要看上一眼，就知道对方的底线在哪。

但黎漾很难看透，时而娇嗔，时而严肃，眼睛里却始终空空的，看不出要什么。

见钱婆没说话，黎漾也不在意："还是那句话，我知道它在哪，如果你们需要，我可以去把它拿来。"

"那你要什么？"

黎漾把同样的话送了回去："严格来说，我不需要你的任何东西。"

第十八章　青铜古镜

易货行，二楼。

监控画面里，在黎漾说出这句话的时候，陆厉竟然忍不住地轻笑了一声。

到底是个什么时候都不能吃亏的脾气，就算是掉进鳄鱼池里被鳄鱼咬一口，她都要掏出匕首割下来一块鳄鱼皮给自己做个钱包心里才能平衡。

生意人，无需搞潜入内部打探消息那一套，只要把彼此的筹码摆到桌面上，你一张我一张，只要牌的大小差不多，你想要的我都有，我有的你也刚好能配上套，就可以彼此交换。

只是当时还没等陆厉说话，黎漾就已经开始打自己的小算盘了。她想单独行动，无非就是想拿到一些独家资料，这样以后和自己交换条件的时候，也不至于两手空空。

李成面朝落地窗，一直在反复思索陆厉刚才提出的条件。

本以为自己这一路上还算小心谨慎，没想到被陆厉一路找到这，一眼就看透了底牌。

和黎漾猜想的差不多，李成的确只想要那枚青铜古镜。

要说青铜古镜，就不得不说起一本传说中的古书，也是小神婆曾经提到的那本《蚩尤残卷》。在所有古玩爱好者的心中，能得这本书，无异于得到无上珍宝。

传闻，这本古书中记载了九大护国神器的下落和锻造方法，只要能得其一，便能得万物。

大多数人提起九大护国神器，一般会想到青铜九转盘和九幽蛇杖，还有当年在川西地震带上不小心被震出的青铜神址。但李成在听李拐子第一次说起的时候，却对传闻中的青铜古镜十分痴迷。

传闻中的古镜，能帮助临镜人操控他人的欲望，制约他人的行为。

这样的能力，相当于赋予了自己一把钥匙，可以任意开启每一道门。

但李拐子的贪念更大，他想要传说中的《蚩尤残卷》。收集残卷的下落，成了他开易货行的初衷。但几十年的时间里，残卷就如同不存在于这个世界，始终没有任何消息。直到李拐子快要放弃前，却意外得到其中的几页。

那是五张破碎的纸，有的上面是难以辨认的符号，有的上面是莫名其妙的图画。

上古神书，竟被瓜分为几张碎纸，其他部分还下落不明。李拐子拿到那几张残片，反复钻研，也没有参透其中的奥秘和关联。他也先后派了不少人顺着传说中《蚩尤残卷》可能散落的地方去寻找，但都没有消息。

李拐子的后半生都困在这几张残片里，寻找《蚩尤残卷》，俨然已经成了他的心魔。

去世之前，李拐子把李成叫到床边，逼着李成下跪发誓，哪怕用一生的时间，也一定要找齐残卷，破译上面的文字。直到李成发了毒誓，李拐子才咽下最后一口气。

李成不知道李拐子的执念为何，但他却对残卷中的青铜古镜更感兴趣。相较于一本早已经破碎的古书，青铜古镜最起码不是那么希望渺茫的存在。

无论是《蚩尤残卷》还是青铜古镜，这心魔从坟墓中渐渐转移，从李拐子身上转移到了李成的身上。

最近几年，在调查青铜古镜的过程中，一个不速之客闯入了李成的视线。

早些年和李拐子有些交情的古董商——柴国森。

圈子本来就这么大，互相一通气，彼此之间也没有什么秘密。李成知道了柴国森表面在寻找失踪的女儿，背地里却同样对《蚩尤残卷》和青铜古镜调查颇多。所以柴国森但凡有风吹草动，李成也第一时间了如指掌。

李成这次，原本是要去查分店的账。易货行开了这么多年，总不会就一家子买卖。李拐子生前不肯做，但李成却是个脑筋活络的。除了易货行之外还有当铺、书法学校，周边的产业算是开发了个透。但就在查账途中，得知了柴国森这两个月一脑袋扎在禅达这个小地方，许久都没什么动静。

李成觉得有点奇怪，便带了三个人又去了趟云南。

后面的事就开始重合，跟了一晚上的柴国森不见了踪影，第二天再看的时候就是黎漾和陆厉已经先一步找上了柴国森。再后来，李成亲眼看到两人收了个包裹，紧接着就急匆匆赶往新疆。

火车上，李成原本想借机接近几个人，没想到那三个人也被发现，最后只剩李成自己好不容易搭上了车，也始终没有机会能伸手。为了不引起陆厉的怀疑，李成只好称自己要转路去重庆，洗清嫌疑。

就在李成还没有头绪的时候，陆厉却先一步找上了自己。

陆厉摆出了那张标记着像圆形镜子一样符号的沙漠地图："你应该认得这纸，认得这笔迹。这是《蚩尤残卷》的另一张碎片，标记的很有可能就是青铜古镜的位置。"

这也是李成这么多年来，第一次看到第六张残片。只看了一眼，李成就能确认，这张残片和自己手里的那几张，来源于同一本古书。

陆厉要李成手里那几张《蚩尤残卷》的残片，和李成手里所有有关青铜古镜的资料。交换条件是陆厉进沙漠，沙漠中带出来的所有东西，两人共享。

李拐子早些年自己走南闯北，是个能上山能下河的手艺人。但李成不同，李成年幼时被李拐子带回来，从小衣食无忧，是个十足的生意人，脑筋很活络。这些年大海捞针似的找青铜古镜，也曾经派人进过沙漠。但一行人进去，一个生还的都没有。

时间久了，不管出多少钱也没人肯去冒这个险，陆厉主动提出要去，自然是个很好的机会。

但李拐子当年为了换来这几张残片，花了不少钱，就这么三言两语地共享给陆厉，李成总觉得自己的这笔买卖有点吃亏。

陆厉加砝码："做生意的门道我也懂得一些，我只认准一个道理，只要我需要，就是无价之宝。"

这种情况，李成再斤斤计较，就显得自己反而小气，陆厉既然能找到这，既然能这么快就识破他，应该也不会只是会说空话的人。况且陆厉手中的残片，也开诚布公地共享给自己了。平心而论，那张直标地理位置的地图，价值可要远远高于自己手里这几张鬼画符。

但即便如此，李成也不想轻易点头，如果能趁此机会多要求一些也是好的："那我也有一个条件，进沙漠我的人也要去。"

陆厉轻笑道："好。"

并不是什么难答应的要求，李成只说进沙漠要一起，也没说出沙漠也要一起。

陆厉刚刚说了假话，做生意的道理，绝不是什么只要我需要就是无价之宝，而是永远不要相信任何人。

从这一点上来说，黎漾是个很合格的生意人。

其实在黎漾和钱婆说出她愿意用拿出青铜古镜做交换条件的时候，陆厉很诧异。他并不是诧异黎漾会注意到青铜古镜可能是事情的核心，他诧异她随口编出来的想法竟然和他如此不谋而合。

"还有件事得麻烦李老板。七月二十三号前后几天，来出奇货的人，您这边有记录吗？"

易货行的规矩圈里人都明白，喊了奇货打底就是五十二万元的鉴定费，所以敢这么叫的人并不多。

"没送到我这，就是交易没成功，钱婆或许会知道。"

两个人的目光再次看向了监控屏幕，黎漾跷着脚在和钱婆谈条件，完全不知道一屋之隔还有两个人在偷听自己说话。

李成笑着摇头道："一会儿钱婆出来了再说吧，她不会帮你问的。"

李成自认为会看人，黎漾甩开陆厉，和钱婆说的那些话，显然都是为了私心。这样的人，得了交换条件的机会，只会在乎自己想要的东西能不能得到，或是要钱，或是要物，休想让她为其他人考虑半分。

但陆厉却饶有兴致地看着黎漾淡淡道："她会问的。"

……

第十九章　钱婆

桌上的蜡烛明明灭灭，一根烛芯快要燃到了底。

"所以我们两个也没必要在这继续浪费时间了。"

钱婆起身要走，黎漾却莞尔一笑，隔着茶台拉住了钱婆的衣角："别着急啊，你也得容我把面子找补回来不是。"

钱婆居高临下看着黎漾，静静地等待黎漾开口。

黎漾起身，慢步走到天窗下："要不然别光我们俩聊了，都过来一起说吧。"说完，黎漾突然转身，看向监控的方向。

很细的针孔，被隐藏在壁布中，天衣无缝。

陆厉却像早有预料一样，撑着膝盖站起来："走吧，叫我们过去了。"走到门口处突然转身："哦对了，其实我觉得郆川这个名字更好听一点，李成，有点俗。"

大概是从郆川搭车的时候，陆厉就已经有所提防，在车上也尽量避免谈及任何和行程有关的事。虽说他并没露马脚，但到了重庆之后陆厉还是吩咐于雷暂时跟几天。

可能是觉得自己隐藏得人过天衣无缝，加上对陆厉也没有过多了解，所以李成到了重庆后也没提防，照例去查了几家分店，还去地下拍卖堂口凑了热闹。

于雷别的不说，在当地的兄弟还是有一些。打听来打听去，大概就知道这人的身份不简单，传闻是继承了养父的买卖，在新疆那边开了一

110

家很有名的易货行。

谁又能想到这么大一家易货行，背后那个低调的老板假扮成大学生竟然没人怀疑。

……

黎漾看见李成的第一反应是觉得有趣，紧接着是感叹。都是二十多岁的年纪，怎么人家的命就这么好，小小年纪认了个有钱的养父，养父一死就能继承万贯家产。早知如此，当时自己在孤儿院的时候就应该努力，看那些穿戴整齐看起来就有善心的，就装得可怜一些，没准儿自己现在也能住上大房子，何苦为了找一个该死的顾卫东而风餐露宿的。

钱婆对李成的态度并不像对老板，看见李成进来，也只是看了一眼，招呼都没打一声。

"钱婆，最近半个月来出奇货的名单和记录帮我拿来一下。"

钱婆欠身，淡淡地点了下头，随后离开。

她是李拐子身边的老人，两人的关系有些暧昧不明，这个圈子里的人都知道，但都不敢置喙。传言中，钱婆十八岁结婚，二十岁因为男人家暴，失手杀人，坐了几年牢。

那个时候，一个有过案底的寡妇，人人避之唯恐不及。她为了给自己谋个营生，就开始去瓷器口摆摊卖一些老物件，和一群老油条抢饭碗。

钱婆眼光毒辣，要价又低，所以生意比周围的摊位都要好。出来讨生活的人，哪里在乎什么女人不女人的，只要威胁到了自己的饭碗，那就是眼中钉肉中刺。所以时常有人找茬，今天举报城管，明天装成醉酒的买家进行骚扰。

某次钱婆和人发生了口角，对方也不知道是谁雇来的愣头，顺手抄起摊位上的一块铜制的砚台就朝钱婆的脑袋上砸。赶巧李拐子路过，伸手护了一下，不巧的是，李拐子小拇指被砸了个骨折。

从那之后，钱婆就开始跟着李拐子干。外面的闲言碎语不少，但两个人倒是恪守本分，做生意、赚钱一点都不含糊。易货街能做得越来越大，钱婆功不可没。两人既不是情人关系，但又比旁人更近一些。

钱婆看不惯李成的一些做事风格，但又因为李拐子临终托孤，要钱婆帮小成守好这个店，她也只好继续留在这，权当报答李拐子。

落座之后，李成示意外面的伙计把人带过来。没一会儿，两个人半请半送地把吵吵嚷嚷的小神婆带了进来。

"你们凭什么抓我啊，我都说了我是迷路了，你们这每个门都一样，我哪知道哪个能进哪个不能进！你们会不会说话，你们都关了我快一个小时了，一会儿我姐要是找不着我，能把你们这翻过来你信不信。"

黎漾看了一圈，四下无人，小神婆说谁呢？

"这么黑，我不进去！你们这是黑店吗！救命啊！救命……"刚被推进来，小神婆还没适应由亮到暗的视线变化，直到慢慢看清沙发上的人这才安静下来。

"小黎姐，你怎么也被抓起来了？欸？你，你不是那个帅哥，邢川吗！你来你同学家玩？"

小神婆东一句西一句，哪跟哪都不挨着。

李成解释："这位朋友不小心走到我私人卧室去了。"

"那你也没有权力私自把人扣下吧。"黎漾质问。

旁边的伙计辩驳："也不算扣下，老板告诉我们得好好招待。我前后送了两杯咖啡，三块茶点，她说想喝点甜的，我又派人去买了奶茶。"

李成挑眉，反倒是黎漾觉得有些尴尬，挠着头问小神婆："你吃那么多？"

小神婆没了气势，声音也小了不少："早上就吃了个梨。"

四个人，围着茶台坐了一圈，旁边的伙计都被李成遣了下去，针孔摄像头也临时关闭。

陆厉刚才和李成提起的条件，又原封不动地和黎漾说了一遍。

黎漾听后只是好奇："我现在该叫你邴川呢，还是李成？"

李成倒是坦然，也没觉得撒谎骗人有什么好愧疚："都行，这两个名字我都适应。"

陆厉忍不住问："发现监控之前，你想和钱婆交换的条件是什么？"

"不知道，没想好。瞎说呗，我既然知道自己肯定没能耐把那个什么青铜古镜拿出来，我说什么条件重要吗？反正不都是办不到，先想办法躲过去，看看怎么能不掏那五十二万元才是真。"

黎漾的确曾经想过，如果没能发现监控，自己可能会诈一下顾卫东的消息。

那件神秘的快递和纸条上的字，黎漾总觉得和顾卫东有关。那如果照片上的青铜古镜对于易货行的这个老板来说这么重要，他又会不会知道顾卫东的下落？

但这一招是兵行险棋，黎漾始终在犹豫要不要问。毕竟不知道李成到底什么来路，也不知道他和顾卫东之间到底有没有仇怨，随意暴露顾卫东的消息，对她来说不一定有利。

陆厉也分辨不出她说的是真话还是假话，或许她曾有一瞬是真的想过要交换什么，但现在有陆厉先一步和李成做了约定，那她的打算就变得不那么重要了。

只是黎漾也很好奇，陆厉竟然能为了那几张拓本，这么斩钉截铁地要进沙漠。毕竟自己是信口胡说，陆厉看样子是来真的。

……

钱婆送来了七月里易货行一整月的交易记录，奇货成交为零，但记录显示七月二十三号早上曾经有人来喊过奇货。

姓名王铁男，住址库尔勒铁门山保宁街32-3号，出奇货，逃单。

"王铁男？"黎漾看向小神婆。

小神婆脸色再次窘迫："我师父的……化名，他原神里的名字也叫这个，说是铁骨铮铮的男子汉的意思。"

黎漾突然眼皮一跳，慎虚过来出货，还喊了奇货，他们又显示没有成交的单子，那岂不是按照这的规矩要付五十二万元的鉴定费，然后他逃了，那现在是什么意思？

"你们认识这个人？"钱婆问。

"不是很熟。"黎漾矢口否认。

"这我师父啊小黎姐，咱们不是来找他的吗？熟，特熟。"

钱婆看了一下在场的情况，也不想多问和自己无关的事。这么多年鉴定费不过就是个噱头，用来吓唬人的。碰上财大气粗不知道天高地厚的就让他们掏了长点记性，碰上那些走投无路殊死一搏的，大部分也都网开一面敲打敲打，背地里把人放了事。

为了不给自己惹麻烦，所以被放的人也没有出去大肆宣扬的，规矩也就立住了。

当时那个人，看起来不像玩货的人，倒像是受了什么鼓动来这喊货，拿了一块汉代铜镜要换传说中的《蚩尤残卷》的拓片。估计是听说过青铜古镜，但又不知道青铜古镜长成什么样子，所以来这蒙人。只有亲眼见过青铜古镜的人才知道，镜子的背后雕着一只花纹极其复杂的五脚兽。

只是不知道，他是从什么地方知道的，易货行有《蚩尤残卷》的拓片。

"鉴定不是奇货之后，去交鉴定费的路上，这人就逃了。"

陆厉回想了一下那天的监控录像，这慎虚应该就是这么在手里拿着这块镜子去的易货行？那块看不太清的东西，估计就是拿去蒙人的镜子。易货行鱼龙混杂，他又是奔着换货去的，不带钱也情有可原。

黎漾问："那么说，你师父从这逃单之后一直没回宾馆，是怕他们找上门？"

陆厉否认："那总不至于小神婆的电话也打不通。"黎漾张嘴小神婆闭嘴小神婆，连陆厉都被拐带着一起喊。

小神婆倒是坦然地接受了自己这个绰号："对，那就是这个黑店抓了他！"

李成一时很难理解小神婆的脑回路："我们抓他干什么，他一没货二没钱。"

"不许你这么说我师父。"

李成突然吃瘪，感觉和她说话的时候和跟陆厉说话的时候不应该用一个脑子。

小神婆怒视了李成一会儿："你在这打暑期工？"

黎漾索性三言两语地把事情跟她描述了一遍，小神婆这才知道，火车上跟踪的那几个人就是这李成的人。

钱婆这时候突然给出了一条重要信息："他跑了之后行里派人找过，最后一次出现是在租车行，他租了一辆越野车，还从店主那买了两瓶便携氧气。"钱婆懒得和这帮年轻人纠缠："我知道的就这些，剩下的事你们聊。"

黎漾觉得自己五十岁的时候还是得当老板娘，自己做生意。不然不管赚再多钱，还是给人打工，怎么都不痛快。

现在的局面显而易见，慎虚这几样东西，显然是为了进沙漠而准备的。他临行前打给小神婆的那个电话，侧面也印证了真正的线索就在沙漠之中。只是唯一让人想不通的，就是他为什么会在临行前来一趟易货行。

黎漾好像想到了小神婆说的那句话，当年那几个从沙漠出来的游客，似乎是提起过：这东西在易货行，也算是个奇货……

陆厉把话题拉了回来："现在既然走到了这，无论如何都要进一趟沙漠。不管是你还是我，又或者是小神婆，都有非去不可的理由。"陆厉这句话显然是对黎漾说的，黎漾浅浅点头之后，陆厉转头对李成道："那我们这边三个人，李老板你那边不能安排超过三个人，我可以带上。"

李成临时起意："我也要事先说好，拓片我不能一次性给你，一共五张，进沙漠前我会给你一张，进去之后我会再发你两张，剩下两张，我要等你们离开沙漠之后，收到我的人活着的信号才会给你。"

这么看来，李成倒是还有点生意人的样子。陆厉知道，这一趟李成的残片只是附加值，就算没有他，自己也非去一趟不可。陆厉刚要应，黎漾却再次提出了条件："那我们需要进沙漠的装备，我列清单给你，你给我们准备好，三份。"

虽然不是本地人，但清单装备准备起来对陆厉来说并不是什么难事，无非是要比当地人多花一些钱，但能花钱解决的问题就不需要太过操心。可既然黎漾提了，陆厉还是要给面子。

"她说了算。"

李成朝陆厉伸手："来去平安，合作顺利。"

小神婆一手打上去，拍落李成的手："别装了你个骗子，你不使绊子我们就能顺利。"

……

第二十章　黎漾的真心话

临行前夜，李成安排他们三个住在了易货行内的客房。也不知道是出于好心还是防范，总之位置离李成的卧室不远。

陆厉整理着目前手里的东西，铺开在床上。

目前收集到的所有信息：三张快递里的照片，其中一张可以确认是青铜古镜的照片。

另一张沙漠的手绘地图也和村长给慎虚的残片呼应上，指向了塔克拉玛干。照片上女人的手腕和粉色手机，按照逻辑来讲，大概率来自失踪的柴月萌。

可那张字条上的四句打油诗，又是什么意思。

思绪一团乱麻的时候，门铃响了，是黎漾。

黎漾已经洗漱过了，散着头发，发梢还有没吹干的水珠，好像把白天被风沙风干的水分又补了回来。虽然穿着睡觉的衣服，但胸前还是挎着那个走到哪带到哪的小挎包。

"有事？"

黎漾把手里的啤酒摇了摇："二楼厨房冰箱里拿的，没找到可乐，只有这个。"说完也没等陆厉请，自己就侧身挤了进来。

陆厉没把门关死，留了一条虚掩着的门缝。

黎漾看到了床上的东西和那张没头没尾的字条：

浪起不见水，

梦来寻无人。

天翻覆作地，

镜碎了无痕。

这几天，黎漾把这二十个字在脑海中想了千千万万遍，但始终没有任何头绪。海浪翻滚，又怎么会看不见水，镜子碎了又怎么会一点痕迹都没有。处处都在矛盾，好像是发疯时的呓语。

事情太多，就逼得人别往细想。这段时间，只要黎漾一开始问自己为什么，就强迫着立刻转移注意力，不然长时间陷在一个思维怪圈里，很容易走不出来。

不过现在挺好，最起码怪圈里又多了个人，走不出来的时候还能一起在圈里转一转。

"你不会是来找我聊天的吧？"陆厉问出这句话，都会觉得有点难以置信。

黎漾顺手把另一瓶啤酒也打开，不管陆厉喝不喝，放在了沙发前的茶几上。

"不算是，只是临行焦虑，来看看你。现在感觉好点了，因为看你也挺焦虑。"

陆厉明白了，不是来聊天的，是来落井下石的。

黎漾手里拿着啤酒罐，时不时地捏一下："我总能梦见他，梦见他让我救救他。我能救得了谁啊，我自己都勉强生活。但我一想，我们俩是一起从孤儿院出来的，这么多年也算是相依为命，他这人是生是死得给我个说法，哪怕是死了，我也得知道埋在哪个坟头啊。"

陆厉听了黎漾的话，好像整个人都松弛了下来，拿着啤酒，坐在离她不远不近的床上，听她吐这些和自己毫不相干的苦水。

"这次要是能找到他，我把这些年所有攒的钱都给他，他拿去娶媳妇也好，拿去赌博也好，我都认了，他能活着就行。"

"女朋友做到你这种程度，也算对得起他了。"

黎漾十分嫌弃地看了陆厉一眼："说什么脏话，男女除了爱情就没别的了？"

陆厉倒是十分意外，没顾得上手里还端着满满的啤酒："顾卫东不是你男朋友？"

"亲儿子。"黎漾说完打了个嗝儿。

看这状态，估计是找上陆厉之前自己就已经喝了点了，舌头有些发麻。

不知道为什么，陆厉突然觉得有点局促，但又不知道这局促从何而来。

"你怎么想起来跟我说这些？"

黎漾突然情绪激动："那我得让人知道啊，我得让人知道我是为了点啥，万一这一趟我回不来呢，那我岂不是不明不白地死了。"

嘴是钢打的，有刀架在脖子上都不服一句软，但原来心里还是怕。没人不怕，这些年专业的科考队和探险家折在里面的有多少，单说李成派出去的人，又有几个能平安回来的。

陆厉突然有点心软，为了自己，硬是拖着黎漾来走了一遭。但是现在这个情况进退两难，三个人大张旗鼓地来了，走漏了多少消息还不好说。如果这个时候放下黎漾和小神婆，她们在外面如果被人盯上，陆厉自己一个人在沙漠也是鞭长莫及。

"放心吧，有我在不会让你死的。"

黎漾十分清醒，只是酒精的作用让她情绪有些激动。

听见陆厉这么说，理智也回归了不少。

"你要是说话算数，也不至于到现在还跟我一起在这里面绕圈了。"

陆厉也没恼，听她这么说反而释怀地笑了一下："说得倒也是，那我保证我不死你就死不了。"

黎漾看向床上的那几张照片，突然开口："我给你讲讲当年顾卫东失踪之前的事？"

陆厉知道，这故事不是白听的，但还是示意她说下去。

"陈芝麻烂谷子的事不讲了，大概就是我俩从孤儿院出来之后，一直过的……怎么说呢，吃了上顿找不到下顿在哪的生活吧。"

没学历也没有社会经验，两个还没成年的孩子在社会上定然是摘不到好果子吃。顾卫东还好，大小伙子只要肯吃苦，工地上、码头上都能赚到钱。但黎漾确实是走了很多弯路，碰见了不少恶心的事，才找到一家不起眼的小旅店，得了个前台夜班的工作。

小旅店鱼龙混杂，有凌晨三四点砸门要进来洗澡的，也有喝得醉醺醺来闹事的，趁着交房卡的工夫揩油的也不在少数。黎漾从一开始只能躲着哭，到后来也能游刃有余地处理这些垃圾事。

但不管经历什么，她很少和顾卫东吐苦水。

如果在孤儿院的两个人是彼此依靠的朋友，那么离开了孤儿院，黎漾很清醒地知道他们应该是在这个社会上直立行走的两个人。朋友不会永远在身边，总有一天两个人要分道扬镳，去过自己的生活。

但顾卫东仍然竭尽所能地照顾黎漾，窘迫的时候连工地上的盒饭都不敢全吃完，得留一半送去给她。两个人一个守在工地只有几平方米的彩钢房，一个守在前台后面那张宽不足一米的床板上，幻想着有一天能够攒下钱，给黎漾开一家小店，给顾卫东娶个漂亮的媳妇。

黎漾已经记不清顾卫东是什么时候开始赚钱的了，有时候汇来几千，有时候汇来几万，都放在她这让她留好，当做以后的开店资金。顾卫东只说自己现在在工程队是个小领导，也包了点活带人干，但黎漾总觉得这钱不明不白，拿得不够踏实。

这样的日子也不长，直到有一天，黎漾睡醒发现前台有一个黑色的背包，打开发现里面是捆好的五十万。查了监控，是顾卫东前一天晚上趁着黎漾睡着送来的。

他轻手轻脚，并不想吵醒黎漾，临行前定定地看了她一眼，似乎有很多想说的话没说，就又急匆匆地离开。

黎漾吓得浑身冷汗，连忙拨打了顾卫东的电话，已经显示是无法接通的状态。

自从他半年前跟着工程队去了外地之后，两个人就很少联系。有时候拨通了电话是在大山里，有时候又在海边。具体去了哪，黎漾也说不清楚。

黎漾问了很多人，得到的消息都是顾卫东早在三个月前就已经不在工程队干了，具体去做什么也没人知道，只知道走之前的那段日子是在云南的一个花卉基地盖楼，当时和一个女生走得还挺近。

除此之外，再没留下其他线索，这么个大活人就好像人间蒸发了一样。黎漾有很多次都恶毒地想，哪怕是警察打来电话说人犯罪了被关起来了，也比这么杳无音信的强。

直到三天后，顾卫东的手机信号突然在云南一带出现了。

定位的软件是顾卫东安装在黎漾手机上的，起初的目的是怕黎漾遇到危险，所以两个人的手机账号互相绑定，只要手机是开机状态，就能随时显示位置。

没想到这却反过来成为黎漾寻找顾卫东的唯一线索。

信号短短地出现了四十分钟就再次消失，但黎漾也来不及细想，简单收拾了行李之后，就直奔云南，顺着定位找到了信号出现过的地方。

龙王潭。

那天的龙王潭很热闹，许多围观的群众聚集在一起，三四辆警车停在山脚下。黎漾心脏怦怦直跳，以为是发现了顾卫东的尸体或是什么不好的消息。

但从人群中挤进去之后才发现，潭水平静，只是周围围上了一圈警戒线，其他什么都没有。从围观群众你一嘴我一嘴的描述中，黎漾把整件事还原了个大概。

富商柴国森的女儿柴月萌一周前在参加夏令营的时候突然发疯，咬死了自己的室友之后跑了出去。老师和同学们回忆，她是在独自去了龙王潭的水边之后，行为开始变得不正常。加上警方调阅了这女生的通话记录，显示最后一通电话拨出的时候，人就在龙王潭附近。

黎漾甚至怀疑，是这女生发疯害得顾卫东发生了意外。

但警察封了山，查了七天七夜，都没在山上发现任何血迹和有人躲藏的蛛丝马迹。就连龙王潭的水也是干干净净的，水底也没打捞出任何有用的东西。

事情陷入了僵局，黎漾从此再也没能收到任何顾卫东的消息。

之后的一段日子，她又在禅达辗转了许久，打听了所有能打听的消息，结局都是一样。

但黎漾是个头脑清楚的人，她知道救援队和警察几十号人都没能找到的线索，也不是她凭一己之力就能找到的。

人消失后，就像水消失在水里，了无痕迹，但留下的人还要继续生活。

在决定离开禅达前的一晚，她随便找了一家旅店落脚。

当天夜里，黎漾做了一个困住她五年的噩梦。

她梦见顾卫东在淤泥里艰难爬行，骨瘦如柴，朝她伸出手说："阿黎你救救我。"

黎漾被惊醒，床边是一扇正朝着院子里的窗户。二楼的高度，足够让外面的棕榈树叶遮住大半个窗。月光从每一片树叶的缝隙中挤出来，盖在白色的被单上，黎漾看着窗户中自己面色惨白的倒影，想起顾卫东从怀里拿出的那半份盒饭。

她知道，被那淤泥陷住的不只有顾卫东，还有她自己。

黎漾缓缓地说了很久很久，久到外面的蛐蛐声都渐渐停息，原本拨弄窗帘的风也安静下来。陆厉忽然能理解了一些自己之前不太理解的东西，比如黎漾为什么这么爱钱，比如她身上的那股拧巴劲到底从何而来。

"所以你选择去柴国森的店里打工？"

"最开始没想，后来在禅达待了一阵子，身上的钱就花得差不多了。"黎漾从来也没把自己的钱和顾卫东的那五十万还有这些年陆续交给黎漾的钱算在一起，顾卫东的钱有独立的账户，几年几月存了多少都清晰在册。人在的时候黎漾没动过一分，人走了也更不会动。

"当时每天打工想办法糊口还来不及，哪有时间精力去想别的事。后来无意中知道柴国森也在这边开了店，我是挑明了去和他谈的。"

黎漾没抖搂顾卫东的真实姓名，只说自己的亲弟弟在禅达失踪了，也是在去了龙王潭之后。那地方每年出事的人也不少，柴国森没有怀疑的理由。也因为黎漾在禅达的这段时间把当地的路子摸得很透，保护费交给谁有用，哪个向导更好黎漾都十分清楚，再加上同样肯为龙王潭的事出力气，柴国森没理由不用。

但兜兜转转下来，就是毫无进展的五年。直到陆厉出现，整件事好像被按下了加速键，甚至有些失控。

黎漾蜷在沙发上，头歪歪扭扭地靠在一边。第一次一口气说这么多话，整个人都好像被掏空了一样，提不起一点力气。

"你不用处处防备我，如果你真的查过我，你应该知道，我没什么目的了。我只想把这个人找到，要个说法。我不好奇龙王潭有什么，也不好奇那个青铜的镜子值多少钱，我只想过我自己的日子。"

陆厉觉得很动容，但他在想是什么让他有了一丝触动。

是晚风，是啤酒，还是女人微微打湿的头发。可能都不是，陆厉的触动来源于面前这个穿戴了半副盔甲的人，用一面逞强迎敌，只为了保护另一面脆弱的自己。

陆厉用玩笑去掩饰自己心境上的变化："按照江湖道义来说，我现在是不是也要和你坦白交代？"

"你会说实话吗？"

听了这句话，陆厉反问自己，会说实话吗？有关于一切，有关于自己，有关于《蚩尤残卷》的谎言，和黄沙里的秘密。

陆厉看着黎漾，坚定地摇了摇头。

黎漾早有预料地笑了一下，从沙发里艰难起身离开："无所谓，早点休息，明天见。"

得到的回复只有一句淡淡的："明天见。"

黎漾轻轻地带上了门，朝着楼梯间走去，准备步行上楼。却在一只脚迈进黑暗时，换了一副表情。

担忧，也恐惧。

原本黎漾只认为，陆厉和柴国森一样，是为了某样东西才找到这。但现在看来，他真正的目的就好像深不见底的海，走在其中的人一个不小心，就会溺死在这片海里。

……

陆厉谋划过许多事，也有许多人先后或主动或被动地被他拉进这场游戏中。他对黎漾说，他在龙王潭醒来后，忘记了一切，是真话，也是谎言。

他只是忘记了来到龙王潭后的一切，但他清楚地知道他是谁，他要做什么。

在龙王潭醒来后，他手边也不仅仅只有那一块怀表而已。

他还穿着一套带着编码的制服，上衣口袋里还有一只被泡了水的对讲机。

制服的里衬绣了一个名字——顾卫东。

灌进衣领的淤泥告诉他，他不是被人推下龙王潭的，他是从龙王潭里爬出来的，但到底是谁，又为什么要这么做，陆厉毫无印象。

他和顾卫东之间到底发生了什么？自己又是怎么从千里之外出现在龙王潭的？当这些问题的发生，和青铜古镜逐渐联系在一起的时候，陆厉知道，这不是巧合，是宿命使然。

他也曾经设想过黎漾进沙漠之后的结局。如果顾卫东真的曾经威胁到自己，甚至置自己于死地，黎漾或许会在关键时刻被自己拿来当作谈判的筹码，或许和之前的那一次一样，成为牺牲品来为那个盛大的谎言铺路。

但此时陆厉的心里，开始渐渐背离那个结局。最起码不该，她不该是牺牲品。

手机忽然响起，手机上传来了李成发送的第一张图片。按照约定，是《蚩尤残卷》的其中一页，满篇都是特殊的符号和文字。陆厉简单看了一眼上面的内容，便发送给了一个神秘邮箱，顺便删掉了存在手机里的照片。

……

第二十一章　向导阿布都拉

第二天一早，陆厉醒来的时候院子里已经吵吵嚷嚷乱成一团，主要的声音都来自于小神婆。

院子里停了三辆越野车，都是比较扎眼的颜色。

黎漾围着其中一辆红色的越野车小心翼翼地检查，从轮胎到机油再到方向盘，不怎么专业，但很细心。不用问也能猜到，是李成送来的车和装备。

陆厉倒是并不担心李成会偷工减料，毕竟这次去的人里也有他的左右手，况且如果陆厉能出来对李成来说也不是坏事。但他还是有自己的习惯，需要买一些自己得心应手的东西。

不远处的和田市场，东西齐全得很。瓜果蔬菜，氧气装备，应有尽有。

陆厉简单选购了一些，最后重点买了几米比较结实的登山绳。

"绳子的钱怎么付？"老板问。

"捆好了再付。"

陆厉对上了暗号，老板立刻会意，猫腰到房后叫来一个人。

阿布都拉，四十多岁，但看起来样貌要比实际年龄大出许多，可能是常年被风沙侵蚀的缘故，眼角的皱纹像刀刻的一样。

"于雷伙计给我打了电话嘛，我心里就有数了，连夜找来了人，你别看这身子骨瘦，可是我们这一片最好的向导，早些年只有他敢进沙石林，想从沙漠出来指望你们几个外地的可不敢想。"

阿布都拉看起来倒是寡言少语，戴着个被晒掉了色的鸭舌帽，身形有些佝偻，听见店主提起沙石林，脸色有些难看，轻咳了一下打断了店主的话："但是价格还是要讲一讲的，这一趟要走太久了，五千块钱走不下来。"

于雷跟陆厉报了三万的账，被于雷克扣了一圈，又被这户外用品商店的老板盘剥了一下，到了正主手里竟然只剩六分之一。

店主的表情尴尬："不是跟你说了吗，尾款回来再结。"

"能不能活着回都不一定，还回来再算。"

陆厉打断两人的对话，让阿布都拉拿出付款码，扫了一万过去。

"你先收着，一会儿见了沙漠我再把剩下的付给你。"

阿布都拉不忘提醒："我只送你们到克里雅河的尽头，不管发生什么，我都得在那回来。"

陆厉冷冷地笑了一声："这话听起来耳熟。"但随后又说："放心吧，一定让你走。"

克里雅河发源于昆仑山脉的克里雅山，由北向南流进塔克拉玛干沙漠，是沙漠里最后的绿洲，也是迷途旅人生还的最大希望。

但因为克里雅河维吾尔语本身就有漂移不定的意思，所以也被称为漂移河流。因为经常随着季节性洪水和一切其他不明原因而更改河道，所以没有人能准确预估克里雅河的尽头。

既有可能深入沙漠腹地，也有可能绕腹地而行。

回到易货行之后，陆厉简单分了一下队伍。阿布都拉、黎漾和小神婆自然是和陆厉同乘一台车。李成见陆厉找来了一个向导，临时变卦也要在自己的队伍里再加一个人，四个对四个，两方谁也不占人数优势。

于是后面的两辆车就由四个人，两两一车划分。

陆厉载着向导，作为一号车开在最前。二号车里是一对维吾尔族双胞胎，但两个人长相并不相似，性格也天差地别。大哥叫艾克，话比较少，基本有人问一句才能答一句。弟弟艾力倒是话很多，和陆厉几个人打招呼也热情。

后面三号车坐着个神秘兮兮的白头发男人，五十多岁的样子，戴着眼镜。给他开车的是个三十岁左右的女人，两人没出来打过招呼，但看穿着和长相不像是本地人，多半是李成找来的所谓圈子里的专家。

李成既然想分一杯羹，势必得插进来个识货的来给自己掌掌眼，不管是发现了青铜古镜还是别的什么，总不能让陆厉蒙了。除此之外就是出力气的，不然一旦发生争执，也没办法保证自己的人占上风。

不过从这件事也能看出来，李成对沙漠里的东西并非志在必得。有更好，没有也无妨。如果李拐子还在，腿脚又允许的情况下，想必为了《蚩尤残卷》，是愿意亲自去沙漠走一趟的。

路上小神婆显得很兴奋，时不时地扯扯黎漾，邀请她一起欣赏窗外的风景。

阿布都拉倒是个很靠谱的，对进沙漠的路线也很了解，毕竟同样的路线，自己也不是第一次走了。

从库尔勒市内出发，沿着 218 国道一直走，大概一百三十公里会进入塔里木的胡杨国家级自然保护区。经过检查站，要查看有关部门的批准文件之后才可以放行。

接下来不远就会看见克里雅河，再之后就是漫长的车程。

好在李成准备得相对充分，到了检查站没耽误太久，简单查了证件和后备箱之后就放行了几人。随之映入眼帘的就是大片大片的胡杨林，因为还在夏季，所以胡杨还零星有点绿意。

"我听说胡杨林特别扭曲，特别恐怖。但是这么看还好啊，就是些奇形怪状的树。"小神婆望着窗外偶尔闪过的树嘟囔。

阿布都拉的普通话一般，说话简单又精练："晚上就不一样了。"

胡杨生而千年不死，死后千年不倒，倒后千年不烂。之所以会有人用扭曲和恐怖来形容胡杨，是因为你眼前看似张牙舞爪向上伸展的树枝，有可能早已死在了数百年前。伫立在眼前的，不过是一副早已死去的尸体。

随着车辆逐渐靠近克里雅河，两旁的景色也逐渐发生了变化。少量存活的胡杨穿插其中，大部分都是树叶脱落，只剩干枯树枝的枯死木林。树枝向天空竭力延伸，像熊熊燃烧的火苗，也像信徒祈求上苍的手。

是苍凉的，也是充满震撼生命力的。

起起伏伏的山丘，围绕穿行其中的河流，散落在河床边不远处成排成行的胡杨，构成了一幅色彩对比浓烈的风景图。

晌午时分，太阳升到了头顶，车里的人可以直接感受到车顶的高温。空调开始无法控制车内的温度，喷出的冷气和猛烈的阳光直射比起来，气势渐弱。

小神婆感觉自己身上的水分已经快要蒸发干了，举起水仰头就喝干了一瓶。

黎漾瞟了一眼："我看这附近没什么可让你上厕所的地方。"

小神婆腮帮子鼓鼓的，吞了一口水担忧地朝窗外看，然后止不住要怪黎漾："你非得说，你不说我一点都没想上。"

"我说不说也是没地方上。"

小神婆气得龇牙咧嘴，想捶黎漾一把，也没敢动手。

后面忽然起了一阵烟尘，有人临时停车。出发前陆厉一早说好了，一切行动计划要看一号车的指示，沙漠虽然看似空旷，但要是一不小心起了沙尘暴，别说是一辆小小的车，就算是一座城也能淹没。

显然是有人没把安全当回事，也没把陆厉的话当回事。

三号车里下来了两个人，白头发那位叫徐长东，今年五十二岁，原某大学的历史系教授，后被李成高薪外聘成为易货行的顾问。

　　天生少白头，早些年还会用染发剂稍作掩饰，最近几年干脆任其生长。满头白发后，反而多了许多学术气息。

　　高叶是李成的贴身秘书，为了这次任务特被派来跟随徐老。年龄成谜，外表看起来三十刚出头。五官虽然都不出众，但组合在一起却别有一番风情。身材前凸后翘，上半身穿了一件较短的紧身军绿色短袖，下半身穿了一条黑色工装裤，倒像是游戏里的 NPC 美女。

　　徐长东拿了三脚架，径直奔着一处土丘走去，高叶带着相机也紧随其后。一路上徐长东倒是很照顾高叶，但凡有个重物都是自己能搬则搬，不麻烦女士。

　　黎漾从后车窗户伸出头，刚看了一眼，就被一阵热浪推回了车内。

　　"这俩人拍照去了？"

　　陆厉倒是并不介意："我们也正好下车检查一下，看看轮胎。"

　　艾克和艾力看前后都停了车，也顺着停在了两辆车中间。陆厉和两人简单交谈了一下，艾克便开始从头到尾仔细地检查每辆车的轮胎情况。虽然临行前已经换好了专用的防高温的轮胎，但即将深入沙漠腹地，还是小心为好。

　　艾克是个踏实办事的，艾力脑筋活络，也不知是李成临行前的交代还是全靠自己眼色行事，对陆厉倒是十分恭敬，跟前跟后。

　　徐长东带了不少摄影摄像的专业设备，对着旁边的胡杨林和克里雅河都挨个拍照记录，还不忘感叹大自然的鬼斧神工，显然也是第一次深入沙漠。

　　高叶在旁，虽然面无表情，但对徐长东的需求还是有求必应，是个合格的助理。

　　看陆厉过来，高叶倒是有些警惕。

"徐老喜欢摄影？"陆厉看似友善地递了两瓶水过来。

徐长东的注意力大部分都在镜头里的世界，对来人是谁并不在意："漂亮，太漂亮了。"

陆厉顺着镜头的方向看过去，入眼的黄沙在阳光的照射下泛着光。风吹起沙丘形成独特的沙浪，一望无垠这个词，也不该只被用来形容海面。

"的确，不是平时随随便便能见到的。如果能有幸遇上沙漠蜃景，那种震撼就更让人印象深刻。"

徐卫东从镜头处起身，看向陆厉："沙漠蜃景？你见过？"

"很多年前了，的确很壮观。"

徐长东被陆厉的话吸引，拧开陆厉递来的水，饶有兴致地和他聊了起来。

黎漾蹲在艾克身边，看他检查轮胎，时不时地发出一些不太专业的疑问。艾力不太爱说话，尤其在面对女生的时候，通常不知道该如何交流，支支吾吾的也说不出来个所以然。

但黎漾坚持不懈，学到一点是一点。

这沙漠几百公里看不见个人影，万一要是自己落了单，车子再坏了，那不就是死路一条。关键时刻，多项技能没准就能保命。

徐长东和陆厉聊得很尽兴，没想到这个看起来二十多岁的年轻人，倒是有些底子。李成临行前告诉自己要小心提防，自己还全然没当回事，现在看，倒是不能把他当成毛头小子小瞧了。

"等出去的，邀请你好好到我工作室去看看我收集的那些字画。"说到兴起，徐长东向陆厉发出邀请。

"没问题，但做晚辈的多嘴提醒一句，既然一道来了，最好也是一道回去，谁也别掉队，也别临时起意，这里风沙大，我不是每次都能关照到。"陆厉嘴角的笑意不减，但话里的温度却骤然下降。

徐长东知道，他这是在敲打自己，没有他的指示，别再做这种随意停车的事。他是个知道看眉眼高低的聪明人，当然不会在这种特殊环境下扫了谁的面子。

"明白，明白。"徐长东假笑着回应。

第二十二章　高墙后的废村

陆厉原本的心情并不算好，回去的时候却正好看见黎漾后背垫着个板子，整个身子都仰着钻进了车下面，只留了一双脚在外面。

"你是说这和前面是通的是吗？打不着火就是那淹了？"黎漾在下面喊。

"也不全是，原因很复杂。"

陆厉连忙拉着黎漾的腿把人从里面拖了出来，黎漾后背离沙子不过几厘米的距离，这么一摩擦，板子就开始生热，连忙喊烫烫烫。

重见天日之后，正对上陆厉蹲在面前的那张脸。

也是奇了怪了，这么热的时候，艾克、艾力两个人动一动就满头大汗的，陆厉的脸上却一点汗珠都不见。

陆厉开口："你干吗呢？"

"学修车，长点本事。"黎漾拍拍屁股站起来，对着后视镜去擦自己脸上的灰。

"你下次也注意点安全，万一胎爆了，人不就砸在里面了。"原本以为是在说自己，一扭头没想到陆厉在说艾克。

"他跟我说了，我说没事。"

陆厉横了黎漾一眼，莫名其妙的，她竟还真觉得自己做错了事。

小神婆始终没舍得下车，迷迷糊糊地在车里等了好一会儿，才把车窗户打开："你们怎么还不走，天都要黑了。"

这才不到下午三点，按照新疆的日照时间，晚上八点多还是天光大亮的，怎么可能这么早就黑天。

小神婆看没人信，指了一下车子后面："你看，那边不是都要黑了。"

远处的天被割裂成了两种颜色，一半是泥水一样的黄黑色，另一半是清澈如洗的蓝天。几人始终背朝着那个方向，所以也没人发现。

陆厉只看了一眼，就迅速转身钻进车里拿上手台，给后面两辆车发消息："快走，沙尘暴要来了。"

短短几分钟，后视镜中的世界完全变了一番景象。黑云卷积着地上的沙砾向前快速吞噬。吞噬掉了野蛮生长的胡杨林，吞噬掉了原本静静流淌的克里雅河。在自然的巨变面前，什么都变得很虚无。

几辆车开足了马力，因为起跑在沙尘的前面，所以暂时还没有被吞没。

"能行吗？"黎漾不咸不淡地问。

这句话好像是对陆厉车技的不信任，和领导能力的极度讽刺。

"不行你下去扛着车跑。"

黎漾收回了身子，安静地趴在后座上看后挡风玻璃。

恍惚间，风沙里竟然闪过了几个零星的人影。黎漾身子往后闪了一下，被眼前的景象吓了一跳。

再仔细看时，人影已经消失不见。但她分明确定，自己看见了六七个人，穿着奇怪的衣服，冲向沙暴中……

就在这时，车顶原本用来给后车指引方向的旗子被大风吹落，一旦沙暴袭来，没有引路的旗很容易导致后车迷失方向。

"车里还有备用的吗？"黎漾问。

"有，但是这个时候不能换了，停车换时间来不及。"

"那就别停车。"

黎漾从车后备箱带着的装备里，找到了备用的红色旗帜，随后将车窗开到最大，伸出去大半个身子，试图把手里的旗挂在旗杆上。

"拉住她。"陆厉没有制止，只是提醒小神婆。

但小神婆早就在黎漾打开车窗那一刻死死地抱住了黎漾的腿，几乎快被黎漾拉到了窗户边。

陆厉不知为何，心已经提到了嗓子眼。不仅要关注身后的沙尘暴，还要关注沙丘的起伏，生怕一个不小心就把挂在车上的人颠了下去。

不过好在黎漾动作敏捷，看准机会快速套上之后，就闪身坐回了车里。

就在黎漾坐回的下一刻，沙尘袭来，把三辆车都笼罩在了自己的阴影之下。

阿布都拉在最后的空隙中，看了一眼太阳的方向，告诉陆厉朝着太阳的方向一直走，不要转弯。

"跑赢它三十分钟，就能出去。"

这种时候，能够相信的也就只有风沙里走出的人。陆厉握紧了方向盘，尽量让自己不受强力风向的影响。

黎漾从正副驾驶中挤过去，拿起手台通知后面的两辆车："朝着太阳的方向开，不要转弯。"

车子仿佛漂移在海上，不停地涌起又落下，小神婆一个明明不晕车的人，却罕见地有种恶心想吐的感觉。可见度几乎只有百分之二十，除了车子面前的那一点点光之外，再也看不到其他。

模模糊糊之中，面前竟然出现了一片高墙。陆厉将车身原地一转，躲在了高墙之后。

虽说沙尘从四面八方袭来，却有个主要来向。高墙面向的方向正好阻挡住了沙尘的来袭，视线也因此清晰不少。另外两辆车也跟随陆厉的路线，躲在了后面几堵墙后。

大概二十分钟左右，就在黎漾以为这辆车快被风掀翻的时候，沙尘暴却渐渐停息了。

太阳能隐约看到个轮廓，空气中却还是掺满了灰土，浅浅呼吸一口都呛得人直咳嗽，但还不至于吸氧。

几个人捂着口鼻下车，这才发现高墙之后是一座废弃的村庄。

巨大的石块垒成的房子，房顶被风沙侵蚀没能保存下来，只剩下四面透风的石墙。

抬头望去，高墙足有十几米高，呈梯形挡在村子前，很显然是为了抵御风沙而建。但让人好奇的是，这里寸草不生，又怎么会有人在这里居住。

旁边干枯的河床，给出了答案。

临水而居，是自古以来人们迁移的规律。一方水土养一方人，想要生存下去，水源是决定一切的基础。

十几户人家，都已经荒废许久，初步判断大概有二三十年。

"有什么不对吗？"陆厉看阿布都拉的表情有些奇怪，忍不住问道。

"走了这么远了，不该有村。"

几人虽然行驶了好一段路，但还远远没有进入沙漠腹地，有村落遗址本不是什么奇怪的事，艾力听了阿布都拉的话及时解释："牧民嘛，通常为了放牧就要走上好远，每家都有每家的地，相互之间都不会离得很近，远的话要隔上十几公里。"

所以阿布都拉才说，不该有村。他指的是群居的村落，在以放牧为生的沙漠，比较少见。

小神婆并不想在这个地方久留："谁知道这是多少年前的地方了，没准是住着不方便早就都搬走了，咱们也赶紧走吧。"

每每有风从石墙缝隙中穿过，都会发出鬼泣一般的号叫，声音不大，却足够刺耳。

黎漾早脱离了队伍，在荒村里面四处闲看。村子里面没有杂草，脚下的地和外面的沙地有所不同，是被踩实了的土地，虽然也掺有沙砾，但并不松软。

整个村子寸草不生，因为四周没有其他遮挡物，所以目光所及就只能看到几处孤零零的房子。黎漾手脚并用，爬到了墙头，迎着还未完全消逝的风远眺。

陆厉找了一大圈，最后才在角落的一户人家里找到黎漾。

黎漾站在上面，用食指慢慢勾勒村庄的俯视图，上宽下窄的梯形。

"你看，这村子像不像一艘船？"

"沙漠的人可能一辈子都没见过海，更别说船了。"陆厉转身朝后面的那间屋子走过去，黎漾从墙上跳下来，拍拍手上的灰："每一间我都检查过了，村子里的人不是搬走的。"

陆厉有些诧异，黎漾随即强调："是消失了。"

虽然剩下的东西不多，但是也有一些没有被风化的东西。在炭灰堆上的锅，灶台上的碗，还有一些压在角落的金饰，这些都是还在生活的痕迹。物资并不充足的地方，每一样东西都是独一无二的宝贝。如果只是有一家两家遗留，可以解释为粗心马虎，那如果每一户都能找到还在生活的蛛丝马迹，就不是偶然。

"而且你看这里。"黎漾引着陆厉来到了墙边，墙上用尖锐的石头刻画了两条身高线，一长一短，很明显是同岁的男孩和女孩不同的生长速度。每一条身高线上都记录了时间，但所有的时间线，都在某一年戛然而止。

"所以说，那一年，一定发生了什么，才会让村子里的人突然间都不见了。"

屋外的墙壁上，还依稀能看到抓痕和被撞击后的坑洼，大多分布在屋顶的位置。黎漾猜测，会不会是某种会飞的生物，攻击了村子。

但是人的尸体呢？难道被吃了？

"沙漠环境恶劣，为了躲避风沙紧急转移也很正常，也有可能是转移途中出现了意外就没再回来。"

黎漾有些狐疑地看着陆厉，平时向来是个没疑问都能想个三天两夜的人，怎么这次放着这么多疑点反而装作看不见。

"在这！你们快来看这！"旁边的小神婆好像突然发现了什么大声呼叫。

陆厉和黎漾赶过去，只看见其中一户人家的屋内墙上，用匕首深深地刻下了三张地图。图片后还写有"《蚩尤残卷》图三"的字样。

三张地图中每一张都和慎虚手中的复刻图一模一样，李家寨子、塔克拉玛干，另一张的内容比图纸中的更加齐全，除了山脉之外，还多了一条蜿蜒而入的小溪，但依旧没有其他标志性的文字。

刻字的匕首被扔在地上，好像是在匆忙之中留下的痕迹。

小神婆喃喃自语："在村子里借宿的那几个人，一定是看见了墙上留下来的图，按照这样子原原本本地抄了下来，但记录到最后一张的时候，发生了点意外情况，所以才急急忙忙地走了。"

按照李成所说，那几个人很有可能就是他曾经派进沙漠的队伍。找到了这座荒村，原本复刻了墙上的地图，但在回去的路上却突然发了病。李成说没一个活着出来，那就说明在离开村子之后，这几个人也没能幸存。

外面的风沙此时也落得差不多了，天空再次恢复了原本的颜色。

"走吧，天黑之前还要赶到下一个落脚地。"陆厉捡起了地上掉落的匕首，将墙上三张地图的最后一幅狠狠刮掉，不留一丝痕迹。

陆厉说的落脚地是阿布都拉的姑姑达姆家，也是他们此次沙漠之行唯一的落脚点。过了今夜，才是漫漫没有终点的旅途。

刚刚迈进一只脚，塔克拉玛干就给了一行人如此之大的下马威。接下来的这段路，阿布都拉的神情显然严肃了许多，小神婆也打起了十二万分的精神，愣是把上午晕晕乎乎的劲克服了。反倒是黎漾，上了车之后就开始呼呼大睡，一副什么都影响不到自己的样子。

晚上七点十分，准时日落。寸草不生的沙海温度骤然下降，车里原本开着的空调，温度也一调再调。往日里只觉得阳光无处不在，但并没有切身感受。此刻置身沙漠，才知道昼夜更替，也是巨变。

第二十三章　油皮子的袭击

接下来的这段路进行得十分顺利，到达姆家的时候太阳已经落了山。达姆家面朝克里雅河，背靠一片茂密的胡杨林，的确是个在沙漠安家的好地方，既有水源，又能阻拦风沙。

沙漠人家的建筑十分奇特，用草席编织的围墙把房屋的四周围住，胡杨做的门板，也被叫做把子墙。阿布都拉做惯了旅行向导，不忘向几人解释："这种墙在沙漠比较实用，可以透风。"

小神婆没明白，透风算什么实用的优点。直到进屋之后，才明白为什么需要透风。

达姆一早就已经生好了火，没有灶台，只是正中央的地上架起了柴火堆，上面吊着一只被烧得发黑的锅，里面的汤被烧得翻滚作响。

柴火燃起的烟顺着墙壁的缝隙钻了出去，外面呼啸而过的风也可以直接从棚顶穿过，不会对房子本身造成什么太大的影响。

达姆用他们听不太懂的方言招呼大家，阿布都拉代为翻译："姑姑说让大家坐，她准备了饭。"

达姆的儿了去了河边放牧，大概要晚上才能回来。这里距离克里雅河并不远，步行二十分钟左右就能走到河边。据阿布都拉说，达姆这一辈子都没走出过沙漠，也从来不知道沙漠外面的世界是什么样。

也是因为这几年多了不少来沙漠探险的游客，达姆才见了不少外面世界来的人。

晚饭是一种叫库迈齐的新疆烧饼，烤得焦焦脆脆，扑鼻而来的面香味，让人胃口大开。

上次吃到重庆小面的时候，黎漾觉得自己被遗弃之前应该是个重庆人，现在又断定自己之前应该是个新疆人。

徐长东吃不惯沙漠人家的东西，献殷勤一样地给高叶送来了果泥，被拒绝后也没恼，一个人又回到车里翻看相机中白天拍下的照片。每一张都记录着一个震撼的瞬间，从大片的胡杨林，到茫茫的沙海，就连风暴卷起的时候，徐长东也不忘按下快门记录下惊魂一瞬。

但就在那张阴晴交错、沙暴袭来的照片里，徐长东似乎影影绰绰地看到了几个模糊的人影。徐长东颤抖着手，放大了屏幕，再三确认，的确是人。

穿着奇怪，只能看出大致轮廓的人。

月光森森，车外是漆黑一片的世界。徐长东的冷汗顺着鬓角流进衣领，下意识只想逃离，到有人的房间去。

"砰"的一声，一双干枯的手狠狠地拍在了车玻璃上，吓得徐长东大喊一声。

正在洗手的高叶听见声音，第一个冲了过去。但由于方向不同，一时也没能看到车的另一边发生了什么。陆厉此时也从屋子里出来，正好看见一个像没长毛的猴子一样的生物，正准备把徐长东从车里拖出来。

徐长东两只手紧紧地扒着车门，这才没被一把拉出。

猴子龇牙咧嘴，发出尖细的声音在威胁陆厉不要靠近。高叶这时候从后腰摸出一把匕首，一个翻身就从车顶越过，快狠准地对着猴子的手腕刺了下去。

猴子吃痛，一把放开了徐长东。由于惯性，徐长东直接滚进了车里，高叶反手把车门关上，却把自己和那只吃了亏的猴子一起关在了外面。

那只猴子的脑袋奇大，四肢也很长，虽然佝偻着背，但也能看出如果挺直了身子，身高也足有一个八九岁儿童大小。令人感到不适的是这猴子的身上毛发稀疏，只有头顶有寥寥几根毛发，远处看来，就像一个裸体没穿衣服的人。

见高叶落单，那猴子的嚣张气焰不减，捂着一只伤手，朝高叶龇牙咧嘴。

黎漾几个人也闻声赶过来，陆厉交代艾克："带他俩在屋子里躲好别出来。"说罢自己就跑了出去，支援高叶。

这一套动作看下来，黎漾心里也知道为什么这次沙漠之行，李成会派高叶来保护徐长东了。外貌具有一定迷惑性，可以让陆厉放松警惕，而实际上身手又足够矫健，关键时候能帮得上忙。

徐长东躲在车里，说死也不肯开门。高叶试图绕后，把猴子引走。

陆厉丢了一块不大不小的石头过去，吸引了那只猴子的注意。随后一边朝高叶比手势，让高叶慢慢撤后，一边自己慢慢接近。

左右两边的人一来一走，那只猴子站在中间也左右提防着。就在高叶快要撤到安全距离的时候，它突然原地跃起，放弃了刚来的陆厉，朝着刚刚伤害过它的高叶扑了过去。

陆厉把身上的衬衫脱下来在手里绕了一圈，冲过去从那猴子的背后偷袭，把衬衫套在了它的脖子上，朝着自己的方向一拖，这才救下了高叶。

倒地的一瞬间，猴子灵巧地从陆厉的桎梏中逃脱，朝着还没起身的陆厉扑了过来。好在陆厉闪躲及时，让它再次扑了个空。高叶把匕首扔给陆厉，陆厉抬手接住，朝着猴子直接刺了过去。

一声尖叫划破长夜，猴子的一只眼睛被陆厉刺成了一个血窟窿。自知在陆厉这讨不到好果子吃，这猴子也没继续纠缠，而是转头看了达姆的房子一眼，恨恨地逃向了不远处的胡杨林。

陆厉抹了一把脸上被猴子喷溅的血："留两个人在车里守夜，车门锁好。其他人回去锁门，等我消息。"

说完，陆厉就头也没回地朝着猴子消失的方向追了过去。

小神婆也被吓得不轻："不是都赶跑了吗，厉哥怎么还去？"

黎漾回答："应该不会只有一只，这只很明显认路，万一让它跑回去通风报信，达姆家就要遭殃了。"

高叶丝毫没有想去帮陆厉一把的意思，她的使命就是保护好徐长东，拿到该拿的东西离开沙漠，其他的一概不闻不问。

在路过高叶的时候，黎漾淡淡地看了她一眼，不带情绪，也没有责怪的眼神。之后想也没想，就跟随陆厉的脚步进了胡杨林。

达姆始终没有离开屋子，坐在火堆前喃喃自语："望尸神会怪罪我们，会怪罪我们每个人。"

……

夜晚的胡杨林当真验证了达姆所说的，更加阴森恐怖。行走在其中和在外面看，又是两种全然不同的感受。外面看来的胡杨林，像干枯的手，像燃烧的火苗。但站在林中看向天空，只感觉自己站在大火燃烧后的废墟上，有种绝望的窒息感。

黎漾也不知道为什么自己会来，或许是陆厉藏着的许多秘密让她有了一探究竟的欲望，总之这个人不能有事。

一直向前跑了几百米之后，黎漾突然意识到不对，自己好像失去了方向。

一样扭曲的树干，一样铺满黄沙的路，所有的一切都是一样的。胡杨林变成了无穷无尽的迷宫，让人在其中反复穿梭，找不到来路。

忽然吹来的一阵风，让黎漾稳住了心神。沙砾吹在脸上的感觉，让她的听觉也变得异常敏感。就那么微弱的一声，是那猴子在威胁高叶时候的声音。黎漾快速锁定方向，朝着声音来源跑了过去。

黑夜里，人的可视范围有限。陆厉和那猴子纠缠了许久，但无奈这胡杨林是那猴子的地盘。每当它落了下风，就会快速躲到树上，趁着陆厉不注意再次偷袭。

直到看见黎漾走近，陆厉担心那猴子在暗处伤害黎漾，大声呵斥："站在那别动！"

与此同时，猴子从树上扑了下来，亮出了嘴里的獠牙，直朝着陆厉的喉咙处咬了过去。黎漾的动作快过自己的思考，掏出一直藏在身上的东西，对着那只猴子的脑袋扣下了食指。

"砰"的一声，胡杨树叶簌簌落下，那只猴子的动作也暂停在了半空，随后了无生息地砸向地面。

安静，整片树林无声无息。而黎漾的口袋里，也少了一个秘密。

因为紧张，也因为剧烈运动，黎漾的胸口止不住地起伏。陆厉的大手覆住她的手，把她手里的东西拿了下来。

心跳莫名地逐渐恢复平稳，因为后坐力被震得发麻的手也有所缓解。

"这东西你还真敢用，就不怕失手把我打死了？"

陆厉把东西拿在手里细细打量，发现这是一支由铜管木柄组成的改良式火铳。借用了燧发枪的装置，在钳口夹了一块燧石，拧动火铳的后端，在钢管内弹簧的作用下，碎石就可以成功打火，点燃内里的火药弹丸。

设计十分精巧，且体积不大，可以随时拆卸，仅需要简单的两个步骤就能将其一分为三，做到完全隐蔽。

但也因为改良后的灵活性，所以使用时的安全性也大大降低。一个不小心，弹药炸膛，发射的人也有使用风险。

一两秒的失神，很快黎漾便从恍惚中清醒了过来："你知道我有这东西？"

陆厉把东西好好地放回她的胸包里，顺手带上了拉链。说实话，她这一路上神神秘秘藏的是什么陆厉还真说不清楚，只猜测应该是想要留在最后时刻保命的东西，却万万没想到竟然用在了自己的身上。

"要不然你以为我为什么对你这么客气。"虽然是句玩笑话，但黎漾却一点都笑不出来。

"是我捡的，自己瞎组装着玩，谁知道真能射出去。"

陆厉敷衍："行行行，这也没有监控，你急什么。"说完看了一眼那猴子尸体的位置，又把它朝隐蔽处拖了拖。

两只手一担上猴子的骨架，陆厉就察觉到有一丝异样。正常猴子的手臂都要长过腿，但这只却明显是腿长于手。而且无论是从皮肤纹理还是面部骨骼来看，这都更像人，而不是猴子。

黎漾没注意陆厉的沉思，依旧沉浸在自己的世界里。

"一共就四颗子弹，我本来是要自保的，浪费给你一颗。"

"欸？那怎么叫浪费呢，我不是人啊，我的命不是命？"

"是归是，但肯定没有我的值钱。"

陆厉倒是挺佩服黎漾在某些事上的思维方式，唯我主义，哪怕穷得兜里凑不出两千块钱，也认可自己是这个世界上最重要的。但在如此情况下，黎漾还能义无反顾地进胡杨林，义无反顾地开枪救下他，确实让陆厉有些感动。

谢谢的话还没说出口，耳边就响起了算盘的声音："你这么大个老板，一年做生意怎么也能赚个百万。你今年看样也不到三十，就算你还能活三十年，三十年就是三千万。我不要那么多，出去了你给我三十万，就当感谢费了。"

就算，三十年，凭什么……

……

第二十四章　古董铺子"水心寨"

阿布都拉去和侄子一起赶羊回来，刚到家里就听说遭了袭击，还有两个人追着进了胡杨林。阿布都拉急得直拍大腿，沉默寡言了一天的人说了最多的话就是，这一片的胡杨林可不能晚上进。

原来这种没毛的猴子被当地人叫做油皮子，最近这几年就频繁出没在沙漠里，许多牧民都遭了殃。和陆厉猜想的一样，这油皮子智商很高又极其记仇，如果有一只被驱赶受了伤，很快就会有十几只上门报复。

前阵子拉姆家的羊被拖走了几只，被拉姆儿子抓到后打死了一只油皮子。从那之后就不断有油皮子上门，有时候只是把羊的腿咬断，并不拖走，只为了泄愤。拉姆家不堪其扰，为了躲开祸害才搬到了现在这个地方，没想到这么快又被找到了。

直到陆厉和黎漾两个人从胡杨林里走出来，阿布都拉依然觉得难以置信。

达姆的儿子拉桑在看到陆厉的时候有些微微的愣神，随后用不太流利但足够沟通的汉语问陆厉之前有没有来过沙漠。

陆厉只说这是第一次，拉桑这才打消疑虑。

外面留了艾力、艾克两兄弟前半夜放哨，陆厉负责后半夜。其他人围在屋子的火堆前，等着锅里的油茶煮开。神奇的地方，中午时候热得人汗流浃背，到了半夜面前烤着火都觉得不暖和。

徐长东还没能从惊吓里缓过来，不光是油皮子的突然出现，还有那张照片里鬼魅一样的人影。

这时候，陆厉才收到了李成发来的第二张和第三张图片。

徐长东瞥了一眼陆厉的手机，看到了是李成传来的图片。

"这就是李成说的《蚩尤残卷》？"

"或许是吧，我也没见过，不知道真假。"

徐长东冷哼："外面传的当然真真假假，虚虚实实，没个真话。"

陆厉存心套话："徐教授认识这上面的字？"

"我不认识，但《蚩尤残卷》我可知道实情。"

屋子里几个人的目光都看向了徐长东，连平时不和自己多说一句话的高叶也难得有了反应，徐长东的虚荣心被满足，清了清嗓，就着火光说起了有关《蚩尤残卷》的事。

要说起《蚩尤残卷》，就不得不先介绍一下张本见这个人。

张本见，清末人士，早年是当铺学徒出身。幼时失去亲人，一个人流落市井，被一个卖艺杂耍老人救下后，带在身边，学会了一些奇门异术：蚂蚁点兵，青蛙叫魂一类。又有传闻说张本见擅长鸟语，天赋异禀，后经玄门中人指点，最终修炼成"青铜龟甲秘术"。

而这秘术，就出自《蚩尤残卷》，也就是说，张本见，是最早承袭《蚩尤残卷》的祖师。

而真正的《蚩尤残卷》中，不只记载了九大护国神器和其锻造方法，还解析了山阴、祝由、占卜、巫术等几大神术的奥秘所在，自古以来都为帝王、民间、庙堂以及江湖人士所窥视。

一来想得其中的护国神器，二来想要参破几大神术，这些人中，一个最不能忽略的名字就是南宫无量。

南宫无量本是张本见的最后一位弟子，也是京城"水心斋"古董铺子的主人，偶然的机会，他知道了张本见留下来的《蚩尤残卷》中隐藏的秘密，便开始执意寻找《蚩尤残卷》中记载的九大青铜神器。

如果换作现在，就是李拐子与李成的关系。但四个人却存在于不同的年代，为了同一件事。

南宫无量去世后，把"水心斋"传给了养子南宫骁。这个南宫骁十分神秘，又精通杂学和江湖旁门左道，真正见过他的人也不过三五人。也有些闲言碎语，说南宫骁早就已经拿到了《蚩尤残卷》，当然这些就都是乱说了。

"那个南宫骁多大年纪了？"小神婆好像听了个传奇故事一样。

"三十一二岁吧，具体年纪不清楚。"

总感觉这故事里的人要八九十岁，花白的头发才适配，没想到这人不过三十刚出头的年纪。之前大家总认为《蚩尤残卷》里，记载的全部是有关青铜神器的下落以及锻造方法，却没想到还有一些其他秘术，李拐子自然而然地认为，收到的这些符文，就有可能是对于这些秘术的描述。

但黎漾在人群中观察陆厉，他的表情竟然有一丝玩味。

后半夜的时候，陆厉叫艾克和艾力回屋去睡觉，自己锁了车门守夜。

陆厉并不贪心，什么上古传说、秘术奥义，通通与他无关，他从始至终的目的只有一个，找到青铜古镜，收集散落的《蚩尤残卷》的残片。如今这三张在手，离集齐也不远了。

墙角睡着的黎漾，又再次做起了那个重复了千百次的噩梦。这一次顾卫东没有在淤泥里，而是站在沙尘暴中，直挺挺地朝黎漾伸出手。

"阿黎，你离我近一些，你离我再近一些。"

……

日出比较晚的地方，连鸡都叫得更晚一些。黎漾起来的时候，阿布都拉已经在压井水准备做饭了。铝盆里的井水掺着少量的泥沙，看起来有些发黄，不过好在还有水可以洗漱，已经是身在沙漠中最幸运的事。

陆厉连吃早饭也没有下车，一杯奶茶，一个昨晚剩下的库迈齐就凑合了一顿。

这时候，远处朦朦胧胧走过来一个人影，朝着达姆家越靠越近。艾克和艾力在检查车，高叶和徐长东还在吃饭，黎漾和小神婆在井水旁边蹲着洗漱，一个人都没有少，那远处来的这个是谁？

陆厉下车招呼所有人赶紧躲进屋子，顺道踢了戴着耳机专心检车的艾克一脚。黎漾也进入戒备状态，抹掉了脸上的水，把一只手伸进包里。

远处的人手里还抱着什么东西，但是从姿势仪态来看，都不太像昨晚的油皮子。

拉桑出来倒水，瞧见远处走过来的人影，挥着手臂喊了一声，远处的人也渐渐露出了全貌。一个看起来四五十岁的中年男人，穿着长衫，衣服上缝缝补补地钉满了五颜六色的布。斜挎着一个粗麻布的挎包，头顶的头发简单地绾了一个发髻。

怀里抱着的，是一只羊。

"师，师父！"小神婆手里的铁盆"当啷"一声掉在地上，"嗷"的一下哭出声，跑着扑了上去。

这位身材瘦弱、毫无仙风道骨的，看来就是小神婆的师父，慎虚。

慎虚也没想到，自己好不容易清净了两天，怎么就又被找到了。

静谧的早晨，伴着小神婆的哭声和慎虚怀里小羊羔虚弱的咩咩声开始了。

慎虚的形象，大概印证了之前黎漾对他的猜想。不太靠谱，想一出是一出。

据慎虚说，自己在离开易货行之后的确租了车进了沙漠，但刚开了没多久就遇上了沙尘暴，加上慎虚有点散光，眼神也一般，开车狂飙的时候冲上了一个小沙丘，连人带车都翻了。

好在车和地面的夹角护住了慎虚，让他一直被困到达姆的儿子牧羊发现他，才把他捡了回来。白吃白喝了两天，因为没有车自己也寸步难行，语言不通，走也走不了，就只好跟着达姆的儿子去放羊。

哪想到快要回家的时候发现羊羔丢了一只，慎虚自告奋勇去找，结果一走就走出去了几里地，足足找了一宿才回来。

要说这人也是个莽夫，连沙漠都没见过，也没有向导，一个人租了车就敢往里闯。这是命大被人捡了回来，命不好就直接在沙漠晾成干了。

但慎虚倒是并没后怕，一边端着奶茶，一边忍不住地爱抚着找了一夜的小羊，嘴里嘟囔着："这烤成串得老香了。"

"你别转移话题，哪有你这么当家长的，说走就走。"小神婆从刚才的情绪里缓了过来，才想起要教育教育慎虚。

"那不是情况紧急吗？啊，那边人家说要五十二万，不给就打断我的腿，我不跑我等着干啥。"

"那你干吗往沙漠跑啊，那不也是自寻死路吗？"

慎虚瞟了在场的人一眼，十分不隐蔽地给了小神婆一个眼神，示意她别这个时候问。小神婆丝毫不理会，抓着慎虚穷追猛打。

到头来还是陆厉及时开口，解了慎虚的围："接下来你俩什么打算，想回去的话可以腾一辆车给你们。"

一号车已经坐满，一旦要留一辆车给慎虚的话，就只能是徐长东、高叶去和艾力、艾克同乘。虽然都是李成派来的人，但四个人彼此之间并不熟。这一路上美景美人在车里都能欣赏，让徐长东换车他自然是不愿意的。

但还没等徐长东表态，高叶就已经事先给了他一个眼神，劝他不要有太多的意见，徐长东也只能作罢。

慎虚找了个蹩脚的借口："别啊，来都来了，哪能到这就回去呢，我跟你们一道去看看，只当是长长见识。"说完又对小神婆脸色一变："但是你得回去，你就在这等着，有下一波游客来了你就跟着走。"

"凭什么啊，你们都不走我也不走。"

两人说着说着就开始拌嘴，慎虚态度坚决，小神婆也不让份，最后考虑到附近有油皮子出没，留在这里也并不是什么好选择，慎虚也只好同意带上小神婆。

临行前，达姆给陆厉装了一些烤馕和干粮，握着陆厉的手说了几句话。阿布都拉在一旁翻译："姑姑说昨晚谢谢你。"

陆厉朝老人弯了弯腰："如果有更合适的地方的话，还是尽早搬离这的好，快涨水了。"

沙漠给人的印象自古以来都是干旱缺水，但只有真正居住在沙漠的人家才知道，近几年来沙漠下雨也是常有的事，早些年甚至还发生过一场几十年难遇的洪水灾害。

但这种现象并不是好事，天降异象，对于靠天吃饭的牧民来说，意味着陌生和不可控。一旦汛期来临，河水会在一夜之间上涨或改道，对于居住在河边的达姆家来说，更是一场残酷的考验。

早在数月前，达姆儿子就计划着搬离这里，但被达姆多番阻止。

阿布都拉有些诧异，陆厉竟然一眼就能看出天象有变，这也能说明，他十分了解沙漠的气候，最起码并不像他说的，对沙漠一无所知。

陆厉在无人处，叫过拉桑："你见过我？"

拉桑迟疑半晌，紧接着摇头："没见过。"

陆厉把自己的号码写下来，递给拉桑："如果有什么想和我说的，打电话给我。"

拉桑反复摩挲着那张纸，看着陆厉一行人的身影渐渐走远。车队再次浩浩荡荡地出发，向着沙漠腹地行进。

慎虚说什么都不肯和艾力、艾克同车，偏要和陆厉一起挤在一号车，美其名曰要照顾一一。黎漾受不了三个人一起坐后排，招呼都没打直接上了徐长东三号车的副驾驶。

对于黎漾的到来，徐长东并不欢迎。

虽然高叶对自己并不热络，但总归是易货行一道出来的人，不说知根知底，但最起码是盟友。对于黎漾和陆厉两个人，徐长东始终心存戒备。

高叶同样不喜欢黎漾，也说不上来为什么，高叶就是觉得，自己和黎漾不是同一个世界的人。

早些年还在洛杉矶上学的时候，高叶住在当地一个繁华路段的公寓楼里。因为隔壁有不少奢侈品商店，所以这一带的垃圾桶就成了拾荒者的重点关注对象。某些高奢品牌会在丢弃废品的时候，一同扔出一些品牌附赠的小镜子、钥匙扣和口红小样之类的东西。对于每日和奢侈品打交道的人来说，这些无异于废品。但对于消费并不在这个层次的人而言，能捡走个一两件，也能适当满足自己的虚荣心。

一个干干瘦瘦的黑人女孩，是这条街上垃圾桶前的常见身影。

高叶总能看见她，扛着个手提袋，袋子几乎快要垂到她的小腿，足够把她整个人都装在里面。每天早晚两次，她都会带着袋子来，装得满满地走。

街边店里的奢侈品高不可攀，但垃圾桶里的口红小样一样可以满足少女的爱美之心。

某天高叶收拾了几件自己的旧物，挑着女孩来的时候下楼，把自己曾用过的，不再喜欢的首饰和化妆品，连带着盒子一起放在垃圾桶上，对女孩说这些是送给你的。

女孩打开盒子，拿出了里面的东西，放在垃圾桶上。再把化妆品的纸盒扣好盖子放进自己的口袋，用不太流利的英文对高叶说谢谢。袋子里鼓鼓囊囊的，都是些可以卖钱的纸盒。那些高叶认为贫穷女生都会追逐虚荣而爱不释手的奢侈品口红小样，像垃圾一样被扔在地上。

看见黎漾，高叶总能想起那个黑人女孩。

非常执拗，令人不爽。

第二十五章　沙漠病源（上）

　　黎漾倒是无所谓车上这两人的内心戏，遮光板一拉，优哉游哉地闭目养神。

　　"徐老师，这一路的照片您拍了不少吧？"黎漾闭着眼睛突然说。

　　徐长东有些警惕："拍了一些，怎么了？"

　　"想借来看看。"

　　高叶从后视镜看了一眼徐长东的表情，有些犹豫。

　　"不会吧徐老师，看看照片而已，不会这么小气吧，难道相机里还有点私房照？"

　　"那有什么不行的，这一路上哪棵树你没见过，有什么怕你看的。"

　　黎漾接过相机，从后往前快速浏览。慎虚出现、拉姆家的围墙、晚上松软焦香的库迈齐、荒村、石墙、沙尘暴……

　　沙尘暴。

　　黎漾锁定那张风沙卷起的照片，逐渐放大再放大，仔细去看沙尘中，果然如自己当时亲眼所见的一样，的确有人影出现。结合昨晚发生的事来看，多半就是那攻击人的油皮子，难道说这些东西一直在跟着车队？

　　一号车里，远没有三号车这么安静。

　　"厉字，五行属火，用厉字取名的人苛刻、切实、严肃，看似与山石有关，但实则本义是磨刀石。"

慎虚一半屁股坐在后座，另一半屁股悬空着，为了能更靠近前方的驾驶位，两只胳膊各环绕着主驾驶和副驾驶的座椅。

"磨刀石是好还是不好啊？"满车里只有小神婆是个称职的捧哏，找到了慎虚，小神婆这一趟就更像是旅行，心态完全放松了下来。

"唉。"慎虚叹了一口气，"有什么好的，以身磨刀，刀锋越利，石身越损，是个成全他人折损自己的字。"看陆厉没说话，慎虚也意识到了这话不算吉利，又立马改口："当然啊，这名字怎么样还得结合个人的生辰八字来看，我说不准的，不准的。"

陆厉沉沉地看着面前的沙丘："准的，这一趟要是能不折损在这里，出去了给你包个大红包。"

慎虚嘴上笑着，心里却响起了支付宝到账的机械女声。

阿布都拉看着渐渐深入的队伍，眉头紧锁："水流小了，过了克里雅河，就不要再走了。"

地面的河流逐渐变窄，有收口之势，看样子克里雅河的尽头，应该就在不远处。

"你放心，到了河水尽头我就把尾款补齐，后面那辆车也给你，你帮我开回拉姆家，如果我们返程顺利，再去取车。"

看陆厉始终执意继续前行，阿布都拉也不好再说什么，只摇了摇头，随口念了一句经语，大体是为鲁莽前行的人祈福的意思。

中途陆厉比了个手势，和艾克、艾力的车换了个位置，让阿布都拉坐上二号车去领路，把黎漾又重新喊了回来，自己开着一号车跟在两辆车中间。

陆厉让小神婆给自己拿一瓶水，顺便把盖子拧开。随后示意小神婆把瓶子拿到两人中间，然后自己狠踩了一下刹车又紧接着踩下油门。

小神婆手不稳，一下子把水都泼在中控附近。陆厉一边说没事，一边抽了几张纸去擦，两只手指伸进空调出风口的缝隙中，拉出了里面藏着的定位监听器。监听器进了水后，红点苟延残喘地闪烁几下，最终变成灰色。

慎虚看了看："这是空调遥控器吗？"

黎漾到了陆厉的车上放松了不少，从刚才的假寐逐渐转变为真实的困意。

"环境一直比较复杂，有些话我知道你也不好拿到明面上来说。我和黎漾是来找人的。有个朋友五年前失踪了，我们最后得知的线索，就是人的失踪可能和这片沙漠有关。后来遇到了——，知道了那个村子的事，知道了那几张照片的事。"

陆厉这小子还真算仁义，知道要问重要消息的时候把自己叫来。

慎虚眼神苛责地看了小神婆一眼，眼神传递着"你怎么什么都往外说"的信息。

陆厉从口袋里拿出了自己手中现有的全部东西，照片还有打油诗，随手扔给了后座上的慎虚。

慎虚只看了一眼那张照片，就意识到了上面的地图和当时村长给自己的纸上画的是同一个地方。

慎虚手里的三张地图明显是后来人照着原样画下来的，但陆厉手里的这张照片，拍摄的多半是原件。

如此多慎虚从未接触过的信息一下子丢过来，让他有点眼花缭乱。

"这些，这些都是？"

"你认识柴国森吗？"这个名字陆厉刚刚问出口，就从慎虚的眼神里找到了答案。

"有人快递给柴国森的。"

"那他为什么会给你？你们什么关系？"慎虚语气不善，看来和柴国森之间的关系也不算友好。

"我们恰巧去了柴国森租的房子，无意中收到了快递。"

慎虚看了一眼身边的小神婆，小神婆肯定地点了点头，他这才打消心中的戒备。

"或许我们可以一直同行，但我想问问你的目的地。"陆厉说。

这是句很隐晦的邀约，慎虚自然知道他在说什么。不管是他手里掌握的东西，还是陆厉刚才拿给他的东西，显然都把终点指向了一处。能通过柴国森那边的信息一路找到这，足以说明陆厉和黎漾两个人总不至于给自己拖后腿。自己走到这一步，没车没装备，和陆厉共享自己的信息，是唯一的出路。

"你不怕我说假话骗你？"

陆厉笑："你只管说，真话假话我来判断。"

看了一眼前后车仍然正常行驶中，慎虚整理了一下最近几天混乱的思路，试图把整件事说得完整清楚。

大概在几天前，那个村长去山上找过慎虚之后，慎虚就没日没夜地琢磨这几张纸上的地方。其中两处标记的地点十分明显，一处写着李家寨子，轻而易举就能查到位置在云南，另一张上就是标记着塔克拉玛干沙漠的地图。但是第三张除了几个简单的山峰走向之外，没有任何信息，只潦草写下了一笔横，就好像是被人抢走了笔或者是纸匆匆打断了一样。

就这么寥寥数笔，慎虚根本不知道要从何处下手。但联想到那个村长说，几个人是刚从沙漠出来后到村子里借宿，便把注意力都集中在了塔克拉玛干这张图上。虽然还是一筹莫展，但慎虚想着还是走一步看一步，每天都这么盯着一张纸死瞧，也瞧不出什么花样。

后来到了这边，听了司机的推荐，住在了离易货街不远的地方，但那几天新疆热得跟天上下了火球一样，明明不是什么旅游旺季，旅店里却住满了一大帮天南海北的人。

慎虚这人不金贵嘴，凡事好打听，问来问去就知道了这帮人都是打算去易货行看易货的。他一想，自己来都来了，总不能放着这么大的热闹不看，就跟着混到了店里的货台。

易货行易货的时候是不提供座位的，除了老板在二楼有一个装着单向玻璃的观室之外，其他人无论身份高低贵贱，统统都围在货台下面。刚到早上六点，下面就已经站满了人。

货台高一点四米，直径五米，方便下面的人清清楚楚地看见上面人的一举一动，避免搞小动作偷偷换货。

慎虚早早到了，但还是被挤在了第三排。

易货台上两张桌子对立摆放，桌子上是货主要易的货，用一张红布盖住。

落槌人在一旁喊起，两人同时掀开红布，若两人看了对方的货后都选择不易，那么红布盖上，东西拿走，各自回家，以后也再不能踏进易货行。若两人都选择易货也简单，货物当台交换，不得反悔。但如果一方选择易货，而另一方拒绝，则反悔方要将自己的货物无偿送上。

能对台的货，都是经过易货行评估后，根据货主的需求和货品的价值来分组进行的，几乎不会出现价值上有悬殊差距的情况。且因为换货与否都需要货主在台上同时选择，所以也不存在先后顺序一说。

第一组上台之后，就是落槌人介绍规则的时间。慎虚的身边，这时候走过来一个挂着拐棍的男人。看五官不算老态龙钟，但是头发已花白，背也十分佝偻。

但即便如此，慎虚还是闻到了一股很有钱的味道。

那人对看台上的物品并不好奇，只是一直盯着手表，好像在等着什么。大概六点半左右，他看了一眼二楼看台，二楼的楼梯拐角处站着一个穿着旗袍的女人，女人虽然满头白发，但样貌却十分年轻，两只手指夹着一支女士香烟，示意楼下的人跟过来。

下面大概叫了三组货，就进入了调整时间，间休十五分钟左右。看台下的黄牛开始活动，有的盯上了前面几轮里没有成功换货的人，满场地出价谈价。还有的人不愿意冒易货的风险，拿着自家的宝贝偷偷向人兜售。

慎虚两手空空，既没物件也没钱，看了几轮以后觉得没什么意思，有些兴致缺缺，打算上个厕所就打道回府。

因为对这地方不熟，加上易货行楼上楼下院里院外的构造又十分复杂，和普通的院子不太一样，慎虚从厕所出来就转了向，怎么也找不到回前厅的门，就索性在后院逛了一圈。

这一逛，就又撞到了刚才货台下面自己旁边的那个男人，和那位虽然满头白发但身段却极婀娜的女人。

第二十六章　沙漠病源（下）

两人对坐在后院的凉亭里喝茶，不远处两个跟班在严防死守，避免其他人靠近。但因为慎虚是从院后绕过来，正好被墙角遮挡，所以无人发现。

一个风韵犹存的女人，一个多金又体弱的老头子，这两人偷偷摸摸地会面，换了谁撞见了能挪得开脚步？慎虚也不是什么正人君子，反倒是八卦野史重度爱好者，索性就蹲在墙根听了一会儿。

从对话里慎虚得知，这男的是古玩圈子里有名的富商——柴国森。

起初的话题还都是客套寒暄，说一些生意上的、经营上的事，眼看着听不到什么香艳八卦，慎虚起身就想走，却在听到有关李家寨子的话题的时候重新躲了回去。

两人谈话的小亭位于整个院子的最东南角，后面是一座人工假山，假山下又是人工挖出的一条小水渠。六点多的天还没大亮，周遭的一切都是灰蒙蒙的，只有流水的声音十分明显。

柴国森先把女人面前的茶杯倒满，又给自己斟上了一杯："我从普洱带来的新茶，有点涩，但特别香。"

女人端起来品了一口："这么急着从云南来一趟，就为了给我送点茶？"

柴国森笑："想当年，给你送茶的人别说是云南，就算在欧洲也排着队。"

"别给我灌迷魂汤了，你先说李家寨子怎么回事，萌萌有消息了？"

听到女儿的名字，柴国森的动作一顿，随后放下茶杯："还没有，但是我在那边打听到了点新的消息。"

据柴国森搜集来的情报，李家寨子那边最近几年不太平，时常有村民发了疯病的案例。起初是神志不清、胡言乱语，到后来开始自伤甚至伤人，随后短时间内就会丧命。前些年的时候附近医院还会接诊到类似病患，但最近两年几乎也没什么人会送到医院去看。因为发病时间比较急，所以基本人一死，就都在村内自行处理了。

慎虚听到这的时候，心里仿佛被一记重锤敲响。

村落、发疯、咬人……每一个特征，都和那个沙漠村落当年的惨剧一模一样，难道说同样的噩梦，在五年后又再次重演了？

女人在听到柴国森的话后沉默半晌："你觉得这件事和萌萌的失踪有关？"

"一定有关。"柴国森肯定道，"我知道这么多年，萌萌很有可能已经不在了，但是最起码我得知道这孩子到底是怎么了，到底是因为什么会变成那样。"

柴国森在交谈中只透露了，自己调查了李家寨子里所有发病人的底细，才顺藤摸瓜摸清了当年第一例发病人的身份——扎努，当地一个民间文保会的成员。

这个所谓的文保会，就是由一大帮文玩爱好者组成的，呼吁保护文物古迹、历史文明的协会。成员大概十多个人，都有正式职业，闲来无事的时候组织一些鉴赏游玩活动。

这个叫扎努的人，五年前曾经跟随当地文保会的三名成员，受邀到过新疆，参加了一次重走陆上丝绸之路的活动。本来只是一次游山玩水的旅行，但是到了新疆之后，每个人都被眼前磅礴的景象所震撼，所以临时决定想要深入塔克拉玛干，寻找传说中的沙漠漂流村落——达里布依。

几个人有钱有时间，唯独缺少的就是进沙漠的经验。所有人都认为，和自己之前登过的高山、征服过的大海一样，沙漠不过是铺在脚下的路，只要走进去也没有什么不同。

但真正的塔克拉玛干，就如同一只黑暗中的巨兽，无人能看清全貌，也无人能预见其真正的危险。

一行四人加上新疆当地文保会的两名成员，租了两辆越野车便向着沙漠深处出发了。

没人知道沙漠里到底发生了什么，数日之后，游牧的牧民在距离沙漠入口几百公里外的河道旁发现了奄奄一息的扎努。

扎努回到云南李家寨子后，闭门不出，也拒绝当地新闻媒体的采访。六人去一人归，没人知道那短短的几日到底发生了怎样恐怖的事情。就连扎努的家人，对于当时的事也不敢过多询问。

但身体内的变化就好像因为缺水而逐日干枯的植物一样，扎努身上的异样也越来越明显。和柴月萌发病前的症状几乎相同，起初只是自言自语，到后来开始变得像猛兽一样撕咬自己的皮肤。

几天后，趁着家人送饭的机会，扎努像疯了一样冲出门跑了出去。家人找了几天几夜，最后竟然在距离李家寨子数十公里外的江水里，打捞出了被泡得发白肿胀的尸首。

事情发展得很离奇也很合理，鲁莽愚蠢的民间探险者，误入了死亡之海。在目睹了队友一个接着一个地死亡后精神失常，最后因为承受不住压力投江自杀，一切顺理成章。

如果没有后来的事，或许事情发生到这里都可以用意外来解释。

在扎努死后，死亡的气体就仿佛泄漏一般，开始在村子的上空蔓延。

几年来村子里的人一个接一个地发疯，再被一个接着一个地扔进化尸窟。没人知道谁会发病，也没人知道该如何避免。就连扎努溺死的地方，往后的几年时间里，也会因为曾有人接触过江水而发病。

"江水。"黎漾喃喃道。

距离李家寨子几十公里外的江水，预示着一切起源的江水，除了龙王潭，还能是哪里。

"所以柴国森认为，真正的根源在塔克拉玛干沙漠，而不是在龙王潭。"

陆厉的话，似乎帮黎漾更快地整理了思绪。无论是李家寨子还是龙王潭，在扎努出事之前都没有任何异常。也就是说，这个让人发疯的"病毒"是随着扎努从塔克拉玛干回来而入侵的。

真正的症结不在水中也不在村落里，而在这片广袤的沙漠中。

慎虚也是因为想到了这一点，才会头脑发热，给小神婆打去了那通电话，自以为破解了天大的秘密。

黎漾叫停："所以柴国森把这些和那女的说了之后呢？他的目的是什么？"

慎虚蒙了一下："那我不知道，后来那天都要亮了，我再在那待着就得露馅儿了，我还不赶紧跑等啥呢，他要干啥跟我也没关系。"

道理倒的确是这么个道理，但是故事听了半天，黎漾最关心的地方却没听到，心里实在是有些七上八下的。

就目前得到的信息而言，时间线相较于之前又明确了一些。

五六年前，扎努和文保会其他几名成员一同进入沙漠，一人存活。离开沙漠后溺亡在龙王潭，从此两地疯病蔓延。与此同时，某山村迎来几位不速之客，遗失了三张临摹地图后离开，村子里开始出现发狂病例。

同一年，柴月萌、顾卫东失踪，陆厉从龙王潭醒来。

再然后，就是村长找到慎虚，交出那三张临摹地图和之后的事。

"那你为什么要去易货行喊奇货？"黎漾问这话，让慎虚稍微有些不好意思，很怕暴露自己不太靠谱的本性。

"我是听他们说，鉴定奇货的，当年在文玩界是个响当当的美女，追求者能绕易货街几大圈。加上村长说，当年借宿村子里的那几个人也提过什么易货行奇货的。我就是好奇，谁知道看我啥也没有他们张口就敢要五十二万元，不如去抢！不过……我还真不白进去，你们猜那女的是谁？"

黎漾和陆厉面无表情，懒得配合慎虚去玩文字游戏。

小神婆看不下去赶紧催促："你赶紧自己说吧，我都替你尴尬。"

"就是和柴国森见面的那个女的！"

并不意外，易货行里能上二楼的女人并不多，估计也只有钱婆一个。这么看来，钱婆和柴国森极有可能是多年的交情，连柴月萌失踪的事都始终关心。再往深了探究，也没准当年李拐子和柴国森之间，在寻找《蚩尤残卷》和青铜古镜这件事上，也有过不少合作。

那这么说来，当年去村子里的那几个游客，如果不是柴国森派去的人，就是易货行里的人，总归不会是简单的游客。

慎虚自认为已经把自己知道的事说得差不多了，没想到陆厉却突然问道："柴国森名义上是为了找女儿，我和黎漾是为了找人，那你呢？从扎努的事你也能知道，塔克拉玛干不是什么可以随随便便进来的地方，但你还是冒着这么大的风险来了，为什么？"

黎漾瞥了陆厉一眼，话说得正气凛然，兴师问罪，自己却在撒谎。

她是为了找人没错，他来这又是做什么？

慎虚犹犹豫豫，不知道这话说出口陆厉会不会信，黎漾会不会信，小神婆又是否能接受，但眼下除了说实话也没什么别的选择。那是他埋藏心里这么多年，一直没跟外人说的秘密。

"那个村子会动。"

第二十七章　漂移村落

　　六个字，能听清但又完全听不懂，小神婆皱着眉反问："什么意思，什么叫会动？"

　　慎虚一时间也不知道该怎么形容："就是，像活的一样，会走。"

　　这几年，慎虚一直做的就是帮人解决疑难杂症的事，稀奇古怪的东西见过不少，有些能解释得通有些他自己也解释不通。但是出来赚钱，只要能把钱赚了，其他的事都不重要。当年村子里的状况的确惨烈，让人于心不忍，但总不至于会为了那一眼，就搭上自己往后的几年时光。

　　真正困住慎虚的，是超出自己的世界观之外的事。

　　慎虚清清楚楚地记得，当时自己已经过了胡杨林，进了沙漠，沿着一条宽宽的河流一直向前开了许久，才找到了这个村子。但刚在村子休息不久，就袭来了一场沙尘暴。沙尘暴结束之后，再次踏出门，面前竟然就是一条被人踩出的土路，上面还有来往的车辙跟自己来时根本不是同一条路。

　　村长说，是因为慎虚中暑了才会出现记忆混乱，村子一直都在沙漠边缘，怎么可能会深入沙漠中。这时候的慎虚只是感到异样，但还没有想通到底是怎么回事。

　　直到当天晚上慎虚决定带小神婆走，驱车驶离的时候，村外再次沙尘四起，风力相较于中午还要大上几倍。沙砾疯狂地拍打着玻璃，吹得车身摇摇晃晃。慎虚觉得如果强行离开，没准车子会抛锚在沙漠里，不如在村里留宿一晚，等风沙平息了再走。

刚开出不到几百米，慎虚掉头沿着原路返回。但开了足足十分钟，四周依旧一片空旷。原地哪里还有村落的影子，只有无尽的黄沙在呼啸着。

慎虚觉得后背流下一滴冷汗，夜晚沙漠的温度冷得让人浑身发抖。他回头看了一眼趴在后座的小神婆，她此刻已经呼呼地睡着了，这才有了点真实感。

"这应该换了谁都想不通，怎么那么大个村子说没就没了，连点亮光都看不见。所以刚回来头两年，我都有点害怕她。"慎虚发怵地指了一下小神婆。

"怕我啥啊？怕我是鬼？"小神婆这才知道还有这么段缘故，无语至极。

"也就是前两天听见那个柴国森说，我才知道沙漠里还有个漂移村的传说。"

"那你知道就完了呗，还得去一趟干吗？你也不看看自己多大年纪了。"小神婆的语气嗔怪，但也能听出担忧。

慎虚懒得解释："你知道什么。"

"那就当我什么都不知道吧，一会儿前面那个向导要回去的时候我俩就一起回去。"听到慎虚讲扎努的事，小神婆也忍不住后怕，万一没在达姆家找到师父，他一个人在沙漠里现在没准连尸首都晒成干了。

"你要是把我当师父你就赶紧跟他在前面掉头。"

"你不走我也不走！"

"我不能走！你以为这个病发作了就发作了？你知道为什么有的人当时就发病了，有的人五年之后才发病？你知道啥叫潜伏期不！"

一直好脾气的慎虚突然朝小神婆大吼，小神婆顿时噤了声，眼泪憋在眼眶里打转。

"什么潜伏期？"黎漾问。

却是陆厉先回答："举个例子，扎努也好，后来去到村里的那四个人也好，都是因为在沙漠里接触到了某物，而变成了第一发病源。当他们离开沙漠后，很有可能已经将'病毒'带给了同一时空中村子里的所有人，其他人发病只是时间早晚的问题，小神婆那个村子也是一样。"

最初这件事对于慎虚来说，只是一场天灾。再到后来，变成了一个难解的心结。而现在，丢掉那些形式上的意义，慎虚只想让小神婆能躲过这一劫，验证自己的猜想是错的。

"那就是说我们都已经被感染了？"

陆厉摇头："目前看，所有发病的人都仅限于当时和发病源在同一时空的人，因为潜伏期长短不一样，所以发病时间有先有后。如果是无限传播，那也不会五年来只有这几个地方有病例了。"

"那龙王潭是怎么回事？扎努的死亡时间应该远在柴月萌之前，柴月萌不可能和他接触过，而且那次的云南行我听柴国森提起过，是她第一次去云南。"

陆厉目光沉沉，看着面前逐渐刺目的阳光："那就是还有另一个发病源，五年前曾和柴月萌同一时间出现在龙王潭。"

黎漾的心忽的一下漏了半拍，五年前的发病源，会不会是顾卫东？

陆厉身上有顾卫东的怀表，也足以说明两人有过同时空的接触，那陆厉是不是也正处在潜伏期之中……

那深不可测的沟渠，如今黎漾总算能窥得一些。即便只是为了活着，陆厉也一定会比柴国森奔得更拼命一些。但又仅仅如此吗？他隐藏的诸多秘密，一路走到这，又仅仅是为了活着吗？

开在前面的车子一阵急刹，扬起了几米高的灰尘。

阿布都拉从副驾驶下来，艾克和艾力也紧随其后，三个人拉拉扯扯，看样子是阿布都拉想终止行程。

"不出三公里，克里雅河就会彻底消失，我不会再往前走了。"

"这人怎么说都不听，偏要回去。"陆厉示意艾力不必阻拦，他这才松开拉着阿布都拉的手。

陆厉也不再掩饰，既然已经走到此处，有些话但说无妨："克里雅河尽头，有一片石林，你曾经带人来过，得麻烦您带我们再走一趟。"

陆厉说得肯定，根本没给阿布都拉任何反驳的机会。气氛稍稍凝重了些，黎漾指使艾克和艾力去车上休息一会儿，这两兄弟也是识趣的，没再继续掺和。

阿布都拉警惕地看着陆厉，看他的眉眼，看他的一举一动："你怎么知道我带人来过这？"

陆厉搓搓掌心粘上的污渍，眼神漫不经心地看向阿布都拉的脚尖："听说，来之前打听了一下，不然也不会选你。"

那个眼神犹如一道劈开记忆的光，五年前发生的事再次涌进了阿布都拉的记忆。

当时有一伙人找到自己，出了高价要进沙漠。队伍里几乎都是二十岁出头的年轻小伙子，身体素质很好，对沙漠地区也很了解。带头的是一位个子高高的男生，年纪不大但做事很沉稳，其他人对他的指示也没有不从。只是这人始终用一块黑色的汗巾蒙面，阿布都拉也没见到具体模样。

领队的点了名要去沙石林，委托自己把队伍送到沙石林就可以。

阿布都拉从没去过，只是听人说起过。沙石林位于克里雅河尽头，只要沿着河水一直走就能找到。但唯一的变数就是克里雅河这几年来一直在变更河道，所以怎么走能找到最初的河道才是这次领队的关键。

阿布都拉为了不菲的报酬，拍着胸脯保证，绝对没问题，于是便昧着良心带队进了沙漠。起初辨别方向和躲避沙尘暴阿布都拉还有把握，但等真到了沙石林后发生的事，让阿布都拉再不敢前行半步。于是选择在危急关头，丢下队伍，独自离开。临行前还带走了大半的水和氧气，以及唯一一辆可以逃生的越野车。

自打那次出来之后，阿布都拉再也不敢带队进入沙漠，如果不是这次自己急需用钱，也万万不会答应。

"你们，你们后来怎么出来的？"阿布都拉的心如同被放在油锅上一样，到底是生是死摸不出门路。

陆厉突然笑："只剩我一个了，哪还有别人啊。"说完立刻换了一张脸，狠狠地盯着阿布都拉："所以上车继续走，不要再让我废话。"

黎漾打了个寒战，第一次看见陆厉这副表情，也第一次听见他用这种语气说话。虽然不知道两个人之前有什么过节，但渊源一定不浅。

阿布都拉"扑通"一下，双膝跪在地上，两掌心合十朝天叩拜："不能再走了，再走下去望尸神会降罪于你们的。五年前就是因为你们惹怒了它们，所以才会被怪罪。"

陆厉顺手提起地上的人，因为身材力量悬殊，所以阿布都拉被轻而易举地抬起，在沙地上拖出一条长长的痕迹。陆厉把人塞进艾力、艾克车中的副驾驶，系好安全带。

"想走的话，也给我到了沙石林再走。"陆厉强忍着胸口的怒火，把车门关上。

既然走过一次，陆厉自然知道沙石林的位置。既然带上了阿布都拉，就没想过能让他轻而易举地离开。

四条人命被困在沙石林里，里面的每个人都是陆厉从小到大的玩伴、兄弟。他亲眼看着他们一个个地死在自己面前，凄厉的哭喊声盘旋在沙石林的上空，也反复在自己的梦里出现。

他不知该怪谁，怪自己带队不力，怪这片无情的沙漠，还是要怪那个千年前就埋下的秘密。阿布都拉只是想活，陆厉知道，那几瓶氧气不足以让他们四个人活着走出沙漠，那辆车也未必是逃生的唯一希望，但陆厉也只能恨他。

要是一腔恨意无处依托，那这五年的日日夜夜，就是把人心肝放上去然后又榨出血的石磨。

陆厉喊了一声上车，随后关上车门。

小神婆和慎虚连忙照做，片刻也不敢耽误，连平时陆厉说东她非要往西的黎漾，也都顺了毛，乖乖上车。

阿布都拉自从上了车就开始止不住地重复那句话，听得艾克和艾力心里直犯忌讳。艾力索性从背包里找出来一卷包扎伤口用的医用纱布，左一层右一层地把他嘴缠住。

......

第二十八章　沙丘上的故事

如果不是有车上的时间提醒，黎漾已经难以辨认时间到底过去了多久。沙漠的白昼出奇的长，好像已经过去了一天一夜，但外面仍然一片大亮。

看陆厉自从上了车之后就一言不发，状态也不是很好，黎漾主动提出要换换手，自己想开车精神精神。

陆厉也放心地把方向盘交给她，自己则坐在副驾驶指路。

向东还是向西，怎么躲避流沙，怎么过河，怎么上坡，陆厉都指得清清楚楚，看来他的确不需要向导。

等到天擦黑的时候，已经是晚上八点半左右。前方不远处的沙石林露出了全貌，城墙高的石林矗立在沙漠中央，雄伟壮观，但在朦胧夜色下又稍显得有些恐怖。没有任何人工干预，成片成林，实在是大自然的鬼斧神工之作。

阿布都拉在车里睡着了，艾力把车门反锁，围在车边吃干粮。徐长东照例下车对着沙石林拍照，偶尔叫高叶过来帮自己跟石林合影，也只会招来一记白眼。

小神婆围着慎虚问这问那，给慎虚问得烦了就躺在后座假装睡觉。所有人在原地休整，等到体力充足后再向沙石林进发。

陆厉坐在最高的沙丘上，撑着一条腿看向远处脚下的石林。地图上标记的那处位置，按照路线来看，基本可以确定就在其中。但上一次进入后全军覆没的惨状还历历在目，不知道这一次等在他们前面的，会是什么样的命运。

黎漾拿了块压缩饼干坐到陆厉的旁边，咬了一口就"呸呸"两声吐了出去。

"这咋这么难吃？你买的？"

"那你还是不饿。"

听见陆厉这么说，黎漾突然哼笑了一声："这话有点像院长，小时候给我们做些乱七八糟的东西，我要是不吃，她就说那你还是不饿。反正说得也挺对，半夜睡不着饿醒了，什么凉面条，硬馒头，就着水都能吃。"

黎漾的话，让陆厉联想到了她小时候的样子。营养不良，瘦瘦小小的，但一双眼睛忽闪忽闪，趁着天黑溜出去找东西吃。想着想着就觉得有趣，陆厉神情也缓和了下来。

"你都记得对不对，你是骗我的。"黎漾突然话锋一转，扭头去问陆厉。

在这样的夜色里，在黎漾如此没有防备的眼神下，陆厉也不想再硬撑下去了："对，也不对。我的确记得自己是谁，也很知道自己到底要做什么。但我记不起那天为什么我会在龙王潭，也不记得我是不是遇见过顾卫东。"

黎漾自顾自地点头："行，那我信了。"

"怎么搞得还像我在撒谎一样？"

"因为你一直在骗我，你骗我的事太多了。"话是这么说，但听不出黎漾有责怪的语气。

无垠的沙漠，上方是豁达的天空。星星明亮，一颗一颗地逐渐在夜色中浮现。

陆厉心有不忍："明天天亮之后，你带着小神婆离开这吧。"

"怎么？不打算拿我当护身符了？"

陆厉没说话，只是定定地看着黎漾，眼中的情绪十分复杂。黎漾或许知道他的意思，按照现在的情况来看，顾卫东未必还活着，或者说活着的概率并不大。

可能存在的危险都没了，自己这个护身符也就不灵了。

"你别搞得好像我是被你搬来的一样，我自己有两条腿，也会开车，要是我想走谁也拦不了我。所以就算这一趟进了沙石林没有找到顾卫东，或者出了什么意外，那也是我自己的事，不用你管。"

陆厉也不再坚持："那你立字据。"

"什么字据？"

"就写，此次行程全因本人意愿，如有伤残与陆厉无关，本人自行承担医药费、护理费等一切后续开销。"

一听钱黎漾急了："你要这么说……"

陆厉一把拉下她，再次把人拉坐在自己身边："开玩笑的，你有几个钱。"

两个人摇摇晃晃地坐在沙丘上，是难得的放松。库尔勒的客栈里，黎漾仍然在戴着面具表演，但此刻或许是因为疲惫，或许是因为白天热气的炙烤，让黎漾脑子晕晕乎乎的，终于卸下了所有防备。

"你听说过古滇国吗？"陆厉突然说。

黎漾眯缝着眼睛，漫不经心地想了想，好像还真听说过。

旅店里来来往往的客人，大多来自天南海北。有新婚小两口来度蜜月，也有学生毕业旅行。印象里比较特别的有一次，有一伙科考队，七个人长租了二楼的四个房间，说是要在禅达附近挖什么。

那几年旅馆附近的小吃街还没盖起来，这伙人交了伙食费，每天跟店里的工作人员早晚一起随便吃口，也是吃饭的时候，黎漾才听说了些关于古滇国的零星传闻。

大概是在汉朝时期，建立于云南的某个边陲小国。青铜文明盛极一时，远超中原地区。后来又被汉武帝出兵征讨，滇王归顺汉朝。

比较离奇的是，对于一个青铜文明这么发达的国家，《史记》上却只有寥寥数笔，直到前几年一次无意间的考古挖掘，才让这个神秘古国浮出水面。

古滇国的消亡，几乎是一夜之间的。

挖掘出的遗迹和生活迹象都表明，古滇国的所有人都是在一夜之间死去的，没有任何准备，也没有任何迹象。记载着灿烂青铜文明的这一页，像被撕掉的废纸，整整齐齐，了无痕迹。

科考队的人提起古滇国，也会对挖掘出的青铜器啧啧称奇，然而黎漾只关心这种宝物，如果能拿到市面上去卖，不知道能换多少个店铺门面。

古滇国的灭亡之谜，一直都众说纷纭。有人猜是疾病，有人猜是战争，多少年也没个准确的说法。

陆厉语气缓缓，说起了那些黎漾不曾知道的秘密。

有传言说是因为古滇国并没有完整的语言体系，所以没有翔实的文字记录来证明它存在的这一百多年里，究竟经历过什么。但一个国家朝代更迭，不到万计人口的小国能把青铜文明发展得这么辉煌，又怎么可能没有文字记载。

唯一的可能，就是这些文字不应该被流传出去。那本记载了古滇国历史的族宗，也在早些年战乱的时候流落在各地。

古滇国的权力结构和中原地区不同，因为地处西南，蛇虫毒瘴遍布，导致交通不便，被外界文化影响较小，所以衍生出了一种信仰与统治相结合的管理体系。整个国家由世袭的幽女一族，和被推举上任的滇王共同统治。

幽女一族负责每年耕种与收获前的祭祀仪式和主持每五年一次的国运祭典。祭典上，幽女会用龟壳占卜，灵龟会预示往后五年内古滇国的国运是否昌盛。

古滇国离奇灭国后，仍然有一小部分人侥幸活了下来，其中就包括幽女一族的后人。这些人带着灭国的秘密躲进了十万大山，过起了隐姓埋名、男耕女织的日子，自称古遗族。

血脉一代一代地传下去，虽然国灭了，但是这么多年来，每五年一次的国运祭典，为古滇国占卜的习俗并没改变。可能先人想让后人以这种方式来纪念曾经那个转瞬即逝的国家，也可能早已经预料到了什么。

最近的一次祭典在五年前，一切都和以往一样，开灵龟，摇卦。所有人都以为卦象会一如既往地指向覆灭，但万万没想到的是，这一次的卦象里，古滇国国运竟然有了复苏的迹象。

对于龟甲的卦象，从没有人敢提出质疑，对灵龟的信任，也是刻在每一个古遗族人骨子里的。

传说在两千年前，一日，滇王在睡梦中惊醒，醒来发现殿内空无一人。滇王出门寻人，这时天上突然出现一道红光，一条紫色的巨龙腾云驾雾向滇王冲过来。巨龙嘴里向外喷着利剑，利剑快要刺中滇王的时候，却被一个东西挡住。就在滇王惊魂未定的时候，突然被人叫醒。滇王坐起一看，原来一切只是一个梦。

虽说梦醒，但奇怪的感觉却始终留在滇王的心里，挥之不去。午后滇王在花园散步，路过水池的时候，隐隐看见荷叶下有一个东西漂在上面。低头一看竟然是一只乌龟，已经没了气息，翻在水面上。

滇王低头一看，乌龟的腹部竟然插着一把利剑！滇王大惊失色，立马命人将乌龟的遗体打捞上来，厚葬于皇陵旁并且将所有施工的人都封死在墓中，并将此墓命名为护甲墓。

所以无论是对幽女一族自古以来的崇敬，还是对灵龟卦的信任，国运复苏这件事都给古遗族人带来了巨大的影响。

古遗族的族宗里有一句话：青铜古镜现世之日，古滇国国运复苏之时。如果反过来想，国运预示复苏，也就说明青铜古镜即将现世。

"是那个《蚩尤残卷》里记载的青铜古镜？"

陆厉摇头："《蚩尤残卷》里的青铜古镜根本不存在。"

《蚩尤残卷》里记载着九大青铜神器详细的锻造方法，其中有关于青铜古镜的部分，无意中落入了幽女之手。

幽女委托古滇国最好的工匠，按照残卷的记载打造了一枚古镜，存放于古滇国地宫祭台。而祭台的位置，被记载在族宗里。

青铜古镜有幽女灵力的加持，能知道镜前人的心中所想，操控镜前人的欲望。其他的说法，都是对青铜古镜的神化。这枚青铜古镜被当作无上至宝献给了汉武帝，但就在献出宝镜不久之后，宫里传来了失窃的消息。

紧接着，古滇国被灭。

黎漾似乎猜到了什么，但又不敢确认，所以青铜古镜被送给汉武帝，竟然是为了操控。

"村长拿到的那几张临摹图也好，柴国森快递里的那几张照片也好，就连李拐子费尽心血收集来的几张符文，都不是《蚩尤残卷》的碎片，而是当年幽女写下的古遗族族宗。"

黎漾接言道："所以说也压根就没有什么上古神器。"

"或许有吧，但那对于我来说是太虚无缥缈的东西。"陆厉自始至终想要的，都只是古遗族锻造的那一枚铜镜。

但更多人追求的，都是传说中的一个幻影。

陆厉的话也印证了黎漾的猜想，柴国森一干人为了青铜古镜追寻了几近半生，却没想到从一开始就错了。

"族宗里不仅记载着祭台的位置，记载着古滇国的兴衰，也记载着锻造青铜古镜的真正目的。因为文字都是加密过重新排列的，所以除了族内人，基本也没有人能破解其中内容。幽女死后，族宗的下落成谜，我花了五年的时间才重新集齐，李成手里的是最后五张。"

五年前，陆厉曾经顺着族宗里记载的祭台的位置，来到过沙漠深处。却在沙石林遭遇了巨鸟的攻击，同伴纷纷牺牲，紧接着自己受伤昏迷。再次醒来的时候，就已经身处龙王潭的淤泥中。

　　之后陆厉也曾回到过十万大山一次，却发现古遗族人竟然已经开始有了发疯的症状。陆厉认为，一定是族宗的记载不全，或许还有应对这种疯病的解决办法。

　　但再次离开之后，却意外发现寻找青铜古镜的人，远不止自己。柴国森、李拐子，甚至那个不知在明在暗的顾卫东。

　　"你没有想过阻止这些人？"

　　"我没有理由阻止他们。"陆厉随手抓起脚下的一把沙子，捧起来又缓缓扬下，"一粒沙子落在沙漠里会被吞噬，但无数的沙子挟裹在一起，如果恰巧有风吹过，就会变成沙尘暴，会往前走。我需要有人和我一起去寻找，那些对于他们来说错误的真相。"

　　有风吹过陆厉的发梢，夜色里他仰着头，像一棵吸收月光养分的树。他轻描淡写，又极度贪婪。陆厉用青铜古镜当做诱饵，纵容这些人在这条路上走下去。

　　前赴后继的人命，帮他验证哪条路真正可行。李拐子耗尽半生心血得来的全部线索，也被他顺路收下。一切看似都是巧合，但巧合多了又变成了必然。

　　在这种情况下，陆厉绝对不允许有一个未知的顾卫东存在。这个人是敌是友，目的如何，陆厉一无所知。

　　这也可以解释当初他为什么大费周章打探顾卫东的消息，又挖空心思拉自己入伙。

　　"五年前我来过这，也走进过沙石林，那次我失去了所有的兄弟，也不过才走进沙石林不到百米。我的记忆就停留在那，我记得我背着陆言往回走，看见阿布都拉开走了我的车，再醒过来的时候你都知道了。

我趴在龙王潭，兜里是那块带着你照片的怀表。"

"还有呢？"黎漾追问。

"还有一件带着编号的制服，里衬写着顾卫东的名字。"

"那你为什么隔了这么多年，选择这个时候进沙漠？"

"族宗里写了，暴雨来临时，祭台五年开一次生门，上一次和这一次，都是千载难逢的机会。"

这是黎漾从未听他提起过的，时至今日，陆厉觉得也没有再瞒下去的必要。本以为黎漾会因为他的隐瞒而生气，没想到她只是云淡风轻地起身，拍拍屁股上的沙尘。

"没白和你聊，总算有点收获。"

"合着我说了这么多心里话都是白说。"

难道只有顾卫东的事才算重要，问完了就拉倒了？

"不白说，我都记着了。"

"可我怎么觉得你话里还有气。"

"没有啊，谁知道你这会说的是真是假，你总是骗我。"

"都是真话，你怎么得理不饶人？"

"没理都要辩三分，得理为什么要饶人？"黎漾背朝着陆厉往沙丘下走，头也没回地朝他摆摆手。

陆厉觉得满身的重担这个时候轻松了不少，大多数时候黎漾对于事情漠不关心的态度反而会让人心里轻松。

不必担心自己的负面情绪和焦虑会影响到她，自然也就不必小心翼翼。

但走了的黎漾心里却直打鼓，他怎么突然说这么多？不会是进入之后要灭口吧？还是说这一趟下来小命真的要玩完了？人之将死，其言也善？

正想着，脚下的地突然横晃了一下，黎漾一个不稳，只能用两只手撑在地上。车里的阿布都拉在感受到了晃动之后开始疯狂地挣扎，见无人理会之后便开始用脑袋去撞玻璃。

第二十九章　流沙险境

"艾克！"黎漾看见阿布都拉在车里的动作，连忙叫了离车最近的人。

艾克把人拉出来，发现他正含糊不清地说着什么，只好把他嘴上缠着的纱布摘下来。

阿布都拉得了空隙，用几乎破音的嗓子喊："地震，地震了！"

随后再次传来的剧烈震感，让所有人都压低了身子稳住重心。

大部分的沙漠都分布在无震带，地质相对稳定，地震出现的情况也较少。这么突如其来的动荡，让没有准备的大家手足无措。

地震本身并不可怕，可怕的是对身边环境的影响。

还没等所有人有下一步的反应，艾克和阿布都拉脚下的沙土瞬间液化，快速形成旋涡，把两个人连同身旁的越野车一起吸了进去。

是流沙。

地震让原本稳定的沙土失去了支撑力，让表面的物体快速坍塌下沉。

慎虚人惊失色，带着小神婆就要上车，却被陆厉喊住："不能上车，往沙丘下跑！"

艾力没理会陆厉的话，情绪失控了一样，向着艾克下沉的方向扑过去，却被黎漾一把拉住："别做没有意义的事。"沙地还在持续陷落，这个时候过去不但救不出人，还会白白搭上一条人命。地震还在持续，多留一秒就危险一秒。

另一边的高叶带上了还在远处拍摄的徐长东，快速离开坍塌的位置。

黎漾感觉脚下的沙地好像起了浪，每踏上一脚都是不切实际的飘忽感。沙浪推着人前行，人也在和沙浪赛跑，一不小心就会被吞进滚滚的沙流中。

沙石林在低洼地区，且地面沙土较少，几乎都是裸露的巨石。几个人跑了许久，进入沙石林后都已经气喘吁吁。原计划是队伍休整到天亮，等大家有力气之后再进入，没想到被一场地震提前了计划。

艾力上前狠狠推了黎漾一把，几乎快把她整个人推倒在地上："你们见死不救，这是杀人！"

黎漾念他刚经历这么大的事，眼看着艾克被活埋，本不打算理会儿。不料艾力怒火未平，又一把抓起了黎漾的衣领："要不是你拦着我，没准他还能活，贱人！"

陆厉脸色一沉，刚想要出手，黎漾却一秒都不甘落后，眼神轻蔑地瞄了一下艾力攥着自己衣领的手："我能拦得住你？"

艾力的手上松了劲，黎漾把身子抽离，两只手拍了拍被抓起褶皱的衣领："你要是真想死早就跟着一起去了，这会儿安全了开始找我茬，那刚才跑什么啊？"

小神婆连忙捂住黎漾的嘴，慎虚也去安抚气红了眼的艾力。黎漾的话从小神婆的手指缝里挤出来："救他一命还拿我撒气了，不知道好歹。"

陆厉感觉自己有点操心多余了，依她这锱铢必较的脾气，应该是不能吃哑巴亏。

高叶和徐长东置身事外，好像队伍里所有人的事都和自己无关。徐长东自有自己的目的，而高叶只认准了一句话，保护徐长东的安全。

安静下来的黎漾，才从刚才突然的变数中缓过来。几乎就是一瞬间，原本还活生生的人就被瞬间吞没，无论和艾力两兄弟是敌是友，人在面对天灾的时候，所做的一切都是那么的无力。黎漾想到了陆厉，想到了他在失去那几个同伴的时候，究竟是怎样的心情。

远处看去的沙石林和置身其中再看大有不同，刚才在沙坡上远眺，只觉得是一片黑压压的石头城，但走在其中又觉得石头的走向和布局，更像是精心设计好的迷宫。

陆厉在看了一圈周遭的环境后，表情逐渐凝重。沙石林早已经和自己当初第一次来时完全不同，只有石壁还是和当初一样，但石壁的方向和两个石壁中间的夹道，都已经更改了走向。难道说，会动的不仅仅只有那个村子，连沙石林也会移动？

为了确保接下来的行程一切顺利，大家还是决定在原地休息一会儿，等到天亮些了之后再出发。毕竟现在身处沙石林的入口，还算安全，一旦有什么突发状况也可以及时撤出。

黎漾完全没有困意，看陆厉走进沙石林后自己也跟了过去。虽然天已经完全黑了下来，但因为周围没有遮挡物，月光明晃晃地照着大地，不用手电可见度也非常高。

走着走着，黎漾渐渐地发现了沙石林里面的诡异之处。

随着有人走过，石壁上泛起水纹一样粼粼的波光，隐约地透着红红绿绿的颜色。不过这波光说来也奇怪，用余光看的时候明显能感觉有亮光在，等注意力集中盯着某一点的时候，波光又消失了。

这种时隐时现的感觉，让人仿佛置身在溶洞里，脚下是漂流的河水，头顶是波光粼粼的倒影。

忽地，身边好像有个人影一闪而过，吓得黎漾往后退了一步，回头再看向队伍里，所有人都在原地休息，压根没人靠近。

就在黎漾围着石墙看来看去的时候，无意间瞄到了陆厉身后的墙，突然发现原本空无一物的墙上，竟然渐渐浮现出了人影。

像胶卷在水中慢慢显色一样，墙上的人影也是缓缓浮现。

"陆，陆厉。"黎漾磕磕巴巴地喊了陆厉一声，陆厉顺着声音看过去，也发现了墙上的诡异之处。

那四个人影像是皮影戏一样映在墙上，开始缓缓动作。

为首的是个女人，头发长长地垂在腰间，手里提着个灯笼。身后三个低头垂首的男人，默默地跟在后面，就这么慢慢悠悠地顺着墙往前走。

"嘶……这是，这是什么东西……"慎虚不知道从哪绕了过来，在看见墙上的人影后倒吸了一口凉气。

黎漾也是第一次见到这情况，一时间还有点难以接受。难不成这是老式的投影仪，还是有人在装神弄鬼？

慎虚好像想到了类似的情况："是不是和故宫的灵异事件一样？"

"什么灵异事件？"

一听黎漾这么问，慎虚感觉自己一下子成了话题中心，直了直腰，故弄玄虚地讲了起来。

是故宫刚开放没几年的时候发生的事，那是个雷雨天，恰逢打雷闪电。一记闪电之后，路过故宫门口的游客都惊奇地在故宫门外的宫墙上看见了行色匆匆的宫女太监，样貌逼真，不像是幻觉。

而且不止有一人，当时所有路过的游客都表示清楚地看见了，那些人的装束和电视上清宫戏里的宫女太监一模一样。一时之间流言纷纷，有人说是因为故宫里那些侍奉人的奴才怨气太重，所以死了之后把自己的亡灵映在了墙上。还有人说得更离谱，甚至扯到了什么冤魂索命。

后来科学家证实，当日那些游客所见的情况虽然是真实的，但真相并不是传言里的那样。而是在几百年前，那些宫女太监在路过这面墙的时候，正好碰见了同样的天气。闪电落下的时候，将这些宫女太监的影子都印在了这面带有四氧化三铁的墙上，就如同照相机的原理，宫墙成了载体，所以才会在雷雨天出现同样的景象。可以在这个时间出现在这里，也可以在另一时间出现在这里。

"扯，我觉得还是闹鬼的说法听起来更靠谱。"黎漾不信。

灯影开始在石壁之间移动，从第一块，慢慢移动到第二块。

黎漾、陆厉他们跟在那四个灯影后面，想看看他们到底要做什么，或者到底要走到哪里去。走着走着，墙上的四个人突然停住了脚步，黎漾、陆厉他们也适时地跟着站住。

只见那个为首的女人，开始一层一层地脱衣服……

"你俩要不要回避一下？"黎漾回头问。

慎虚："这就不用了吧。"

黎漾的眼神看向陆厉，陆厉一本正经："我怕错过什么重要信息。"

女人身上的长衫脱下来之后，从身后的人手中接过了一摞衣服，开始慢慢地往身上套……因为是灯影，所以当然没有看电视剧那么高清。黎漾只能勉强看出新换的那些衣服的样式比之前的要复杂许多，而且颜色也斑斓一些。

换衣服的时间持续了很久，等她全部穿戴完毕了之后，已经过去了十多分钟。就当黎漾快要不耐烦的时候，那女人从身后人的手里拿出了一样东西，戴在头上。看起来是个银饰，凤凰形状，两翅高高展开，口中衔着一串流苏，垂在女人的眉心。随着缓慢的动作，流苏左右摇曳，十分奢华。

他们现在所看见的场景，对于石壁上的人来说，应该是他们千百年前生活休息过的一个屋子。从那三个男人小心翼翼的动作也能看出来，女人的身份地位不低。

等女人戴上了头饰之后，陆厉心里油然而生一股熟悉的感觉。类似的装束，类似的头饰，自己是不是曾经在哪里见过？

银饰……女人……越想越乱，脑袋好像死机了一样毫无头绪。

此时，墙上的人影开始慢慢变淡，如同水墨画浸入水中一样，色彩也逐渐扩散，直到最终消失不见。

慎虚呷摸呷摸，小声嘟囔了一句："像是汉朝的服装，但这头钗又好像是少数民族的配饰。"

"啊！"一声凄厉的惨叫打破了沉思的氛围，听声音是从更深处的沙石林里传来的。

紧接着就是高叶喘着粗气跑过来找陆厉，脸上的表情是少见的慌张："不好了，徐教授……"

还没等高叶把话说完，凄厉的喊声就再次从头顶传来。

第三十章　望尸鸟

黎漾抬眼，只看见一只体长足有三四米的长嘴巨鸟从头顶嘶鸣着掠过。身上的羽毛细密，两只尖尖的爪子穿过徐长东的大腿，血液从天空中洒落，滴滴落在几人的脚边。

巨鸟扇动着翅膀带起了地上的沙尘，遮住了月亮的余光。

陆厉只看了一眼，无数痛苦的回忆就朝着脑海涌来。

这种鸟叫望尸鸟，形似鹰，一般被迷信风水的达官显贵们养在陵园附近。成年望尸鸟体长在一米到一点五米之间，这种长到三四米的几乎是不可能的事。五年前，陆厉的同伴，都死在这种鸟的利爪之下。

"快，朝狭窄的石缝里跑！"

慎虚调头跑回入口处，一把扶起迷迷糊糊的小神婆，一只手护着小神婆的脑袋，一只手拦着头顶被望尸鸟撞落的碎石，朝着陆厉说的方向躲去。

艾力躲开了所有人，在一处极隐秘的地方休息。黎漾绕了两圈才找到他，冷冷地朝他靴子踢了一脚："想死就继续睡，不走也没人拦你。"

抬头正看见了遮天蔽日的望尸鸟，出于求生的本能，艾力跌跌撞撞地爬起来，紧跟着黎漾。

因为曾和这东西交过手，所以陆厉了解它的习性。望尸鸟的体型巨大，只能落在较为空旷的地面，但因为它的降落速度极快，所以被抓的人难以及时躲避。如今最好的办法就是借用石壁作为屏障，躲在石缝中，让其难以降落。

陆厉走在前，终于在望尸鸟俯冲之前，带着所有人躲进了一处狭窄的石缝。石缝大概有一人多宽的缝隙，好在队伍里的人身形都比较瘦弱，成排地站进来不成问题。

但如果仔细观察就能发现，这里的缝隙并不是由两块石壁组成，而是一块巨石从中裂开，形成的一条裂谷。陆厉发现，在开裂的石缝中间，竟然有一条巴掌大的鱼骨化石。

黎漾紧跟在陆厉的后面，也发现了这离奇的一幕。

任谁都无法解释这一切，常年干旱的沙漠深处，天然形成的石林中，竟然会有一块鱼的化石嵌在里面。

"这到底怎么回事？"

陆厉的表情也变得凝重，因为从此刻开始，发生的所有事，都已然不在陆厉的掌控之中。

就在这时，上方传来了一声区别于之前的尖叫，声音更加尖细，回声更长。声音在石缝里显得震耳欲聋，环绕了好几圈才慢慢消失。

"这声音怎么和刚才的不太一样？"

陆厉沉声道："是雌性望尸鸟。"

雌性望尸鸟的体型要比雄性望尸鸟小很多，爪牙也更利，攻击性更强。现如今的处境，只能硬着头皮往里走，走到深处没准还能避一避。

慢慢地，裂谷两边的石体贴在了黎漾的肩膀两侧："等一下，为什么我感觉这裂谷在慢慢往里缩？"

陆厉说道："不是裂谷在往里缩，而是路越来越窄。"

这时队伍的最后面传来一声："不行了，我走不动了。"黎漾回头一看，是走在最后的艾力。

"把身子侧过来！"慎虚冲他喊。

"我已经侧过来了，还是走不了。"

185

慎虚听到了逐渐逼近的声音，催促道："快点，那东西要过来了。"

艾力的体格比较宽，加上精神过度紧张，已经开始有了呼吸困难的症状，只能大喊："那我怎么办！救救我！我不要死在这！"

但不巧的是，原本只是在上空盘旋的雌性望尸鸟听见了艾力的声音，迅速锁定几人藏身的石缝，向着队伍末端的艾力俯冲了过来。

千钧一发之际，陆厉快速从黎漾胸前的挎包里拿出了改良式火铳，吃力地转身冲后面大喊："把身子弯下去！"说完冲着雌性望尸鸟打去，这一下正好打在了它的翅膀上。

那雌性望尸鸟身子一歪就撞到了裂谷上，"轰"的一声撞落了裂谷上方的许多碎石。紧接着又扑腾了两下飞了过来，直奔陆厉手里的东西。

"小心！"黎漾大喊，但陆厉不为所动，继续瞄准。

就在雌性望尸鸟快要飞到陆厉面前的时候，陆厉再次抬手射击，这一下不偏不倚，正好打到了鸟的脑袋上。虽然没直接爆头，但是那鸟被打得吃痛，痛苦地鸣叫着掉了下来。

黎漾和慎虚赶紧把身子低下，就只见那鸟正好落在了裂谷上方，遮天蔽日地把缝隙盖住。

没过几秒，那鸟又重新扑腾了一下翅膀。黎漾往后闪了一下身子，生怕它再飞起来。但雌性望尸鸟明显已经奄奄一息，生不出什么力气。黎漾很心痛，心里暗骂着你耍帅归你耍帅，用我东西算是怎么回事……

就在所有人都松了一口气的时候，上面再次传来了之前那只雄性望尸鸟的叫声，声音凄厉，竟然带着莫大的悲伤感。

紧接着，一个黑影从远处飞过来，叼住了卡在裂谷中的雌性望尸鸟，看来是为了营救同伴。爪子张弛之间，竟然丢下了之前被叼走的徐长东。只不过此时的徐长东已经失血过多，嘴唇发白几乎看不见血色。

现如今的情况，原路返回不太现实，谁知道还有没有第三只、第四只望尸鸟。裂谷虽然狭窄，但仔细辨别还是能感觉到另一端不断有风吹入，陆厉清点了一下人数，确定每个人的状态都还可以，便带着人朝着裂谷深处继续走。

艾力主动背起了受了伤的徐长东，高叶查看了一下徐长东的伤势，大腿上的伤口是贯穿伤，但看样子没伤到动脉，血也已经止住了，应该不会伤及性命。

如陆厉预料的，裂谷的长度有限，在拥挤了四百米之后，面前竟然出现了一个开凿在石林内的山洞。说是山洞好像有点不贴切，更像是一条只容一人通过的隧道，洞顶的位置都隐在了上面的石林中，石林的高度也有限，所以从外观看起来洞里的空间并不大。

刚刚走进来的时候，洞里还隐隐有些亮光，随着一行人逐渐深入，光线便彻底消失。

"背包里应该有可以照明的，找一下。"陆厉说完，黎漾也在背包里翻了翻，只找到了一个手掌长短的小手电。

但摸黑鼓捣了半天，还是没找到手电筒的开关在哪。

陆厉把自己手里亮了光的手电筒递给黎漾，顺便接过她手里的那个，拧了两圈，这才亮了起来。

慎虚拿着小神婆背包里的那个，看了半天也没看明白，举着去找陆厉："我这个怎么回事啊，弄半天也不亮……"

"一会儿走的时候都小心点头上。"陆厉说完转身就走，留下举着手电筒的慎虚。

"欸，你这，你这区别对待啊。"

艾力不知道什么时候走到了前面，对陆厉道："刚才谢了。"

陆厉看了看黎漾："不用谢我，要谢，谢她吧。"

"别价，跟我没关系。"

"我艾力是知恩图报的人，以后有事尽管说，能帮到的我一定帮。"

"能不能出去都是两码事，说这个太早。"黎漾道。

小神婆被黎漾说得直害怕："小黎姐，你别说丧气的话。"

黎漾笑着说道："不丧气不丧气，咱们顺着这一直走直接就能上国道，到时候拦辆车就回家，一路野花遍地开，太阳亮又亮。"

话里就是摆明了还有气，艾力从艾克出事的情绪里缓过神，也意识到自己之前对黎漾的态度有些过激，也就没说什么。

一路下坡，走着走着，洞里的空间还意外地大了不少。不知怎么，四周开始慢慢升腾起一阵雾气。越往里深入雾气越重，雾气里伴有一股辛辣的味道，黎漾下意识地捂住了口鼻："这里面是不是着火了，怎么这么大的烟？"

"咳咳，这跟进了炼尸炉一样。"慎虚咳嗽着说。

"说得跟你进去过似的。"小神婆和他抬杠。

"我哪没去过。"

"就你会做买卖，死人钱、活人钱都不放过。"

"小兔崽子，我不赚钱拿什么供你！"

黎漾没好气地说："嫌烟不够浓吗？万一有毒第一个毒死你俩。"

此刻陆厉突然停住了脚步，盯着面前一动不动，黎漾从浓雾里勉强摸出了一条路，走到陆厉旁边问道："怎么了，为什么停了？"

"前面是扇门。"

"啊？"眼前除了雾蒙蒙一片什么都看不见，手电筒也无法穿过浓烟的颗粒物，黎漾只好伸出一只手摸了一下，随之便摸到了一阵冰冷。

的确有扇门。

第三十一章　朱红铁门

门板年久失修，已经有些腐败的迹象。黎漾指甲稍稍用力，就从门上抠下来了一点残渣，拿到眼前一看，是黑红色的粉末，有点类似铁锈，难道说这门是铁的？

虽说铁器本身并没有铜好保存，但是铁器的铸造比铜要费时费力得多，所以在铸造工艺不是那么先进的古代，铁反倒成了一种身份的象征。

"上锈了，应该有年头了吧。"黎漾搓掉手上的黑红色粉末。

陆厉沉默了一会儿说："这不是铁锈。"

说完往前走了一步，把手放在了铁门上，上下摸索可以开门的机关。平整的铁门上，纵横排列着铜制的凸起，横十九纵十九。

慎虚道："这么大的铁门推不开的，早都锈死了。"

但摸着那些凸起，陆厉似乎想起了什么，紧接着便数着门上的铜点，按照不同的顺序一个个摁下去。直到最后一个铜点被摁下，整扇门突然开始震动，门上红黑色的碎屑纷纷被抖落，千斤重的铁门原地升起。

慎虚目瞪口呆地鼓掌惊叹道："合着这还是个密码门。"

但陆厉的眉头却始终紧锁，也并没有因为打开了门而轻松一些。黎漾有些担心，是不是有什么更糟糕的情况出现："你怎么能打得开？"

"是古遗族人的通用暗语，现在族里的人也在用这个加密机关。"

黎漾再次陷入了旋涡，原本以为进入沙漠一切的问题都会迎刃而解，但万万没想到，迎接自己的只是一个又一个巨大的谜团。古遗族人生活在西南，怎么会跑到沙漠中央去修一座大门？

陆厉也是打开大门之后才意识到，自己为什么会觉得石壁上的女人眼熟。

那银饰分明就是古遗族女孩出嫁的时候会戴的传统配饰，但她身上穿的衣服又和民族服饰格格不入。

门里和门外是截然不同的两个世界，虽然门已经打开，但两边的空气中却好像隔着一层看不见的壁。门外的滚滚浓烟，却透不进门内。

艾力把徐长东放到一边休息，徐长东因为失血过多，所以一直是昏睡状态。经历过刚才的事，高叶也逐渐意识到，这和之前保护李成的任务不同，这里的凶险并非自己一个人可以解决的。靠向陆厉，才有可能从这里平安出去。

黎漾钻过去之后用手电照了一下洞顶，这才发现洞顶竟然交错纵横地绑着无数条铁链，铁链足有小臂粗细，连接着洞顶的两端。就连身旁的石壁上，也被铁链围满，把门里圈成了一个不大的空间。

铁链表面看起来没什么规律，甚至还有些杂乱，但稍加分辨的话就能发现，每一条的摆放都很讲究。

首先要保证每一条都有交错，互相承重。其次铁链交错的位置都巧妙地形成了大小相同的三角形，均匀又对称。

手电的光能照亮的范围有限，陆厉调整了光亮的挡位，整个山洞的可见度又高出许多。这一看不要紧，交错纵横的铁网中间，竟然高高地悬挂着十来具尸骨，随着空气的流动，轻轻地摇晃。偶尔撞到铁链，还发出细微的叮当声。

"这，这上面有尸体！"慎虚指着洞顶大叫。

顺着尸体的脚骨一直向下看，可以看见每个尸体的脚上也缠绕着洞顶的铁链。上方的铁链是为了把人吊起，那下面的铁链又有什么意义呢？

黎漾顺着尸体脚腕的铁链往下看，发现铁链一直连接到铁门后就消失不见了。换句话说，铁链和铁门本身就是一体的，两端的接点已经被牢牢地焊在了一起。

怪不得陆厉说门上的黑红色粉末不是铁锈，原来是血。这些人流出的鲜血，被铁链引到了铁门上。日积月累，血迹从门缝渗透到外面，形成了一层黑红色的血痂。很明显，这些人在当初建成山洞的时候，就已经被吊在了上面。

沙漠气候让尸体的水分蒸发变成了干尸，这才能保持这么多年一直在洞顶飘浮，而没有散落变成骸骨。

可是为什么，铁门的入口处会有这些东西？难道这是一种特殊的入门仪式？要用尸体的鲜血来祭门才可以？那这古遗族未免也太变态了些。

就在这时，洞顶挂着的几具干尸飘动的幅度竟然慢慢变大，铁链撞击的声音也越发明显。

"这也没风啊，怎么动起来了？"慎虚的心提到了嗓子眼。

黎漾身后传来"轰隆"一声，陆厉伸手把黎漾拉到自己身后。只见那扇敞开的铁门像是被触动了什么机关一样，开始大幅度抖动，连带着整个山洞都开始摇晃。洞顶的干尸有的已经从铁链上脱落，接连响起"砰砰"落地的声音。铁门快速下沉，没给所有人反应的时间，就已经再次下落，恢复了之前紧闭的状态。

小神婆被突如其来的变动吓得眼圈一红，但危急关头还不敢在这个时候哭出声，只敢躲在黎漾手边，闭着眼睛发抖。

但山洞里面晃动仍然在继续，原来并不是铁门在下落，而是他们所处的整个空间在不停上升，像是失控冲顶的电梯，不知道过了多久之后才猛地一下停止。仿佛是升到了衔接的位置，上方传来了铁索扣紧的声音，好像是有某种机关再次扣合。

原本还在面前的路，此刻已经变成了几十米高的悬崖。稍稍靠近，脚下带起的沙石就随之滚落，如同被黑暗吞噬了一般，激不起任何声响。

就在前路渺茫的时候，小神婆突然指着远处："你们看那边是不是有座桥！"

陆厉顺着小神婆指的方向看了一眼，在手电筒的光下，朦胧现出的果真是座桥，桥的另一端连接着山洞的另一头，看起来似乎只要上桥，就可以暂时脱离险境。

桥的两边都被网状的东西围了起来，远处看难以分辨是什么材质。几人所处的位置距离吊桥大概八九米，过去的唯一方法只能是攀着上方嵌入石体内的铁链。

这时候受伤的徐长东，就成了烫手的山芋。

还没等陆厉开口，高叶便先表态："我知道你们担心什么，必要的时候我同意丢下他。"这是高叶的示好，也是她向陆厉递出的投名状。一路走来明眼人都能看出，徐长东和高叶以及艾力、艾克这一伙人，都是李成派来和陆厉分一杯羹的。

现如今艾克死了，徐长东受伤，艾力被陆厉救了之后也就顺理成章地倒戈，只剩高叶被孤立在外。这时候如果还不能及时投诚，只怕下一个死的就是高叶自己了。

黎漾看着这个女人，越发觉得不是个简单人物。且不说徐长东和高叶是不是一道来的，单说这一路死里逃生，再怎么生分的两个人也总该混熟了些。但紧要关头，还是可以说丢就丢，这是能干大事的人，黎漾自叹不如。但是否丢下徐长东，黎漾做不了主。自己既然没有能力一路带着他，平白张口只是给队伍里真正出力的人添麻烦。

陆厉很快明白了高叶的意思："人带不回去，拿什么跟李成交差？"

高叶扯出一丝并不真心的微笑："眼下活着才最重要不是吗？"

"那倒是，但是人还是留着吧，我有事要问。"陆厉说完从背包里拿出来一早在集市上买好的登山绳，抽出了其中的一条，就要往自己的身上绑。

黎漾一把把绳子抢过来："我先过。"

陆厉不容置疑地把绳子拉过来："很危险。"

黎漾摁住陆厉的手："放了这么久的桥，能承重多少还不一定，最起码我体重轻一些，你还能拉得动我。"

她只说了你，没有说你们。慎虚要护着小神婆，艾力至今不知是敌是友，高叶连队友都能抛弃更何况是她。

不知道为什么，黎漾就觉得，掉下去的那一瞬间，只有陆厉会不要命地拉住她。

陆厉双手环过黎漾的腰，盈盈可握，仿佛绳索再紧一些就能勒断。登山绳看起来不算粗，但想要吊起一个黎漾还算简单。

"这个是安全扣，不管有没有用，要让它始终扣在你面前的铁索上。"黎漾听得极认真，模拟着吊在半空的动作扣了两下。

到了动真章的时候，黎漾心里还是有些害怕。脚下漆黑一片，说句话都要半天才能传来回声。万一一个手滑掉下去，这些尖利交错的石头都够把人戳穿几个来回的了。

好在黎漾身手灵巧，脑子里也时刻牢记着陆厉交代的话。每走两步，就把安全绳往前扣上一扣。随着身体的晃动，铁索上的黑红色粉末落了一肩膀。

她想起这些都是死了千年的人的血，免不了一阵恶寒。

距离不远，黎漾三两步来到对面，落在桥梁上。铜桥传来吱嘎吱嘎的声音，好像在慢慢晃动。

黎漾回身打了个手势，解开了自己身上的绳子。另一端被快速回拉，绑在了下一个人的身上。陆陆续续地，转移过来了大半的人。陆厉留在最后，把受了伤的徐长东绑在自己身上，靠着双臂的力气，攀爬了过来。

黎漾的心随着晃晃悠悠的铁索摇摆不定，直到陆厉也落在了这一段的横梁才放下心来。

沿着横梁往前走，几十米处就是铜网桥。

不知道什么时候起，桥上又开始弥漫起之前在外面遇到的那种辛辣的浓烟，随之而起的还有升腾的雾气。

前面人的身影渐渐隐在雾气中。黎漾走在中间有点不安，小声地喊了一句："前面什么情况？"

"暂时没事！就是这桥怎么没头啊，半路开始拐弯了！"

第三十二章　鸟笼

"什么叫开始拐弯了？"慎虚的话让人费解。

"哎呀，你自己过来看看就知道了，快点走没事，老结实了。"

黎漾顺着慎虚的声音，慢慢地走到前面："你在哪呢？"

从另一端看，这桥不过才十几米的距离，真走上来才发现简直跟迷宫一样，十八道弯。桥面又出奇地宽，足够三四个人横站着。

黎漾闷头朝前走，除了一片雾蒙蒙的之外根本没看见有人。

"小黎姐，在这呢。"小神婆说着挥挥手走了出来，"这桥也奇了怪了，怎么走不到头啊？"

"会不会是这雾有毒？"黎漾问。

陆厉回道："应该不会，吸了这么久，有毒的话估计早都躺下了。"

"那这是怎么回事？破桥，四周堵得严严实实的。"慎虚拍了一下两边的铜网，桥身又开始晃动。

小神婆连忙扶着旁边的铜网紧张地说："你别瞎动了，一会儿掉下去了。"

陆厉严肃地说道："不管有没有毒，还是防着点的好。"

就在所有人研究着还要不要继续往前走的时候，桥上忽然猛地晃悠了一下。

"师父你又干吗了！"

"我可啥都没干。"慎虚自证清白，连忙举起手。

没给所有人喘息的机会，桥面自下而上迎来了一下猛烈的撞击。只一下，就撞得地动山摇。慎虚被撞得摇摇晃晃，只能扶着桥边的铜网："怎么回事？又地震了？"

陆厉往下看了一眼说道："好像有东西在撞桥。"

"这么密闭的地方能有什么啊？"黎漾话音刚落，一双发绿的眼睛慢慢地从下面升起，贴在旁边的铜网上，直勾勾地盯着黎漾。

"这，这不是刚才的望尸鸟吗？"慎虚哆哆嗦嗦地指着那双眼睛说。

那望尸鸟紧接着又猛地撞了一下网桥，好像要把桥面上的人掀翻。

一直原路返回到大家上桥的横梁处，才发现原来的横梁已经被撞断了，无法返回。

"轰隆"一声，铜网桥的网张开，把桥面前后围住，形成了封闭空间。

"这不是桥，这是个鸟笼！"陆厉说道。

此时被围在桥外面的只有艾力、高叶和昏迷的徐长东，也正被一只体型较小的望尸鸟围攻，无暇顾及别处。

桥上的震感加剧，是那只绿眼的鸟再次攻击。从嘴的长短就能看出，这只要比之前在沙石林里见到的那两只都要大上几倍。

见自己的陷阱得逞，望尸鸟从桥下飞起，落在了铜网桥的上方。两只尖利的爪子透过铜网，竖在几个人头顶。翅膀的阴影笼罩着桥面，有着十足的压迫感。

"完了，完了，我们几个都不够它塞牙缝的。"慎虚吓得两眼发直地说道。

陆厉没理会望尸鸟，抽出身上的匕首，试图在铜网闭合处找到突破口。虽然桥上是铜网，但桥面却是年久失修的木板。

陆厉朝艾力几个人喊："躲到旁边的石壁上去！"

黎漾见状也赶紧俯下身帮忙，望尸鸟一看陆厉有动作，立马狂躁起来。攻势一波比一波猛烈，黎漾招架不住，被撞得五脏六腑都快被甩出来。

陆厉匕首一顶，卸掉了连接处的铁片。铜网和木板瞬间断开一条缝隙，陆厉一脚踹出去，竟然生生地把铜网踹出了个窟窿。

慎虚看了一眼赞道："厉害啊。"

陆厉一跃跳到了铜网边的石壁上，向里面的人伸手。因为慎虚和小神婆更靠近出口，所以先后被拉了出去。望尸鸟看有人逃离围困区，变得更加疯狂，无差别地撞击桥面和岩石。

"把手给我！"混乱之中，陆厉伸出手。

可就在黎漾把手搭上的一瞬间，桥断了。

黎漾还没看清身后的情况，只觉得忽的一下，脑袋天旋地转，狠狠地向下栽去。

"黎漾！"

这大概是这段时间以来，陆厉第一次这么大声地喊黎漾的名字。

黎漾的后腰在撞上桥面的一瞬，陆厉想也没想，从崖边扑过来，一把抓住人。因为下落的惯性，手边也没有可以攀扶的东西，两个人都一起被拖了下去。

一瞬间，陆厉反手抓住了断裂的铜网桥，断裂的铁网穿过陆厉的手，紧接着，鲜血就从手心处流了出来。

两个人的重量撕扯着陆厉手心的皮肉，但此刻他的注意力却全在黎漾身上。

"有事没事！"

黎漾看了一眼那只鲜血淋漓的手："你还管我。"

石壁的断面狭窄，单凭慎虚和小神婆的力量很难把两个人一起拉上去，原本还在另一边和望尸鸟缠斗的艾力和高叶混乱之中也不见了踪影。

"我想办法去抓铜网，你们两个先把陆厉拉上去。"虽然这铜网桥看起来不堪一击，但是还不至于完全锈化，折了的一节还好好地扣在石壁上，距离黎漾大概两米左右的位置。

"不行！"两米的距离不算近，万一脱手，下面凸起的石峰撞一下也能要人命，陆厉不能放她一个人冒险。

"你别磨蹭了，再耽误一会儿你那手就废了。我喊一二三你就松手，一！二！三！"丝毫没给陆厉反应的机会，"三"刚喊完，黎漾一只脚抵住石壁，借助反力就扑到了断掉的那节铜网上。铜网被扯得垂了几寸，好在还依然勾连在石壁上。黎漾稍微挪了挪身子，就有一片沙石哗啦啦掉落。

慎虚和小神婆连忙上前，慎虚伸手去够陆厉，小神婆则一只手抠着石缝里面，一只手拉着慎虚的脚。

望尸鸟并没死心，绕着黎漾的头顶盘旋，等着下一次的撞击。

现在距离石壁的位置少说也有几米，跳是肯定跳不过去了，要不然往下？

黎漾打量了一下下面的高度，觉得还不如现在就让望尸鸟给吃了。

就在黎漾前思后想不知道怎么办的时候，陆厉和慎虚三人的身后，让黎漾冒了一阵冷汗。

"陆，陆厉。"黎漾手里紧紧拽着铜网，战战兢兢地喊道。

"怎么了？感觉要坠了？"慎虚和陆厉的注意力现在全在黎漾这边，根本没注意到自己身后发生了什么。

"快回头！"听黎漾这么说，三个人意识到了危险，缓缓地转身。只见一只体型巨大的望尸鸟正站在陆厉的身后。

奇了怪了，这里面怎么会出现这么多体型巨大的怪物？

陆厉身后的那只望尸鸟的头被削去了一半，还凝固着黑色的血迹。有些正滴落在望尸鸟的尖嘴上，整张脸看起来满是血污。没猜错的话，这应该就是之前在裂谷中被打伤的那只鸟，现在来寻仇了。

黎漾惊叹于这种鸟的智商和认人的能力，如果不是视觉极好就是智力极佳。不过常年生活在环境这么黑暗情况下的怪兽，估计视力也不会好到什么程度。

小神婆下意识地后退了一步，后脚跟踩到了悬崖边，一阵沙土纷纷从上面掉落，看得黎漾胆战心惊。陆厉手快，拦住了后路，她这才没掉下去。

不过黎漾头顶的那只鸟，自从那只受伤的鸟出现开始就没再对她进行过攻击动作，而是对这位不速之客充满了防备。

被爆了头的望尸鸟大叫了两声，作势朝陆厉冲过去。陆厉拉着慎虚和小神婆原地前滚翻，远离了悬崖边，占领了一个防守的好位置。身后恰巧有一个不小的石缝，陆厉顺势把人推到了里面。那望尸鸟见自己第一下扑了空，没有善罢甘休，扑闪着翅膀，再次冲了过去。

陆厉从地上捡起了一个带着尖刺的石头，捏在手心。

五年前从这里离开之后，陆厉曾调查过不少关于这种鸟的资料。虽然大多是些乡间野闻，但看得多了总能总结出一些规律。

望尸鸟的中枢神经分别在两翼的最中央，就是说只有把它肩膀打伤，才能让它彻底飞不起来。在沙石林的时候，距离太远不好瞄准，现在只能殊死一搏。

陆厉趁着望尸鸟俯冲的瞬间，一只手挡在自己身前，一只手朝着望尸鸟右翅奋力地甩出手中的尖石，石尖重重地击在望尸鸟的要害，让它瞬间失去平衡。

看到这只鸟受伤，原本盘旋在黎漾头顶的那只也扑闪着翅膀准备飞过去。

这是一个好机会，如果这个时候不拼一下，一会儿等桥折了就更没有机会了。黎漾咬了咬牙，在那只望尸鸟飞过头顶的时候，两只手一松，身子顺势一跃，抓住了望尸鸟的脚！

刚腾空而起，黎漾就意识到自己现在的位置不对。如果望尸鸟安全地落在悬崖边，黎漾的角度正应该是狠狠地砸在崖壁上的。但是等反应过来的时候已经来不及了，断桥距离崖壁不过几米的距离。黎漾就这么一点防备都没有地面朝前直接撞在了崖壁上。

鼻腔里瞬间涌入了铁锈的味道，脑袋里好像按了拨片，嗡嗡直响。

好在怪鸟没在半路松手，也好在就算黎漾被撞得神志不清了，还是将手紧紧地抠在鸟的爪子上。所以那鸟轻轻抬了一下身子，就轻而易举地把黎漾送到了崖边。黎漾双脚一贴地，下意识的反应就是往里爬两步，免得身子一歪再掉下去。

小神婆和慎虚见黎漾爬上来，赶紧爬出来拽住黎漾的胳膊，把人拉到了石缝里。

随着陆厉刺穿的动作，那只鸟仰天哀嚎了一声，像失去平衡感一样跌倒在地上。陆厉丝毫不敢松懈，趁着它倒地，掏出匕首，一刀插进了心脏。鲜血喷出，那只威风凛凛的巨鸟也终于没了声息。

另一只鸟看见眼前的情景，发出凄厉的叫声。声音的穿透力极高，黎漾被震得耳膜发麻，脑袋都快出现空白。

"它这是不是在求救啊？"慎虚指着问。

"赶紧找找石壁的另一端有没有洞口。"陆厉回头说。

几个人赶紧散开，按照陆厉说的找。但是黎漾看来看去发现，除了他们走进来的那个山洞之外，唯一有可能有其他出口的就是对面铁门升起的地方。但是现在网桥断成了两截，想过去几乎没有可能。

"咱们只能原路返回了。"黎漾提议道。

陆厉像是愣神了一样站在那里："不用了。"

"怎么了？"陆厉的表情让黎漾感觉情况好像有点糟。

"它们来了。"

黎漾赶紧竖起耳朵，去听陆厉说的声音，起初什么都没听见，但是几秒过后，就像是大军压境一样，密密麻麻的声音从各处传来。就连翅膀挥动的声音聚在一起，听着都是如此震耳欲聋。

黎漾看向断桥两边问道："艾力他们呢？"

第三十三章　石缝中的干尸

艾力和高叶几个人所处的位置下面有一处高高凸起的石墩承重，即便桥断了也暂时安全。但现下这三个人不知所终，没有原路返回，黎漾朝着脚下看了一眼，也不见下面有什么声响。就在这时，那密密麻麻的声音越来越近，定睛一看，竟然是一群黑压压的蝙蝠。体型不大，但数量却足够惊人。

绝境中，就算遭遇再强大的敌人，也不是全然没有胜算。望尸鸟体型再大，也有弱点可以攻击。只要足够灵巧，野兔也可以躲避美洲狮的追杀。但一旦数量上被绝对压制，即便是体型悬殊也难有胜算。

成百上千只蝙蝠，凭四个人的力量想要驱赶，几乎是天方夜谭。

望尸鸟似乎觉得几人再无逃生的出路，扇动了两下翅膀再次飞入黑暗中。蝙蝠的移动速度很快，没给众人更多思考的时间就逼近眼前。陆厉猫着腰看了一眼石头缝隙问："能躲几个人？"

慎虚面露难色地说："最多三个。"

陆厉把外套脱下递给慎虚："一会儿进去之后用衣服堵住，等没声音了再出来。"

小神婆和黎漾还没来得及提出反对意见，就被摁着脑袋塞了进去。陆厉爬到不远处的横梁上，用匕首的另一端敲击横梁，吸引了大批蝙蝠的注意。紧接着顺手从身后背包口袋里拿出一张火折子，吹了两口之后火苗逐渐升起。

陆厉心一横，点燃了旁边断桥的桥面。

因为做了防潮防腐处理，桥面打了一层光滑的油蜡，稍稍接触火焰就瞬间被点燃。火光顺着断桥攀爬而下，照亮了脚下的一片漆黑。

黎漾闻到烟味，想要挣扎出去，却在这个时候感受到了后背传来的一丝凉意。

是风。

她伸手去摸身后的石壁，手上沾到了许多干涩的粉。石缝里面一片漆黑，无法看清具体是什么，但从味道上不难分辨出，是石灰。这个石缝被人为填堵过！

"慎虚，有没有什么趁手的工具，把石墙凿开！"

"闹呢吧，这么厚的石头怎么凿？"

小神婆好像突然想起了什么，掏出了自己常年随身带着的罗盘："我有！你看这个行吗？"

罗盘是铜制的，圆盘形状，四周铜薄比较锋利。

"这不是你的宝贝？"黎漾还记得那天不小心碰掉了罗盘，小神婆冒着生命危险也要回去拿。

"啥宝贝不宝贝的，哪有你们几个重要。"

黎漾也没矫情，接过来朝着缝隙狠狠砸了两下。每一下都好像砸在了小神婆的开关上，黎漾砸一下，小神婆心碎一下。

"呼啦"一声，石缝露出了拳头大的口子。外面隐隐有光透过来，这才看清，堵住石缝的甚至不是石灰水泥，而是白色的石膏。黎漾蜷缩着身子，用手拼命砸出了一条能容一人通过的洞。

"快喊陆厉，喊他进来！"

外面的火势蔓延，不光点燃了桥面，还点燃了石壁。原来这山体内也并不是普通的石头，而是一种燃点极低的磷石。稍稍有火焰略过，就顺势蔓延成火海，阻挡了蝙蝠，但也困住了自己。

"通了，里面通了！"慎虚被外面的烟熏得睁不开眼，一边咳嗽一边喊来陆厉。

黎漾为了给后面的人腾出空间，连忙钻进了洞里，回手还把小神婆也拉了进来。

"咳咳咳，厉哥也太狠了点，说放火就放火。"

从里面看更为明显，原本是一条直径一米左右的甬道，被人从里面用白色的膏泥厚厚地封住。现如今膏泥被黎漾通开，碎成白色的石块。

陆厉终于和慎虚一前一后地从外面进来，黎漾的心这才算沉下来了。

交给慎虚的外套被陆厉装满了石块，又绑成了一个包袱堵住了洞口。

"石壁上有磷石，估计火会越来越大。"

这不是个好消息，几个人被望尸鸟驱赶着节节后退，最后又亲手把自己的路堵住。一旦火势蔓延，从里面彻底烧起来，那这里就是天然的土坑烧烤。

地上有成堆的石膏粉，看样子多半是修建洞穴的时候残余的材料。

小神婆感觉脚下好像有什么硌着自己，抬脚一看，被吓得差点喊不出声音。

一个穿着制服的干尸，斜靠在墙角，小神婆踩住的，是他早已经风干的脚。制服的肩章上，有一串显眼的编码。

20160603。

像是某人的生日，又像某个日期。

陆厉在看到那套衣服的瞬间，只觉得脑子里有一道惊雷闪过。同样的衣服，类似的编号，也曾经穿在自己的身上……

看到陆厉异样的表情，黎漾似乎也猜到了什么："制服，是这样的制服吗？"

陆厉点头，随后走到干尸的旁边。

尸体的水分已经全部流失，干化得不成样子，皮肤变成了一张黄色蜡纸覆盖在骨骼上，骨骼的纹理清晰可见，从腿骨长度来看，应该是个男人。

"这边也有！"洞穴的另一处，慎虚发现了散落在墙角的另一具干尸。

黎漾的心跳加速，跑过去看，单从五官辨认又无法确定是不是自己要找的人。风化的干尸，基本都带着同样一张脸。

仔细清点过后发现，山洞里一共有四具尸体，编号基本都是连贯的，从0601到0605，唯独缺少陆厉身上的那一串20160604。

干尸旁是早已经受损许久的对讲，陆厉蹲在其中一人的脚边，掀开裤脚去看。尸体小腿处赫然出现了一条长长的刀口，力度之深几乎快要将腿骨斩断。其他尸体的情况也基本类似，每个人的身上都有骇人的伤口，似乎在生前都经历过非常激烈的搏斗。

"应该和我们一样，为了躲这些蝙蝠藏进来，用石膏粉掺了水堵住洞口。后来因为一些事发生了分歧，互相残杀。"

"是吗？"黎漾打量着陆厉说这些话时脸上的表情，提出疑问，"如果是互相残杀的话，目的是什么呢？为了离开这？外面的情况估计他们也知道，这个时候独自离开就是找死。还是说他们知道了什么秘密，所以要被人灭口？"

黎漾的眼神如同一把刀，每一刀都刺中了陆厉不想在这个时候去思考的问题。

自己的确没办法解释，当时在沙石林昏迷之后发生的任何事。自己是否到过这，是否见过这些人，是否真的发现了什么秘密。因为不记得，所以陆厉没办法否认黎漾的猜想。

但黎漾的表情，让陆厉很想给她一个交代。陆厉脚上的动作刚刚挪动半寸，黎漾的步子就后退半寸。

建立信任需要互相试探、彼此防备，甚至还需要经历生死。但摧毁信任有时只需要一个眼神，或一句无力的辩解。

小神婆夹在两个人中间，不知道该怎么调和，只觉得气氛中暗流涌动，比这山洞里面的尸骨还要可怕。

"有东西！这里有东西！"

慎虚无暇理会黎漾和陆厉两个人的文字游戏，只顾在这几个人身上翻找，背包口袋都不放过，最后果真有所收获。

是0601随身背着的一个帆布背包，没有品牌，内衬是一层防水防刀割的材料，看起来应该是定做的。

背包里面除了空水壶之外，就是一些早已经过期的干粮和报废的手电。物资充足，也说明这些人并不是因为弹尽粮绝被困死，而是真的发生了什么突发状况。

让人感到惊喜的，是一个蓝色油皮封面，巴掌大小的记事本。

翻开发现，这人和慎虚有着相同的习惯，记账。

但在进入沙漠之后，这本记账本，就变成了潦草的日记本。大概几月几日经历了什么，都会被简单记录在册。

二〇一六年七月三日

出发进入沙漠，风很大，沙石林避风，救一人。

二〇一六年七月四日

沙漠下暴雨，我们临时扎营的沙地塌陷，所有人掉进沙坑。

二〇一六年七月四日晚

沙坑里面竟然有路，我们沿着路一直走，遇到了成群的蝙蝠。为了躲避蝙蝠，他带着我们藏在这里，发现了可以拆掉的石膏墙。但另一边是断崖，我们只能把墙再次封上。

二〇一六年七月五日

因为残卷，顾和那个人发生了分歧。队伍里有人想离开，但他不许。

二〇一六年七月五日晚

有可怕的事情发生。

二〇一六年七月六日

6:00、9:00、12:00、15:00、18:00、21:00、24:00

……

第三十四章　漂移地宫

字迹写到这，戛然而止。虽然叙事的语气很平缓，可能因为时间有限也只有寥寥数笔，但简单的文字里，却处处透露着让人毛骨悚然的气氛。

从二〇一六年七月五日晚开始，记录着的字迹就越发潦草，到后面的时间记录，也只能按照前文推断出他写的到底是什么。

"是七月三日吗？"黎漾没头没脑地问，陆厉也能明白她说的是什么，点点头。

很显然，这一行人在石林里避风的时候救下的那个人，就是陆厉。

陆厉的记忆停留在被望尸鸟攻击之后，自己背着奄奄一息的队友向外走，随后风暴来临，就再记不清其他。

按照时间来看，风暴来临的时候，正逢这帮人为了躲避沙尘暴进入沙石林。看见了晕倒的陆厉，发现还有气息就顺路把人救下。

七月五日晚上，队伍里有人想离开，他不许。这个他到底是谁？是陆厉吗？

但陆厉的注意力显然并不在是谁救下了自己："你不觉得这串数字，太眼熟了吗？"

那是柴国森在基诺山寨的阳台上，曾记录下来的数字。

时钟转一周，三个小时一次。

所有的事牵扯的线，围成了一个圆，把所有人都圈在了圆里。柴国森记录下的时间，是对面山头泛起莹莹绿光的时刻，那这里呢？出现在这里的数字，记录下的是什么样的时刻？

小神婆看了看表："马上就是 21:00 了。"

整个山洞静悄悄的，四个人的心跳声交替着响起。慎虚只感觉自己这一趟不虚此行，眼下的事，要远比那个什么漂移村诡异十倍不止。

随着秒针归位，到了二十一点整的时候，并没有发生任何黎漾幻想中的场景。例如地动山摇，又或者是望尸鸟的再次攻击。就在所有人以为无事发生的时候，山洞石壁上开始慢慢渗出一阵莹绿色的光。

区别于在云南时见到的微弱绿光，这里的绿色更加幽深，从起初只是星星点点地闪烁，慢慢凝聚成了一片，盯久了只感觉眼睛里会出现白花花的盲点。

陆厉的动作要快过自己的嘴，自己闭上眼睛的一刻已经用另一只手挡住了黎漾。

"眼睛闭上，这光可能有点不对。"

小神婆和慎虚也连忙照做，仅看了那么一眼，再闭上的时候就觉得眼睛火辣辣地疼。外面的光线在数十秒之后发生了变化，逐渐暗淡了下来。

黎漾尝试着睁开眼睛，只见一具干尸此时正贴在自己的面前，两只眼眶已经变成了漆黑的洞，死死地盯着她。

黎漾倒吸了一口凉气开始猛烈挣扎，抬脚就向前踢了过去。干尸被踹倒在地，又很快以一种扭曲的姿势重新站了起来。

黎漾闭着眼睛拿出包里的火铳向前射击，但刚才为了逼退望尸鸟，火铳里早就已经没了弹药。气得黎漾把火铳一扔，宝贝了一路，自己一点没用上，都让陆厉浪费了。

干脆心一横就打算和那东西硬碰硬，那干尸张着手臂又朝自己扑了过来，把自己扑在了地面和墙壁的夹角，伸出手去掐黎漾的脖子。没想到这干瘪的东西竟然有这么大的力气，黎漾想喊个人，却发现不知道什么时候开始陆厉和小神婆、慎虚三个人统统不见了踪影。

远处散落在地上的干尸，也都慢慢苏醒，朝着黎漾爬过来。

黎漾抬起下巴，顾不上干净不干净，朝着干尸的耳朵狠狠地咬了一口。但那东西好像没有痛感一样，只是哼了一声，随后又加重了手上的动作。黎漾觉得自己快要窒息了，喉咙发紧，浑身的血液也在逐渐凝固。

"黎漾！黎漾！"黎漾听见有人在喊自己的名字，声音从远远的地方飘了过来。

"我在这！救命啊！"黎漾闭着眼睛疯狂呼叫。

"你看我，你看着我，是我啊。"

慢慢地，远方的声音开始变得真切，一字一句落在自己的耳朵里。

再睁开眼，面前是陆厉那张急切的脸。和刚才丑陋的干尸相比，显得更加俊朗。

黎漾眼角是最后一刻渗出的泪水，倔强地含在眼眶里，不让它落下。

"怎么是你，那个骨头架子哪去了？他刚才好像要咬死我，就掐着我脖子。"黎漾语无伦次地伸手去摸，却发现脖子上压根没有任何不适的地方。

陆厉浑身被黎漾连踢再蹬的快要散架，见她清醒了不少，吃力地从她身上爬起来。

黎漾还沉浸在自己身上竟然毫发无伤的诧异里，坐在原地惊奇地看看自己的手脚，又看了看远处压根没移动半寸的干尸，以及……被绑在墙角的慎虚和小神婆。

"怎么回事，你绑他们干吗？"

陆厉揉揉自己的手腕："刚才的光有问题，能让人产生幻觉。三个人一起发疯我怎么可能控制住。"

竟然是幻觉，只是对着光看了不到五秒钟的时间，竟然就能出现这么真切的幻觉。

"不公平啊，凭什么她出现幻觉了你还小心安抚她，我俩出现幻觉了就直接跟绑猪一样绑这啊。"陆厉一边给小神婆松绑，她一边抗议。

黎漾这才看到陆厉一直流血的耳朵，想起自己刚才要和干尸拼命的架势就后怕，怕是意志再坚定一点，陆厉就成一只耳了。

"我们应该离真正的目的地不远了。"陆厉略有所思地说道。

族宗的地图里面标记的位置，就在沙石林里。这么多年都没人能找到，也说明根本不在地面，而是深入地下。

无论是望尸鸟还是蝙蝠，都在一路驱赶几个人，似乎在守护地下的某种神秘的东西。如果说陆厉在看到铁门上的机关后，还始终不能确认，那么在其他三人会被洞里的绿光所影响，而自己却毫发无伤的时候就几乎可以确定，这里一定是古遗族曾经留下的地宫。

古遗族实行火葬，地宫里埋葬的自然不会是某位帝王。

灵光一现，陆厉转身："刚才的记事本上是怎么写的，他们是进来了之后看见了石膏墙？"

黎漾连忙把本子翻开确认：沙坑里面竟然有路，我们沿着路一直走，遇到了成群的蝙蝠。为了躲避蝙蝠，他带着我们藏在这里，发现了可以拆掉的石膏墙。但另一边是断崖，我们只能把墙再次封上。

"沙坑里面的路，一直走，才藏在了这里，发现了石膏墙。那就说明还有别的路，可以通往他们陷落的那个沙坑。"

此时，达姆家。

暴雨已经下了一天一夜，克里雅河水势凶猛，几乎快要淹没数千米外达姆家的羊群。百年不遇的大雨让长居在沙漠里的人手足无措。

门前的两匹骆驼，是达姆儿子走了几十公里借来的。趁着外面的雨水不大，母子二人穿上了半生都没穿过的雨衣，带着不多的行李，驱赶着羊群向地势更高的地方迁移。

雨水被松软的沙地快速吸收，又铺天盖地地落下。因为身处地势低洼处，无数水流形成分支，最终汇入沙石林。

但山洞里仍旧是一片静谧，只是稍微俯身观察，便能看到地上的沙砾会时不时地腾空跳动，仿佛铺撒在了鼓面上，随着敲击鼓皮的动作，轻轻跳跃。

"这是怎么回事，沙子为什么在动？"

经过此前几次的死里逃生，黎漾意识到，所有无缘无故出现的诡异现象都不是偶然。

还没等其他人发现，整个山洞就好像一只封闭的木箱，陷入了翻滚的海水中。不似地震般剧烈，但也让置身其中的人没办法直立。

四个人分别将背部紧靠在墙壁上，手边的沙土石块在山洞里左右晃动。逐渐地，摆动的幅度越来越大，像是迎来了更加凶猛的风暴。黎漾被摔得头昏眼花，只差"哇"的一声吐出来。

"怎么这么像游乐园的蹦蹦机啊。"小神婆痛苦地哀号。

诡异的现象并没有持续太久，大概一分钟之后，山洞里就再次恢复了平静。

小神婆干呕："不行了，得快点想办法离开这，不然要被玩死了。"

原本都是石头的洞壁忽然有一堆沙子坍塌，地宫的结构也发生了变化，坍塌口对面传来了十分熟悉的声音："这有个洞！"

黎漾从没觉得艾力的声音这么好听。

刚钻到对面，还没来得及开口，四个人就被眼前的景象震撼到失语。

第三十五章　地下祭台

一处巨大的山体洞穴，高度大概有六七层楼，高不见顶。置身其中只觉得人是小小的个体，心里无故生出敬畏和恐惧。

脚下是用铜浇筑的巨大祭台，祭台上雕刻着精美的图案，与头顶的雕刻遥相呼应，但多是黎漾看不懂的文字。

原来刚才在吊桥上，艾力和高叶为了躲避望尸鸟的攻击，无处可退，就只能破釜沉舟往下跳，没想到下面竟然有一汪潭水，正好接住了几个人。有几只锲而不舍的望尸鸟也顺势追了下去，几个人没办法也不敢轻易浮出水面，只好一直在下面闭气。

最后还是高叶，发现了潭底的机关。打开之后潭底下方就出现了一道暗门，顺着暗门一直游，就从另一头的水面浮了出来。

艾力指了指黑暗处的潭水，大致的入口就是在那。

没想到看起来黑压压的沙石林，里面竟然如此四通八达，遍布机关。

难得有了喘息的时间，徐长东的伤势看起来也没了大碍，状态比之前要好上许多。

祭台四角有四张已经腐朽的木桌，多半是当年祭台修成之后用来摆放水果供奉的。陆厉拾来几张木板，吹了吹火折子点燃，架成了一个小火堆。

徐长东把衣服展开过去烤了烤："你们那边有什么发现吗？"

陆厉直言道："有几个人的尸体，穿着制服，上面还有编号。"

徐长东眼神一动问道："是什么编号？"

"20160601 到 0605。"

徐长东看着陆厉肯定地说道："那是柴国森的人。"

这一句话，吸引了在场除了艾力外所有人的注意。

徐长东垂了垂眼道："我觉得现如今的情况，有些话还是说明白，没准大家都能活。"

当初徐长东听说有人要带队进沙漠的时候，内心是不屑的。这么多年进沙漠的人不少，能回来的没几个。但当他听李成说，这几个人承诺能拿出青铜古镜的时候，就又动了心思。

徐长东和柴国森是打了多年交道的，说是故交也不算，只是大家都在这个圈里混，所以也算有点交情。

徐长东和李拐子是故交，早在李拐子还没有发迹之前两个人就时常在一起喝酒聊天。用别人的话说，李拐子是个野路子，靠着胆子大、有魄力，在易货街立住了脚。徐长东是个知名的历史学家，博通古今。李拐子需要有这样的朋友来抬高自己的身价，徐长东也需要李拐子这样的朋友，来让自己长一长书本上见不到的知识。

人与人的交往，说白了就是各取所需。

酒喝多了，关于李拐子口中的《蚩尤残卷》和青铜古镜的事，徐长东也就听说了不少，原本是不动什么心思的，这种传说故事自己听过没有一千个也有八百个，怎么还会有人把传说当真。

李拐子还就当真了，这一找就是半辈子。

也不算是一无所获，最后还是淘来了几张所谓的《蚩尤残卷》的残片，还特意鬼鬼祟祟地拿给过自己，让自己帮忙看看上面的符文都是些什么东西。

"你认识那些文字？"陆厉皱眉问道。

徐长东犹豫着点点头："认识一些，也在资料上查了一些。为了破译这点东西我花了也不止一年两年的心血，东拼西凑的，虽说认不全，但是大体上还是能分辨内容。"

是西南地区一些小国千百年前就已经失传的文字，因为民众几乎不识字，多半的文字都被用来记录祭祀经文之类的东西，所以也没怎么流通。

"那根本就不是《蚩尤残卷》，是国志。"徐长东下定决心，说出了从来没为外人道的真相。

黎漾和陆厉的心里也早有预料，徐长东这次没有说谎。

"这个国家有占卜的习俗，最新的卦象显示国家会在十年之内覆灭。为了寻求保护，他们给当时的汉武帝进献了美女和很多精美的青铜器。但奇怪的是，这个被送去的美女，通常每半年就会和这个小国通一封信，但三年之后，这个人就断联了。"

"然后呢？"慎虚听得入迷。

"碎片的记录不完整，只有这些东西。"

以徐长东对历史的了解，很轻易地就能判断出，这个小国就是当年离奇消失的古滇国。他自认为发现了古滇国灭亡的真正缘由，如果能调查清楚，也足够让他在世界历史研究上留名。

所以他没把这件事告诉李拐子，自己偷偷藏了下来。历史资料太少，他就走访民间，再或者从一些捞偏门的人的手里买来一些消息。所谓的捞偏门，就是一些土里刨食的土夫子，靠着盗墓挖坟为生，倒卖一些随葬的古董古玩之类的东西。

因为和李拐子走得近，所以这样的人也能接触上不少。

"我记得是云南李家山那边，出了一批货。因为这个古滇国的遗址就在那附近，所以那边一有动静我就特别关注。"

李家山是那一片的总称，周边的李家寨子、草火坡头都在李家山。

"那人说挖出来了这个，因为看不懂上面的字，感觉也不值几个钱就转手给我了，我一看，这文字和那本国志上面的文字一模一样。"

徐长东从背包里拿出了一张上面写满了字的羊皮，羊皮珍贵，那个时候能用它来书写的人也肯定是非富即贵。

"羊皮上的内容，是一个女人的自述，或者说，是墓志铭。"

女人叫李氏，也是李家山的人，后因貌美被送入宫，成为皇帝宠妃。

历史上也的确存在过一位李夫人，传说是西汉著名音乐家李延年的妹妹，入宫之后深得皇帝宠幸，成为皇帝此生最爱的女人。

相传李夫人出生于普通家庭，但父母兄弟都是精通音乐之人。其兄李延年因犯法受到宫刑，在宫里担任了一个很重要的工作——养狗。但因为他擅长音乐和舞蹈，颇受汉武帝的赏识。一次李延年陪皇帝起舞时唱到"北方有佳人，风姿绝世，亭亭玉立。回眸一望能倾覆城池，回首再望能倾覆国家。岂不知倾城倾国的祸患，只因为佳人难再得"。

汉武帝听完十分动心，难不成世间还有这种奇女子？一旁有人煽风点火："有啊有啊，李延年的妹妹就有这么惊人的容貌。"汉武帝听后即刻召见李氏入宫。见过之后发现名不虚传，确实是美丽善舞，便越看越喜欢。

只不过羊皮书中的李氏和这位李夫人不同，李氏本是古遗族人，祖上是古滇国的开国功臣。因为家中族人早亡，所以李氏从小就被人托付给了中原李家，李家人也一直把她视如己出。这个李家人，也并不是什么普普通通的寻常汉族百姓家，而是早些年因为其他原因迁居到中原的古遗族人。

李氏从小被送到中原，当成汉族人来养，只为了能有一日进宫，生活在皇帝的身边。

进宫后的李夫人能歌善舞，善解人意，深得汉武帝欢心，两个人的感情一直很好。但进宫三年后，古遗族却突然策划了一场李夫人的假死，把她从宫里带了出来，活埋在了李家山下面的地宫中。

这张羊皮书，也是在李氏生命的最后时刻写下的，而且清清楚楚地写到了自己是因为任务失败，才会被族人活埋。

徐长东仍记得《史记》里记载，李夫人最后是因为病重离开的人世。但在皇帝去看她的时候，她依然把被子拉过头顶，不给皇帝看自己的真面目，声称自己卧病在床，不便见圣驾。不论皇帝怎么坚持，李夫人都绝对不把被子拉下来，最后皇帝只能无奈离开。

世人都当李夫人是为了保留自己在皇帝心中的美好形象，但徐长东却怀疑，这个李夫人会不会就是羊皮书里的李氏，李氏可能根本就没生病，不让皇帝看只是怕被皇帝识破自己准备假死的计划罢了。

这两个到底是不是同一人，徐长东无法确认，但可以确认的是在李氏死去后不久，古滇国就离奇地灭亡了。很难让人不怀疑这两件事中间，有什么难以言说的联系。

慎虚整理了一下自己逐渐混乱的思路："也就是说，古滇国送了一个美女和一些青铜器给皇帝，还交代给美女一个任务，美女任务失败后又被处死了，没多久，这国家也玩完了。"

徐长东有些疲惫："对，大概就是这样。"

黎漾捕捉到了一些徐长东没有透露的信息，陆厉曾经和自己提起过，当年古遗族曾经按照《蚩尤残卷》的步骤，打造了一枚青铜古镜进献给皇帝，但不久之后青铜古镜失窃。

如果徐长东所说的属实，那就说明李氏当年在离宫的时候，带走了青铜古镜。

徐长东继续说道："后来柴国森也盯上了这件事，想要找那个什么青铜古镜。有一次李拐子还把我和柴国森、钱婆都叫到一张桌子上去吃饭，美其名曰是大家共享一下自己的资源，看看怎么能找到《蚩尤残卷》和青铜古镜。"

"后来你们去找了吗？"黎漾问。

"找啊，一直都在找。但是我心里知道，压根就没那个东西。《蚩尤残卷》早在几千年前就被分裂成几部分，而且里面的锻造方法和秘术也不是普通人能学得来的。至于青铜古镜，根本指的就不是某一个镜子。"

黎漾质疑："什么意思？"

反倒是陆厉先开口："指的是用残卷的方法锻造出来的镜子，可以有一个，也可以有十个，更可以一个都没有。"

徐长东冷笑道："所以柴国森不管不顾地浪费了那么多心血，追求的东西甚至都不存在。"

但这件事，很微妙的就在于，柴国森想要追求的《蚩尤残卷》中的青铜古镜或许并不存在，但古遗族却实实在在遗留了一枚。

五年前，柴国森得到了消息，说东西有可能会在塔克拉玛干的沙石林，于是就带着一伙人进了沙漠。

"本来是没人肯来的，都知道这里面水有多深，七月正是沙漠最危险的时候。他肯下血本，每个人都预付了几十万。有见钱眼开的主，看见预付款连命都不要，结果那一伙人都死了，五个人，一个都没出来。"徐长东说着，没有注意到黎漾惨白的脸。

"柴国森这个人贪生怕死，根本不可能进沙石林。他在外面等，等进去的人传消息出来。谁知道刚一进去就失联了，三个小时没消息，他就拔了帐篷走了，还找了一户人家落脚。"

黎漾感觉自己的小拇指在控制不住地发抖："没有叫救援吗？"

"叫谁啊，救援来了怎么和人解释，这种事还是越少人知道越好。只死了五个人，已经是最小的损失了。"

黎漾突然笑出了声，的确，这些拿到台前来的词都有些过于虚幻。失传的神器、上古的残卷、几千年的国家，说起来好不磅礴伟大。好像只有站在历史洪流里挥毫泼墨的才是人物，才能被叫得出姓名。

徐长东想要在学术界留名，才苦苦钻研古滇国灭国的真相。柴国森想要满足私欲，才梦寐以求那枚青铜古镜。就连陆厉，也是要拯救自己的族人才走上这条路。

但顾卫东是什么，顾卫东是孤儿院长大的小孩，是两只手被工地石灰烧得起皮的民工，是只想攒够五十万开一间自己的小店，却被说成见钱眼开的人。

他甚至连名字都没有，只有一串编号。

黎漾笑着哭，哭了又笑。陆厉紧张地去握黎漾的手，却抓了个空，黎漾跌跌撞撞地站起来。

"你又是什么，你是人是鬼？"黎漾抓住陆厉的衣襟，把人拉到自己身边，"为什么是你穿着他的衣服，他人到底去哪了！"

"冷静一点黎漾。"陆厉两只手捧着她的脸，试图让她镇静下来。

黎漾的心理防线崩溃，放声大哭："你就告诉我他死了行吗？告诉我那几个干尸其中一个就是他，我要走，我现在就想走，我谁都救不了。"她逐渐失去力气，要靠着陆厉的支撑才能站起来。陆厉把人按在自己的肩头，手抚在她后脑的头发，像在安抚一只失控的小兽。

"五个人，干尸只有四个，他一定是出来了的。"陆厉声音放低，"我没有理由带着一具尸体走，最起码他一定是离开了这的。"黎漾突然想到了那张字条上面顾卫东的字迹。

陆厉的话，安定了黎漾暂时崩溃的情绪。小神婆虽然不知道黎漾太多的事，但相识这么久，也是第一次看见她失控的　面，忍不住地想流眼泪。

"你哭啥，我也没丢。"慎虚一句话，打断了小神婆的情绪。

"你丢了我省心，要不是你我怎么能到这个鬼地方来。"

黎漾情绪缓和后一把推开了陆厉，他如今说的话还有待考证，暂时还不能被美男计所蒙蔽。

徐长东是个人精，看黎漾的反应就大致猜到了，这两个人和当年柴国森队伍里的人颇有交情。好在刚才没说太多过分的话，不然反而弄巧成拙。

倒是高叶这个时候冷冷开口道："你这个时候说这些，就不怕我告诉李成？"

高叶从毕业起就一直跟着李成，名义上是助理，实际上是贴身保镖，这么多年算是实打实的自己人。

李成十分信任徐长东，一来觉得两人都是文人，追求的东西比较纯粹，二来也的确给这一趟开出了不错的价格。

李成知道，如果真的能拿到《蚩尤残卷》或者青铜古镜，自己安排的人未必能从陆厉的手里夺下来。安排徐长东进沙漠，就是因为徐长东过目不忘的本事和渊博的学识。只要能把内容带出来并破译，李成的这笔交易就足够划算。

但徐长东虽然早就知道碎片不是《蚩尤残卷》，却从没向李成透露过。

徐长东不带任何感情地回答："从你打算扔下我那一刻，我就知道，你也并不是完全忠于李成。"

高叶没觉得被冒犯，两个人心知肚明地笑了一下，算是释然了之前的心结。

说话间，地上火堆的火苗开始随风摆动，出现了异样。黎漾看了一眼时间，已经到了24:00。

按照之前的惯例，每三个小时，这个地宫的结构就会发生变化。现如今是24:00，也就是一天之内的最后一次变化。高叶和艾力显然还没有掌握规律，面对突如其来的异象显得过分紧张。

飘忽感再次传来，这次变化的，是整座祭台。

第三十六章　赑屃现世

祭台的布局好像一张罗盘，按照太极的阴阳变化而缓缓转动。原本地面上的花纹被覆盖，另一面的祭台被翻了上来。

没想到，另一面的祭台已经根本看不出材质，只有一层厚厚的红黑色污渍凝结。这颜色也十分眼熟，就是刚才铁门上，被锁链引出来的血迹的颜色。

上百平方米的祭台，沟壑纵横。每一道花纹都被血迹铺满，难以想象当时是怎样的惨状。

除了满地的血污外，祭台的正中间出现了一只高两米左右的乌龟，高高的头颅昂起，睥睨众生，后背还背着一块刻满了字的石碑。

"这么大的乌龟。"艾力惊叹道。

"是赑屃。龙生九子，这是龙的第八子，因为善于载重，所以通常会被用来驮起墓室中的石碑。"

黎漾想起陆厉说的古遗族吉祥物，能在这里看到这个也不是很意外。

但唯一让人诧异的是，这块石碑上的所有字几乎都是用汉字写成。可既然古滇国当时有独属于自己的文字，为什么在沙石林深处这么重要的祭台上，要用汉字书写？

在仔细看完上面的文字后，黎漾找到了答案，也不由得被惊出了一身冷汗。

文字用古文写成，比较精简晦涩，但大致意思也很明了。

起先歌颂了古滇国的繁荣以及领先所有国家的冷兵器铸造能力。

后面又介绍了沙石林里的这座地宫，就是古遗族人早在古滇国昌盛之时修建的祭祀场所。每五年一次的国运祭典，在古滇国城内举办的同时，在遥远的沙石林深处也会同时举办，只不过所求不同。

两处祭台被叫做阴阳祭台。古滇国城内的祭典，在阳祭台举办，祈求风调雨顺，国运昌盛。

沙石林深处的祭台，是阴祭台，祈求的是青铜古镜可以摧毁一切，助力古滇国一统天下。

原来，原来如此。

青铜器的铸造能力，就预示着一个国家的冷兵器锻造能力。有着如此领先能力的古滇国，开始逐渐不满足于自己多毒虫瘴气的领土，他们谋划着更加盛大、更加恢宏的国运。

于是所有人将希望寄托于那枚传说中有神奇能力的青铜古镜，希望青铜古镜可以摧毁彼时最繁荣的国家。

但不知道是哪一个环节出了问题，秘密被识破，不但青铜古镜没能发挥作用，古滇国也反招来了杀身之祸。

但陆厉的眼神，明显不是第一次知道这件事。

黎漾求证道："因为李氏？"

陆厉用只有黎漾能注意到的声音回答："对，她爱上了汉武帝。"

人心不是青铜锻造的，青铜可以按照所谓的秘术一步一步设计安排。人心生来就有温度，会发热，会动摇。

这么看来，李氏的任务应该就是送青铜古镜入宫，然后在族人的安排下刺杀皇帝。

随着李氏的断联，古滇国的统治者意识到这颗棋子逐渐走向了失控。为了秘密不被泄露，只能把人带回，永远地活埋在地下。

但没人想到，李氏临行前，还带回了那枚青铜古镜。

令人不解的是，这青铜古镜到底有什么魔力，古滇国的统治者甚至相信它可以摧毁一个国家。

一统天下的梦破灭，一个边陲小国一夜之间从历史上消失，就像塔克拉玛干的风吹过，把石头城都磨成沙砾。

"但一切都是推断，没有人能证明事实的确如此，但无论理由是什么，对于我们来说都不太重要。怎么能活下去，怎么能摆脱发病的命运，才是最重要的。"

无所谓对错，作为后人的陆厉站在这块碑的面前，也只是心有波澜而已。

朝代更迭，国家覆灭，彼时的人看来是滔天大事，但留给后人的，不过是石碑上的寥寥数语。

青铜古镜自从遗失之后，古滇国的国运就一直处于覆灭状态，如今突然兴起，也只有一种可能。

陆厉盯着看了许久，随后踩着飙屃的脚，来到背上。

"你这孩子怎么这么淘呢，哪都往上爬，快下来！"慎虚一直是忌惮这些的，别说地宫里的神兽，就算乡野地头的土地庙自己见了也得进去拜一拜。

陆厉看着碑上的文字，似乎有几处和其他的描摹颜色不同，颜料更浅。陆厉凭着直觉依次看下去，所有特殊颜色的字组成了一句简短的话：

——幽女后人以血启，以血封。国运祭典，承毁古镜者，古遗陆氏。

二十三个字，清清楚楚地写明了，只有幽女后人才能打开机关。青铜古镜若想发挥作用，需要陆氏一族在祭典上以血为祭祀。想要彻底毁掉，也需要陆氏的鲜血封印。除此之外，这枚传说中的古镜，任谁得到都不过是一枚普通的镜子。

其余几个人并不知道陆厉的身份，只有徐长东看热闹一般说道："柴

222

国森这个老狐狸，万万没想到这一层。就算挖空心思得到古镜又能怎么样，在他手里就是块废铜烂铁。"

不过这也有了一丝隐患，古镜该如何使用，是用来沿袭千年前古遗族的夙愿，还是彻底摧毁，都在陆厉的一念之间。

陆厉在石碑上依次按下这几个字，在手指离开石碑的瞬间，颛顼眉心传来"咔哒"一声，一块青铜翻开，露出了里面四四方方的暗格。

暗格里空空如也，只压着一块石头。下方是阴刻的花纹，用手简单试探就能摸出和那张照片中青铜古镜的背面花纹一模一样。

"我知道了，就像是钥匙，镜子放在这正好严丝合缝，镜子拿起来这就缺了一块。"小神婆终于看出了点什么，兴奋地说道。

古镜被人拿走，拍下了照片快递给了柴国森。但石碑上又分明写着，只有幽女后人才可以打开机关。

黎漾觉得脑子很乱，又觉得有一根很清晰的线在吊着整件事。

直到想到陆厉之前对自己说的那句话——五个人四具干尸，顾卫东最起码不会死在这里。

混乱之中的某一处被点燃，黎漾想到了另一个可能。

陆厉和顾卫东活着来到了这，陆厉凭借直觉打开了机关，但结局是顾卫东带走了青铜古镜，又把自己的衣服换给了陆厉。

黎漾和陆厉的眼神交汇，两个人应该是想到了同一处。

"所以在不知道我身份的情况下，按照石碑上的那句话，你觉得他会去找谁？"

黎漾顺着陆厉的猜测脱口而出："会去找古遗族后人，陆氏一门。"

毕竟幽女的后人不止陆厉一个，古遗族陆氏一门也有十几人。

沙石林外，是自沙坡上奔流而下的雨水，以汹涌之势灌进了地势低洼的地宫深处。

徐长东感觉身下越来越潮，伸手摸了一把竟然是不知道什么时候渗进来的水。

涌进来的水流浸泡着祭台上的黑红色污渍，浑浊的血水慢慢汇聚，开始顺着祭台雕刻的花纹缓缓流向赑屃座下。陆厉站在上方，看着祭台下的画面，突然觉得有似曾相识的场景出现在眼前。

猩红色的，流动的血液，空气里腥臭腐朽的味道。

但脑海里的画面就好像掉了帧一样，始终拼凑不出完整的始末。

赑屃随着水流的涌入而慢慢升高，四只脚从厚重的龟壳里完全伸展，成注的泥沙就如同倾斜一般，自赑屃脚下的机关里，猛然灌进整座地宫。

这是古遗族人对待闯入者最后的惩罚，地宫封闭，如果任由泥沙灌入，这里将再无祭台，中空的一切都将被填满。所有人的欲望、牺牲，都不再留下痕迹。如同历史上的每一次覆灭，轻而易举，干干净净。

地宫内的墙壁，部分是由沙土垒成，而非一体的石壁。水流的浸入，让沙土有了缝隙，缓慢地被侵蚀。当到达某一临界点时，便再也承载不了任何重量，轰然倒塌。

奔腾的水受到重力的牵引，直直地灌进地宫。一边是不断倾入的泥沙，一边是来势汹汹的雨水，堵住了所有人的生路。

陆厉的脑海里闪过艾力说的那个水潭，如今这个时候，没准会是条生路。

但当艾力带着所有人找到水潭的时候，面前的景象再次惊呆了所有人。原本不足两米深的潭水，早已经满溢，在没有丝毫微风的情况下，竟然离奇地掀起了层层波浪。

"这什么情况？死水哪来的浪？"慎虚的声音里透露着对水的恐惧。

陆厉看了一眼越逼越近的泥流，推了黎漾的后背一把："没办法了，眼下只有这一条路。"

黎漾拉了拉衣襟，扣严了最上面的扣子："那就走吧，在这也是等死。"

按照艾力和高叶的形容，大概在潭水中央的最下方，有一个形似漏斗的通道，从这边游过去就能通到水潭的另一个出口。

潭边的水深不过刚到胸口，唯一比较麻烦的就是大腿受伤的徐长东。

陆厉也没二话，从背包里拿出最后的绳索，打算把徐长东和自己绑在一起。但艾力却在这个时候接过了绳子："徐长东活着出去，我们才能从李成那里拿到钱。"说完，就把人绑在了自己的身上。

现在也不是该互相谦让谁来带病号的时候，陆厉把手电筒用布条缠在手腕上："那我在前面走，如果有什么不对，你们及时掉头。检查一下背包，不需要的东西都丢掉。"

慎虚此时弱弱地举手："我那个，我有点怕水，我小时候掉水缸里过。"

"应该不深，你跟在我后面，憋一口气就行。"

慎虚也不好在这个时候多说什么，只能反复地给自己打气，在岸边练习憋气的动作。

地宫里的水已经把小腿淹没了半截，回头再看，赑屃下方冲出的泥沙已经将原本的祭台完全覆盖。远远看去，赑屃宛如驮着石碑行驶在波涛汹涌的黑色海面。

所有人都在快速地检查身上携带的装备，黎漾丢掉了所有的东西，只留下了一把手掌大小的瑞士军刀。那把花了大力气带进来的火铳，在再三犹豫下也被丢弃。

小神婆还在笨手笨脚地整理背包肩带，黎漾看得直着急："别背着了，一会儿灌了水你游都游不动。"

小神婆嘟嘟囔囔道："可是这里面还有干粮，万一一会儿出去了没吃的，咱们这么多人……"正说着，黎漾突然看见她身后的水面上，慢慢露出一双巨大的眼睛。

第三十七章　铜镜神兽

"别回头，快过来。"黎漾连忙朝她伸手，但人在听到这种话的时候，下意识就是先回头看。

后面潜伏在水中的那东西，听见黎漾的声音，猛地一下腾空跃起，大半个身子暴露在水面外。黎漾无法辨认这到底是个什么生物，只能勉强看出它长着一个三角形的脑袋，正中间分布着大大小小六七只眼睛，刚才露出水面的那两只，就是最上方的两只。

小神婆还没反应过来，陆厉的绳子已经甩过去套住了小神婆。就在陆厉收力打算把人拉过来的时候，那东西的尾巴一甩，一下就钩到了绳子的另一端，这突如其来的怪力，把陆厉整个人都顺势带到了水中，连同小神婆和站在旁边不远的高叶也一起拖了进去。

慎虚想也没想，抬脚就要跟着下去，黎漾连忙把人一把拉住："你干啥去？"

"别瞎添乱了，怕水还逞什么能，跳水救人最后淹死的都是你这样的。你在这等着，我去。"

还没等黎漾行动，水里的陆厉已经跳到了那怪兽的背上，那东西转来转去找不到陆厉的位置，小神婆也趁着这个时候从水里挣脱开来，但高叶却被旋涡困住，始终没能露出水面。

慎虚跌跌撞撞跑过去，一把拉起小神婆："没受伤吧丫头？"

小神婆吐了口水，惊魂未定地摇摇头："受伤倒是没有，但是那东西长得也太吓人了。"

好像是个巨型的昆虫，又像个长了甲壳的蛇，总之，样子十分骇人。徐长东盯着那东西愣愣地道："七眼麒麟，上古神兽之一。"

黎漾听到这个名字之后，好像全身的汗毛都竖了起来，震惊地看着水里的巨兽。犹记得小时候看带画《山海经》的时候，就听说过这七眼麒麟。书中介绍说这神兽深谙人心，聆听天命，知万年沧海桑田，是守护神兽。有七眼麒麟存在的地方，必有上古神器。

但又有人说，七眼麒麟并不真实存在，各心有各样，你心中期盼什么，便会得见什么。

此刻看来，这七眼麒麟，又和那青铜古镜照片里背后的花纹一模一样。

慎虚显然也没看过《山海经》，听了这个名字并不觉得惊讶："麒麟？可这东西也没有脚啊。"

"无知。"徐长东瞥了一眼慎虚。

慎虚听到这个词极不乐意，一阵火蹿上来怒视徐长东："说谁呢？你别以为你四个眼睛你就有文化了。我走南闯北的时候你还在课堂上打小抄呢。"

徐长东气急，刚想回嘴，就听水里"扑通"一声。

麒麟的尾巴搅动着潭水，形成了旋涡，原来刚才水底的暗潮都出自这东西之手。陆厉趁此机会从水中跃起，站在那麒麟的后背，试图控制住它。

那麒麟好像感觉到了后背的异样，向前一个躬身就想把陆厉甩下去。陆厉一个没站稳，从它后背跌落，但此时它脚下的旋涡正猛，只要掉下去就极容易被卷走。且高叶被困了这么久，再这么僵持下去，很快就会体力不支。

黎漾的心提到了嗓子眼，就在准备动身去帮忙的时候，陆厉猛然抽出手里的匕首狠狠地扎在了那麒麟的后背，把自己吊在半空。

七眼麒麟后背被扎了个窟窿，动作更加狂躁起来，粗长的尾巴在水里狠狠一拍，水花溅到了所有人的脸上。

"你包里还有绳子吗？"黎漾问艾力。

艾力翻找了一下，好在还有一条："有是有，但是好像不是很长。"

黎漾把绳子展开看了一眼，也估摸了一下大致距离应该可以够到高叶的位置。黎漾二话不说打开绳子的一端缠在腰上，快步朝水里冲过去。慎虚一把捞起黎漾的胳膊："刚才还说我，你这会儿下去有什么用？"

"我有绳子，还会水，实在不行你再把我拉上来，不会有问题的。"

陆厉现在脱不开身，艾力又要照顾着受伤的徐长东，能指得上的就只有黎漾了。

不进水里不知道，这东西像是充了电的永动机一样，力气极大。黎漾再怎么用力也游不出向前的一条直线，本来已经看好了高叶被困住的方向，现在下来之后却只能眼睁睁地看着，就是近不了身。

溅起的水花不停地朝脸上招呼，黎漾基本睁不开眼睛，只能凭着高叶的喊声前进。

转了几圈之后黎漾终于摸到了什么，不知道是衣服纽扣还是裤腰带，总之有点硬。黎漾浮起来吐了一口嘴里的水，抹了一把脸之后睁眼。看清手里的东西之后，吓得黎漾差点又钻回水底。

自己什么时候游到这麒麟边上了？刚才摸的硬硬的东西竟然是这麒麟的皮！

那东西好像感觉到脚边有异样，身后的尾巴猛地向黎漾扫过来。"啪"的一声，正好扫在了黎漾的腰上。黎漾下肢好像已经没有感觉一样被它夹在尾巴和身体之间。胸腔里一口血上涌，就快要从鼻孔里蹿出来。

那东西瞬间又移开尾巴，黎漾回头看了一眼好像又有再一次扫过来的架势。

黎漾赶紧脑袋一低潜进水底，黎漾在水底下摸索着位置，却无意中看见那七眼麒麟的身上好像钉着一个什么东西。黎漾凑近看了一眼，好像是截木头，尖锐的一头插在了七眼麒麟的胸前。稍稍触碰，水中的麒麟就极痛苦地扭了一下身子，黎漾吓得赶紧退开了几米远，再一次露出头。

外面的陆厉处于下风，面对七眼麒麟这种庞然大物，换谁也束手无策。而且又是在水中，明显是它的主场。

黎漾找了一圈，终于看见了旋涡中心的高叶，奋力向那里游过去，一把把人捞起。

高叶好像在濒死之际抓住了救命稻草，狠狠地环住了黎漾的脖子，把黎漾差点勒得窒息。

"放松点，你这样我们俩都走不了。"黎漾尽量安抚她的情绪，高叶这才慢慢地松开了手。

黎漾这边固定好她，那边对着慎虚喊拉人。腰间的绳子慢慢收起，两个人一点点地靠近岸边。在逐渐靠近岸边的一瞬间，黎漾突然想到了什么，回身朝陆厉喊："木锥，这东西胸前有个木锥。"

陆厉听见黎漾的话，一个猛子就扎进了水里，然后潜水靠近。那麒麟的身子足有好几米长，为了不吸引它的注意，只能从后面绕过去，来到插有木锥的胸前。陆厉屏住呼吸，双手握住木锥，奋力向下拔了一下，但是木锥丝毫未动。

本来在水下就不好用力，加上这木锥插得极深，陆厉待了一会儿氧气耗尽，只好把脑袋伸出去换气。

但是这一露头，却正好对上那低头看下来的麒麟。

七只不同颜色的眼睛同时齐刷刷地看向陆厉，陆厉只觉得浑身一僵，整个人像被钉在原地一样。

七眼麒麟，深谙人心，聆听天命，知万年沧海桑田。

陆厉快速闭上双眼，告诉自己不要直视它。紧接着再次深吸一口气，重新潜入水底。

这次没游多久，就看见那木锥再次出现在眼前。陆厉两只手重新攀上，狠狠地向后拔去。

这一次十分惊喜的是，那木锥竟然有了明显的松动，甚至水中还会有丝丝的血渗出来。这木锥看样子已经和这七眼麒麟共存了许久，部分已经融入了血肉中，成了身体的一部分。

陆厉心一狠，全力往起拔了一下，拼尽了撕裂两只胳膊的力气，逆着水的阻力往后使劲。

紧接着整个人向后一翻，终于连血带肉地把木锥拔了出来。

那七眼麒麟瞬间开始狂躁，好像有人动了它的命门，在水里疯狂地舞动。

最后只听见"轰隆"一声，接着就是巨大的水花溅起，扑了陆厉满脸。

水幕来临，陆厉感觉像是被罩在水里一样，渐渐地看不清外面的东西。黎漾的叫声，小神婆的呼唤，一瞬间身边的一切都开始变得模糊。

陆厉像是被一只巨手拉进了海底世界，任由他怎么挣扎也摸不到边。

紧接着，身边一片升腾的雾气，陆厉整个人都穿梭在云里雾里，迷迷糊糊之间，陆厉仿佛看见了成千上万的人跪在冰冷的祭台边，伸出双手，好像向天在祈祷些什么。祭台的下面是铜铸的花纹，正中央是一只驮着石碑的赑屃。

古遗族画像里的幽女，蒙着面纱在主持这场神秘的仪式。在所有的祷告结束后，幽女捧着那枚青铜古镜，放在赑屃眉心的暗格处，并在最后，用鲜血重新描摹了一遍碑上的文字。

随后幽女转过头，于千百人之中看向陆厉。

目光森森，周遭的一切都安静下来。

"古镜封印，千年后天机成熟，由陆氏后人重启，祭典之时重置于古滇祭台，可覆灭敌军。如作他用，凡古镜所到之处，必以血为祭。"

陆厉身在幻境，但虚实之间又让人难以分辨。仰着头，迎上面前那道幽深的目光："朝代更迭，历史必然，不应有恨。"

幽女的眼神凌厉，目光射出寒剑，回手伸向石碑下方，两掌翻开向上起势，从祭台深处引出了滔天巨浪。

陆厉抬手遮挡，下一瞬只觉得铺天盖地的水朝自己砸了过来。水势滔天，暗流涌动，自己被困在旋涡里浮浮沉沉。一瞬间，视觉听觉通通消失，除了有水灌进耳膜里的声音之外，再难听清其他。

只能隐约感觉到，来自祭台方向，古遗族人祈祷的吟唱，声音凄厉，像是消亡之前最后的祷告。

巨大的力量挟裹着自己的身体，无论怎么挣扎都无法逃离。天地颠倒，水流推着自己向左右的石壁撞击，猛地一下，陆厉的后脑撞到了凸起的石峰，潺潺血丝在水中蔓延，陆厉只觉得两眼一黑便昏了过去。

重启青铜古镜，是陆厉的天命。但彼时的覆灭敌军，现在又意味着什么？如今生活在中原十万大山深处的古遗族人，对于当时的预言来说，是国民还是敌军，不得而知。

第三十八章　噩梦轮回

夜晚露重，树林中的草叶子上结了一层水珠，压得草尖垂在地上。不知名的爬虫绕着一块石头跳过去，正跳在一只尚有温度的手上。

骨节分明的手抖动一下，惊走了小憩的虫子。

陆厉浑身酸疼地爬起来，发现自己趴在岸边，两只脚还深陷在淤泥里。这熟悉的场景，熟悉的月光，让他陷入了巨大的恐慌中，似乎有什么一下子猛地钻进脑袋里。

五年前，同样的时间，同样的树林，同样的龙王潭……

陆厉挣扎着爬到了岸边，喘着粗气捧起潭中的水，狠狠地搓了一把脸。

整件事情就像是一个怪圈，兜兜转转最终竟然还是走回到这。五年的时间好像被轻轻掠过，沙漠和龙王潭，一个是终点，一个是起点，交替更迭，首尾不清。

但这一次相较于之前，不同的是陆厉还清楚地保留着沙漠里的记忆。为了躲避望尸鸟，所以机缘巧合进入石缝，发现了当年和顾卫东同行的队友，也看到了古滇国的祭台，紧接着……

紧接着自己似乎在幻境里看见了祭祀的场景，然后水浪滔天，这分明都不是梦。

想到这，陆厉突然在自己上衣口袋里翻找。这一次没有怀表，连同自己随身带着的所有物品、照片，统统不见，只剩下一张字条。

依旧是那四句打油诗：

浪起不见水，
梦来寻无人。
天翻覆作地，
镜碎了无痕。

同样的字迹，却是不同的纸张，很明显是在自己昏迷之后重新放入的。

陆厉不得不让自己在这个时候冷静下来，细细回想这一路上的所有。经历过沙漠里的一系列事情之后，字条中的意思已经显而易见。

浪起不见水——指的应该是所有人第一次遭遇的流沙。沙坡流动，变换了地宫的形态，也让原本看似并不能移动的村庄和河流改路，形成外人口中相传的漂移地形。

梦来寻无人——应该说的是地宫中所见到的似真非真的一切。看似真实，但却不符合常理，更像是一场梦境。

天翻覆作地——地宫的每一次颠簸，水流冲来的时候，都印证了这个说法。

至于镜碎了无痕，预示的又会是什么……

一阵凉风吹过，吹醒了脑子一片混沌的陆厉。他忽然又想通了什么。

……

传说中的十万大山，位于广西的西部，地处西南。山脉东起广西，西至中越边境。壮阔千里，连绵不绝。也因为特殊的地势和隐蔽性，才能让古遗族这一小支安居瑶寨，隐姓埋名生活至今。

细说起来，如今还生活在十万大山中的古遗族人并不多。因为物资的匮乏和生活交通的不便，早在几十年前，就已经有人开始陆续搬离瑶寨，定居城市。

但每一个古老又执着的部落，都有一群坚定的守护者。如今依然留在山中生活的，除了一些习惯绿水青山的老人外，就是幽女一族的后人。

幽女后人分三姓，除了陆姓为首的山主之外，还有两姓旁支，分别是曹、严两家，为山主的附庸，称为旗主。

陆厉当初离开瑶寨的时候，分别从三姓里各带走了一人，四个人年龄相仿，也是从小一起玩到大的好兄弟。没想到四人去一人回，陆厉也为此平白遭受了许多质疑。

自从古滇国国运有了复苏的态势之后，当初离开十万大山的人又搬回来了大半，都想等着看国运是怎么重新昌盛的，换句话说，想看看自己是不是也能在其中捞到些什么好处。

作为族里的领导人，也作为这一代继承山主位置的人，陆厉如何说如何做，就成了所有人关注的焦点。曹、严两家虎视眈眈，说没有取而代之的心不可能，在这大山里生活了半生，谁不想走到山顶头去看看，看看外面的世界到底是何等的繁荣昌盛，谁不想做一做当年古滇国青铜技艺灿烂于世的梦。

但他们生来就只能躲进大山，连自己的民族都不被承认。如今的青铜古镜，就寄托了所有野心家的希望。

但第一次出山，就遭遇到了如此大的重创。和陆厉同一代的年轻人，都折损在了沙漠里。闲言碎语杀死人，话传来传去，陆厉就成了那个铲除异己的小人。但因为有陆氏族长做靠山，谁都不敢明面上发作。

所以陆厉从龙王潭醒来后，只回来过一次，因为冷眼，也因为愧疚。当所有人死去，活着的人就成了讲故事的狼。陆厉以为，在一切的秘密被查清楚之前，自己不会再回去，但这一次，秘密却好像就在山中。

客运汽车停在渡口，上午九点半和下午三点半会有两只小筏子停靠

234

在岸。不要问师傅坐船多少钱，要问今天下不下雨。师傅说下雨，那就是在等瑶寨出山的人回来，要在岸边稍等一会儿，等人来了再一起走。要是说不下，就说明不在等人。给上些钱，师傅就会撑船顺着河水，把问天气的人送到寨子口。

撑船的老师傅常年往返于瑶寨和山外的渡口，只有他们能认回寨子的路，一代人老了，再将路线和行船的方法传给下一代，世世代代传下来，没有纰漏，也不会引外人进山。

陆厉是不用问这些的，每一个撑船人的基本功，就是要认得族里的每一个人。搬走的留下的，每一张脸都要做到心中有数。不是旁人随便谁问下天气，都能乘船进寨。

五年没回，撑船人已经换了新的。掌桨的是老陈师傅的儿子，大家都顺口叫他小陈。小陈从没见过陆厉，当初父亲带着自己开生面的时候，看的也是陆家老宅留下的照片。

照片上的人不过十六七岁，短短的寸头被太阳晒得很黑，笑得也灿烂。小陈想，山主的日子就是比撑筏子要好，每天都在笑。

但如今看了真人，大概明白了不是那么回事。人小时候总是会无忧无虑一些，按照陆厉现在的年龄来看，也不过刚过二十五岁，比自己也大不了太多。

但才二十五岁，神态就已经跟之前大不相同了。

途中有几次小陈都想问问他外面有没有什么好玩的好看的，但都忍住了。

行船不语，也是规矩。

有些话，有些目的，连水里的鱼和天空的鸟都不能听。

小筏子穿梭行驶在两岸丛山之间，水面是陆厉的半截倒影，陆厉下意识伸手去点了一下水面，自己的影子就一圈圈地破碎开。

第三十九章　瑶寨

船行了大概半个小时，到了瑶寨的入口。下了船，要踩三级台阶上去。一切都是五年前的模样，或者说，这里的样子已经几百年都没什么太大的变化。

刚刚迈进寨子口，就已经有人忙下来替陆厉付了船费。

老齐是陆家的管家，也是从小看着陆厉长大的。陆厉父母早年病逝之后，就留下个十七岁的孩子管家。老齐和他两个人，一主一仆，亦仆亦友。

"怎么突然想通要回来了，电话里也没说清楚。"老齐走在陆厉左侧后半步的位置，保持自己的身子不越过陆厉。

"有事要办，寨子里这两年有什么生人来吗？"

老齐摇摇头，手上示意陆厉小心脚下的台阶："应该没有，只是曹、严两家，最近又搬回来了不少人。不过后生伢仔们当年出生的时候都上了族谱了，这几年每年也都会回来祭祖，确认过了不会有错。其他时候各家的宅院都关着大门，里面来往的都是什么人就不清楚了。"

虽然占遗族自我封闭，但生活在大地间，总做不到丝毫不透风。但来往的人大多是族里这几大家子信得过带上来的人，所以暗地里也没人细追究这些。

"没人提过要选新山主的事？"

老齐犹豫着开口："哪能不提，曹、严两家闹得厉害，族里人也没有主心骨。都说能拿回青铜古镜复兴古遗族的人，就是下一任的山主。但是古镜现在没着落，说闲话的都被你姑母压下去了，还算平静。"

古滇国以母为氏，幽女后人也是世代传向女支。无论长幼，都由女子继承幽女身份。如果无女，再由子继承。所以幽女只是族内的身份，无关性别。

陆厉的母亲是幽女直系后人，父亲是外姓，所以父亲那一支的亲属本身在族内并没有太多话语权。但陆厉父母身故后，是姑母何三娘把陆厉抚养长大，一路帮衬到了山主的位置。所以对于这位姑母，大家还是会给几分面子。

只是如果国运的事情始终没有结果，这几分面子能撑到什么时候也是变数。

"就是……"

"就是什么？"

"就是现在族里都在传，说曹家找到了青铜古镜，现在藏在别处。是真是假还不清楚，但有些话总不是平白生出来的。"

古遗族里的这三家，势力交错纵横，互相渗透。谁也防不住自家宅院里有没有别家的耳朵，齐叔能听到这些话，当然也有他的渠道。

曹家是最早搬出去的一支，除了曹姓的几位族长之外，其余的都在外经商。靠着祖上传下来的青铜铸造手艺和天生对青铜器的敏锐洞察力，面子上做些工艺品生意，背地里也倒腾一些古玩珍宝。

现如今的当家旗主叫曹华之，地地道道的生意人。当初听说古滇国国运再次复苏的事，也是他最先回到寨子里，要派人一起去找青铜古镜。旁人信不过，还叫上了自己最宝贝的儿子曹彰。曹彰和他爸爸的性格天差地别，曹彰对权力没有欲望，倒对自己这个小小年纪就能坐上山主位置的哥哥言听计从。

逢寒暑两假，都要回到瑶寨找陆厉玩。

曹华之起初安排他同去，他还老大不愿意，直到后来听说陆厉带队，高兴得不得了。他原本是为了锻炼儿子，想在青铜古镜这件事上分一杯羹。不管能不能拿到东西，这一趟出了力，日后在族里，对曹家来说也是添光彩的一件事。

不说别的，单说族内这些有着独家手艺的老师傅，要是能有两个肯去自己店里帮忙掌掌眼，自己的生意也不是现在的规模。但这些冥顽不灵的老顽固，只肯听姓陆的一家。

儿子死后，闹得最凶的也是他。

时间到了傍晚，夕阳西下，陆厉直奔南边最远的曹府，齐叔也只能跟着。

"不回家了？"

陆厉低声应答："先别告诉姑母我回来的事，晚上我去别院住。"

曹家的院子是典型的徽派建筑，多半是在那边做生意比较久，对这种风格也情有独钟。远处看去就是白墙青瓦，映衬着瑶寨周边的山山水水，更显独特气质。

刚迈进门槛，门厅里连花带水地就扔出来了一只青瓷瓶，"哗啦"一声碎在陆厉脚边。

紧接着就是女人的哭喊声，旁人的撕扯声，乱作一团。

曹华之怒不可遏："捆起来，你们都是死人了？赶紧都给我捆起来！"

又跑上来两个更夫，把那发疯的女人架着拖到了后院。曹华之掏出手绢，擦了擦光亮的头顶，嘴里嘟囔着："这真是造了什么孽。"

"曹叔，怎了这是？"陆厉远远地问了一声。

看见来人是陆厉，曹华之的表情更加不友善："你怎么回来了？"

"有点事要办，刚到寨子，来和您打个招呼。"

一声冷哼从鼻子里挤出来，曹华之没搭理陆厉，整了整袖子转身进了堂内。

陆厉跟着往里走，目光看向被拖走的女人："那是谁啊？"

齐叔压低了声音："续弦，三年前娶的，跟着从外面搬进来，来了没多久就发病了。"

"这两年发病的人多吗？"

"还好，但每个月都有那么一两个，人心惶惶的，生怕下一个就是自己。"

正厅内挂着一张巨大的山鬼图，下面是两只双耳蟠龙瓶，里面不合时宜地养着几根墨竹。随着曹华之坐在右侧旁座，陆厉径直坐在了主位。

族内的规矩，山主在场，旗主只能坐旁座。

曹华之也有些恍惚，好像不久之前，坐在那的还是个毛头小子，今日再看，和从前已经大不相同。许是不甘心始终只能坐在一旁，不甘心走路要始终退在山主后面半步，曹华之那颗想爬上去的心，这几年蠢蠢欲动。

世世代代都做旗主，有哪个不想尝尝做山主的滋味？

"最近这几年，我在外面也得了些消息。咱们族内的事，情况很复杂，有许多是历史遗留的恩怨。国运复兴不复兴的，我觉得都是后话，眼下是怎么能让村里这病都不再发了。"

陆厉言语恳切，尽量把自己放在晚辈而不是山主的位置。

曹华之漫不经心，眼睛始终没落在陆厉身上："这话说的，就好像是我让这病发起来的。你们陆家当年说得好听，扯什么身负重任，这么多年过去了，族宗找到没有？青铜古镜的下落呢？"

加上李成陆续传来的这几页，古遗族宗的全部内容，陆厉这几年基本已经收集完整。但这件事是绝不能外传的事，更何况曹华之现在黑白尚且不明。

"我还在找。"

"呵。"曹华之跷起二郎腿，发出一声冷笑，"要我说，这件事你别管了。自从当年祭典之后，就开始有人发病，这病的源头跟国运肯定有联系。你们陆家就老老实实地等着，等我把青铜古镜找来，你们重启，国运一兴，没准财富有了，这病就烟消云散了。"

陆厉眼神冷了下来，看着曹华之："你怎么知道，只有我们陆家人可以重启青铜古镜？"

意识到自己说错话的曹华之，眼神闪躲，但随后又意识到没什么可避的："你们厉害啊，但凡古遗族的事，有离了你们陆家能办的吗？"

陆厉没在字眼上和他过多纠缠："作为晚辈，我奉劝你一句，国运兴亡，没有你想象的那么简单，搞不好还会反噬自身。你在打什么算盘我也知道，不要妄想一块青铜古镜能帮你左右什么，大家平安无事最好。"

曹华之的心里打鼓，但表面上没有透露分毫。

这时候外面慌慌张张地跑进来一人："不好了，那个女的……"那人进来在看到陆厉后，明显愣了一下。

曹华之也连忙呵斥："没看见有人说话呢，出去。"

来人应声连连后退，走到门口还时不时地回头看看陆厉。

该说的话也说了，曹华之的态度也试探出了大半，没什么再坐下去的意义。

"该怎么办，曹叔自己权衡。"陆厉只留下这句话，面上还是客气地道了别才走。曹、严这两家的旗主，陆厉都再了解不过。曹华之是典型的火炮性格，贪念重，胆子大，但城府不深。这些年虽然在外面做生意，但随着生意越做越大，便开始惦记起了古遗族内的大小事务，试图想坐一坐山主的位置。

早在当年古滇国灭亡的时候，幽女就早已经为族人备下了足够后人衣食富足的金银。单是铸造的手艺，就足够族人吃喝不愁。其中一少部分放在陆氏宗祠地下，其他都散落埋藏在各地，具体位置也只有族宗上才有记载。

然而族宗，向来只有古遗山主才能承袭，无论是族内现如今残存的部分，还是当年因为战乱流落在外的部分。这些年曹华之也没有放弃寻找族宗，只不过每次消息都落后陆厉一步，几年下来，竟然毫无收获。

不过单是宗祠内的金银财宝，就足够这许多人生存至今，经过这些年几代山主的细心经营，颇有些积累。一旦获得古遗族的执掌权，自然也能顺理成章地承袭这些财产。

这次他把青铜古镜盯得这么紧，估计也是得到了什么风声，知道青铜古镜的重启关乎古遗族的命运。曹华之的盘算很简单，找到青铜古镜，带领族人改运，承袭山主的位置，也承袭古遗族的财富。

但陆厉始终担心，自己在幻境中听到的那句话——

"古镜封印，千年后天机成熟，由陆氏后人重启，重置于古滇祭台，可覆灭敌军。如作他用，凡古镜所到之处，必以血为祭。"

这个所谓的覆灭敌军，是否就包括现如今生存在十万大山的古遗族人？

而古遗族内陆续发病的原因，又是不是和五年前青铜古镜的丢失有直接的联系？

陆厉走后，曹华之始终觉得心里不安，思来想去，还是拨通了电话。

"那小子回来了，现在怎么办？"

电话的另一端，柴国森看着面前层叠的山峦，声音低沉，语气却松弛："什么怎么办，人齐了，自然好办。"

挂了电话，茶桌对面的年轻人给柴国森面前的杯子满上。

"那咱们什么时候过去？"年轻人的脸上，是一道醒目的伤疤，从眼角斜划向脸颊。好在没有破相，倒是平添了一丝粗犷的野性气息。

柴国森没急着回答，端起茶杯慢慢地品了一口："不急，小顾啊，你跟了我多少年了？"

"今年，第六年了吧。"

"六年。"柴国森语气轻松地说，"六年不长。"

顾卫东面色依旧，看不出喜怒。

第四十章　顾卫东

"去把化尸窟里的人都处理掉，然后到这和我会合。"柴国森递过来一张写着位置和暗语的字条，顾卫东抬手接过。

柴国森凑在顾卫东的耳边，用只有两个人能听到的声音说："最后一件事，办得干净些。不要耍花招，黎漾也在这。"

听见黎漾的名字，顾卫东的眼神中总算有了一丝松动。柴国森满意地拍了拍顾卫东的肩膀："好孩子，只要拿到了青铜古镜，以后穿金戴银，柴叔少不了你的。"

同样的话，五年前顾卫东也曾听过。

当年顾卫东跟着工程队在花卉园旁边修建筑，三百块钱一天，是个不错的价格。刚干上不久，附近就来了一群大学生，说是什么写生的夏令营，要画花卉园里的花。

即使只有一门之隔，他也没去看过，门票就要三十五块钱一张，还不如两份盒饭来得实惠。

有时候中午休息，顾卫东在脚手架上坐着朝里看，总能看见不少年龄和自己相仿、背着画板的学生。有个穿白裙子的姑娘，每天总是早早就到，待到很晚才走。画完了画，就举着一只粉色的手机拍花拍草。

直到有一天，这姑娘看见了不远处的顾卫东，举着手机走过来，让他给自己和一棵树合个影。顾卫东摁下快门，画面里是蓝天白裙，还有姑娘灿烂的笑脸，明艳得让人有些晃神。

两个人慢慢地说了许多话，顾卫东知道了她叫柴月萌，是美术专业的大三学生，知道她爸爸是做古董生意的老板，知道她其实也是被父亲抱养的孤儿。

　　那是个没人知道的秘密，她只说给顾卫东听。柴月萌忽闪着眼睛，像有星星落在里面。顾卫东想起和黎漾在孤儿院偷东西吃的晚上，月光照进窗户，也是一样的心动。

　　柴月萌把顾卫东介绍进了父亲在云南的商铺，顾卫东踏实肯干，脑筋又灵活，慢慢地柴国森也放心交给他不少灰色的工作，包括一些地下的古玩交易，甚至有时候还会让他和那些土夫子一起去地下拿些东西上来。

　　都是脏活累活，但顾卫东并不介意，毕竟能有钱赚，也有盼头。

　　如果那时候顾卫东能想得通透一些就会知道，柴国森从始至终都没有把他当成自己人。毕竟因为有柴月萌的关系，顾卫东为他办事自然无不尽心。万一真出了事，当成阻碍一脚踢开也没什么不行。

　　起初是不好意思和黎漾说，毕竟自己是托女人的关系赚钱，到后来是不敢说。如果黎漾知道自己的钱都是哪来的，一定不会允许自己再这么做下去。

　　一百万，顾卫东想着，能攒够一百万，就不再做了。

　　可是没几天，柴月萌就出了事。起初只是联系不上，直到看见新闻，才知道发生了什么。

　　但再见柴国森的时候，发现他倒是并没有颓丧太多，反而十分坚决地认为，柴月萌还活着。那时候警察还在搜救，一切都还没有定论，柴国森就已经找来了一行人，让他们先到塔克拉玛干去拿一个东西回来。

　　他十分坚决地认为，那东西和柴月萌的失踪有着必然的联系。

　　柴国森拿了五十万出来，说是这一趟的酬劳，起初顾卫东想推辞，毕竟找到柴月萌也是自己的责任。但是想到还睡在旅店木板上的黎漾，又只好收下了钱。预付款五十万的酬金，自己还有没有命活着回来都是未知数。

如果这一趟自己回不来，最起码黎漾还能生活宽裕些。

结果这一走，主动也好，被动也罢，五年都没有停下脚步。

……

夜晚，回到别院的陆厉把李成传来的五张符文，加上快递里的照片和慎虚手里的几张地图拼凑到一起，又重新找来新册，一字一句地誊抄。五年时间，总算凑成了一本完整的古遗族族宗。只是这族宗里，却始终缺少最重要的东西。

从沙漠出来之后，陆厉又收到李成传来的其余两张。当初事先说好，李成要收到他的人活着的信号，才会传最后两张，看来徐长东的确还活着。但是自己派去的人都说没在新疆见过徐长东、高叶几个人的身影，易货行也没什么动静，那人到底去哪了？

想到这，陆厉难免心烦意乱，换了个号码又给禅达的那间"云情客栈"打过去，这次接电话的不是候姐，换了个娇滴滴的女声。

得到的答案也是一样，前台工作换了人，叫黎漾的也没回来过。

于雷那边依旧没有消息，陆厉也不知道在期盼什么，但总觉得心还悬着，始终不落地。

族宗记载的内容并不完整，但也可以梳理出整件事的大致脉络。

灵龟卦占卜出的国运复苏是个预言，预示着青铜古镜即将现世。而为了破解这一切，陆厉又带人进入沙石林，遇到了顾卫东一行人。于是青铜古镜离开地宫，重新现世，完成了灵龟卦的预言。

冥冥之中，一切早已都是定数。

族宗里清清楚楚地写着，青铜古镜现世之日，古滇国国运复苏之时。

按照地宫里石碑上的指示，所谓的国运复苏，就是覆灭敌军，也就是陆厉最担心的。如果青铜古镜真有《蚩尤残卷》中记载的神力，那一旦重启，必然就是生灵涂炭。

现如今看来，青铜古镜的处境十分危险。

正写着，窗户边一个人影突然闪过，奔着厨房过去。

别院这个时候没有人，只留了前厅一个更夫和齐叔。更夫不会到后院来，这个时间点齐叔也早睡了。

陆家的庭院是很传统的古遗族设计，丁字形的院落，大门处离后屋有很远的一段距离。中间一条高墙围城的胡同，四个隐藏在墙里的暗门。左边通向花园，右边通向别院的水系。外面看起来严肃古朴，但其实里面更像是江南的水乡院落，不太熟悉地形的人很容易迷路。

厨房里的灯光昏暗，只能借着外面的月色勉强辨认方向。稍有不慎，锅碗瓢盆统统掉落，发出刺耳的声音。

"啪"的一声，明晃晃的灯突然亮起，让人短暂地发盲。

陆厉把人拉过来一看，竟然是黎漾。

大概飘飘忽忽了数日的心，总算稳稳地落在了地上。

……

陆厉坐在书房的椅子上，看黎漾在屋子里踱步，消化自己刚才和她说的话。

"那你的意思是，你也不知道发生了什么？"

陆厉已经是第三次点头确认，黎漾又问："还是在龙王潭？"

"这些话你都问了我好几遍了。"

黎漾两步迈到陆厉面前："就说是啊，我都问了这么多遍我还是不信，你是怎么从沙漠里晕过去，又在龙王潭醒过来的，还是两次。"

陆厉顺手从旁边拉来一把椅子："那你就坐下听我说。我下去之后，到底发生什么了？"

"其实，我也不知道。"黎漾说。

陆厉下水之后半晌都没浮起来，高叶猜测很有可能是水底的旋涡把人吸到了潭水的另一个出口。当时的泥沙已经冲了下来，堆在所有人的小腿位置，没有太多时间再犹豫。

很奇怪的是，在陆厉消失之后，水里的那只七眼麒麟也莫名其妙地不见了，最离谱的是，连高叶身上被七眼麒麟攻击后的伤痕都消失得干干净净。

水里的旋涡却依然很大，像是倒映在水里的龙卷风。

"我感觉我都没在水里。"黎漾说。

"那在哪？"

"在洗衣机里。"

人很难承受如此高强度的旋转，加上缺氧，黎漾整个人很快就失去了意识，等再醒过来的时候，才发现自己被关在笼子里。

"你知道是什么样的笼子吗？就是我们在化尸窟里见到的那种。之前我们两个在那里面躲过我知道，材质、大小，全都一模一样。而且我猜，小神婆和慎虚他们，很有可能也被抓来了。"

黎漾被单独关在一个房间，整个房间空荡荡的，只有一只铁笼。

"我说实在的，挺浪费，你说要是不想让我走，把我关屋里不就行了，还费那么大劲关个笼子干吗？"

陆厉心想，关个笼子再把屋子锁个门都能让她跑出来，更何况没笼子了。

黎漾出来之后天就已经是傍晚了，再一看四周都是山，自己刚从沙石林死里逃生，没吃没睡，要是这时候跑进林子里，估计不是体力不支掉下山去摔死就是饿死在半路。

好在路上听见两个人聊天，说东边的陆家别院好多年没人了，估计过阵子曹家会搬去。黎漾想着，莫不如就找个没人的院子先休息一晚，明天趁着天不亮自己再跑。

没想到误打误撞地，还跑到陆厉这来了。

"你还记得关你的院子长什么样吗？"

黎漾环顾四周："我看都一个样，像古代建筑，跟你这里也差不太多。"

古遗族的建筑古朴，基本都是古代风格的大院子，尤其三姓的老宅，都是在百年前建起来的院落，没有太大差别。

陆厉注意到黎漾胳膊位置蹭到了一条白灰，连忙拉过来看："这是出来的时候蹭的？"薄薄的一层布料被划破，皮肤也被刮开了一条口子，有丝丝血迹渗出来。

黎漾看见，漫不经心地拍了拍："哦，应该是吧。"

陆厉还记得，从曹家出来的时候，院墙外正在重新粉饰，白墙黑瓦，泾渭分明。

看来兜兜转转一大圈，真正的根烂在自己的地里。

黎漾把袖子扯回来："你和他们不会是一伙的吧，在这演我呢。"

陆厉起身去卧室拿药箱，黎漾寸步不离跟在身后："这事太说不通了，你们古遗族的人，古遗族的事，无论再怎么找也不可能找到我的头上。唯一的可能就是你怀疑顾卫东，你觉得是顾卫东拿走了青铜古镜，你想拿我要挟他，让他把镜子拿出来。"

陆厉站住，黎漾也随之站定："但你要真是这么打算的那就错了，如果顾卫东还活着，这五年都没联系过，你想想，我俩关系得多淡薄，你指望用我做筹码这件事就免谈吧，你赶紧另寻个别的办法。"

药箱里面只有医用纱布和碘伏，好在碘伏还在保质期，陆厉拿棉签蘸了一些，握着黎漾的手臂，涂在伤口上。

黎漾瞄了瞄伤口，又看了看陆厉："你这是采取什么战术，怀柔政策？"

"你安静一会儿吧，我脑袋都要炸了。"

黎漾不再开口，看着他涂好了药，又用纱布一圈圈地缠好。陆厉将药放回了药箱，靠在柜子前面："我用陆氏声誉跟你发誓，我不知道他们为什么抓你，这件事跟我没有关系。"

这话让人听了还觉得有点愧疚，用一家子的声誉大事发誓，未免有点太恶毒了。

陆厉缓缓开口："抓你的那家应该是曹家，我怀疑曹华之和柴国森背地里有联系。"

"柴国森？为什么这么说？"

"曹华之对外面的事知道很多，包括重启青铜古镜要用陆家人的鲜血这件事。这件事族宗上没有记载，唯一的信息是我在幻境里听到了幽女的话，那我没说，曹华之是怎么知道的？"

黎漾的脑袋明显已经转不动了，陆厉紧接着说："唯一的可能，是当时的顾卫东在拿走了青铜古镜之后，也进入了那个幻境，知道了一切。"

"那你怎么肯定，顾卫东这么多年还在为柴国森做事？"

"曹华之家里正厅摆了一对双耳蟠龙瓶，那瓶子是价值连城的宝贝，早些年被柴国森收到了一对，未免太巧合了，怎么这么巧就出现在瑶寨？"

黎漾顺着陆厉的思路继续想："所以曹华之把我留在这，是为了牵制顾卫东？"

陆厉摇头："不是曹华之，顾卫东对于他来说并不是露在桌子上的明牌，想牵制顾卫东的人，是柴国森。"

这样理解，一切就都能说得通了。

为什么柴国森这种对人始终心存三分戒备的人，会容留黎漾在身边这么多年？为什么既信任又防备，让黎漾觉得自己就在真相附近徘徊，却始终触碰不到最核心的真相？目的只有一个，为了能时时刻刻监控她的动向。

　　只是顾卫东，这个局里，他扮演的到底是什么角色？

　　曹家的院子里此时灯火通明，管家保姆出出进进的，面容严肃。白天报信的人跑进来摇摇头："都找了，没有。"

　　电话响起，是远在新疆的号码。

第四十一章　拉桑的秘密

达姆的儿子拉桑在电话里和曹华之讨价还价，说大水冲散了羊群，现在已经无家可归，问曹华之能不能再给加五万元。

曹华之本就被黎漾跑了的事搅得心烦，对着电话骂了一句："找你带个路你要出天价了，还要到老子头上来了，不长眼的东西。"说完没给对方说话的机会，直接挂了电话。

拉桑看了看小宾馆床上发着高烧的母亲和湿了后又阴干的衣服，从口袋里掏出了陆厉当时留给自己的号码。

达姆和拉桑曾经居住的那片沙域，在沙漠中被叫做幻海。因为常年有流沙流动，所以人走在里面，会感觉像漂浮在海上。流沙会在顷刻之间改变地形地势，原本的沙丘变为平地，原本的平地又变成沟壑。

因为沙漠中的参照物较少，风沙扬起的时候整座村子都会被隐在沙尘里，看起来就好像凭空消失了一样，所以外面的人经常有传言，说沙漠中有个漂移村落。

村落虽然依旧是村落，但沙漠里的河道经常改道却是常有的事。

拉桑记得，也是个夏天，烈日炎炎，汗珠没等落下就在脸颊被烤干。家里有客人，他牵着骆驼去找河水，打算打两桶给客人洗把脸。

前几天刚下了暴雨，河床又宽水又深。刚走到河边，拉桑只见两个人影面朝下漂在水面。好在还是大白天，如果是晚上能把人吓出病来。

拉桑连忙探下去半个身子，克里雅河流到这基本就已经到了尽头，水深不足肩膀，所以不太吃力，两个人就被拉了回来。

奇怪的是，这么浅的河，两个手长腿也长的大男人，怎么能溺水？

拉桑也不会急救，只好把人都扛上骆驼，一路又驮回了家。阴差阳错的，一路上骆驼颠簸，还把呛在两人肺里的水给颠了出来。

送到家的时候，其中穿着制服的那个人就已经慢慢苏醒了。

好巧不巧的是，在自家落脚的那位客人，和这位穿着制服的人竟然是一道来的。只不过一个进了沙石林，一个见天气不好便退了出来。

也是后来拉桑才知道，那位客人名叫柴国森，是个有钱的富商。

拉桑也自然而然地认为，那位没醒的小哥，和这两人也是一路的。第二天天不亮，镇上来了两辆车，就把这三人拉走了。

五年之后，再看到陆厉的时候，拉桑只觉得眼熟，毕竟五年前的陆厉始终是昏迷的状态，所以拉桑并没有认出来。一直到他们一行人离开三日之后，柴国森和曹华之带了很多人找到自己，让自己带路，去克里雅河的尽头，拉桑这才认出来，柴国森是当年留宿过的客人。

曹华之在柴国森的面前出手很阔绰，加上拉桑始终都沿着河水居住，对河流走向十分清楚，想要找到克里雅河的尽头并不是什么难事。

车上拉桑无意中听曹华之说过那么一句：陆厉这小子就不应该活过十八岁。

陆厉，这个名字拉桑很熟悉。但人在车上的时候，拉桑并没有表现出任何异样。

一路上也很顺利，汛期将至，河水尽头又向前绵延了几公里。一行人就在尽头处安营扎寨，好像在等待什么。

回去后不久，暴雨来了。

连下了半日的雨冲散了羊群，拉桑也只能带着达姆离开居住地。曹华之给的那两万元，完全不够在镇上安家，逼不得已，拉桑才会打去要钱的电话。

人都得给自己寻个活路，曹华之不给，那就换条路走。

但意外的是，陆厉在听到这些话的时候，并没有显得十分意外，语气始终平静，好像早有预料一样。拉桑心里预想了陆厉可能会问的话，但最后他都没问。

只是和自己要了银行账户，说明天一早就会把钱汇过来。

挂了电话拉桑心里有些不安，就这么简单？

祭台里写过，暴雨来临之时，祭台五年开一次生门。这所谓的生门其实也是水门。暴雨会让克里雅河的尽头顺着地势流入沙石林，河水连通地下水，祭台下的水潭就变成了通往外界的出口。

五年前，陆厉从这里出去，五年后也是如此。柴国森五年前无意中知道了这一条通路，于是精心谋划了五年，让所有人旧路重走。

……

黎漾睡不着，爬到了屋顶。从瑶寨看，夜晚的星星又大不相同。短短数日，自己竟然从西南去到西北，如今又坐在这崇山峻岭之间。

陆厉挂了电话在院子里找了一圈，最后看见了蹲在屋顶的人。

"怎么？睡不惯？"陆厉轻手轻脚地爬到黎漾身边。

"不是睡不惯，就是突然有枕头有床的，睡不着。"黎漾看着屋檐下星星点点的烛火，从各家各户的窗户里透出来。

"他们都是古遗族人吗？"

陆厉也许多年没见过这画面："是啊，也有外面搬来的，嫁进来的姑娘，或者来娶亲的小伙子。"

"你们这还让娶外面的媳妇呢？"

"怎么不让，也不是什么吸血鬼家族，普普通通的老百姓，大家想怎么活就怎么活。"

这是陆厉一直以来的希望，希望住在这里的人能卸下压在心里的大山，轻轻松松地生活。但总会有反对的声音，曹、严两家始终都在拿光复当口号，煽动灭国的仇恨，实则都是为了满足自己的私欲。

"就快要满月了，五年一次的国运祭典也快到了。"

几百户人家，错落有致。黎漾起初并不能理解，陆厉为什么会愿意为所谓的家族甘愿冒险，进沙漠搏命。如今坐在这明白了，一簇微光下，就是一户团聚的人家。当身后有人的时候，自然而然就愿意走在前面冲锋陷阵。

"接下来你打算怎么办？"黎漾问。

"你能帮我个忙吗？"陆厉突然表情严肃，难得的言辞恳切，这突如其来的请求让黎漾下意识地直了直后背，只感觉有千斤重担，沉重，还有点跃跃欲试。

陆厉想要把人送出去，即便曹华之把整个瑶寨翻了个底朝天，他也照样有办法。

把人送到渡口后，黎漾一步三回头。

陆厉身子挺拔，站在月光下。江面的水纹灵动，映在他的衣服上，整个人似动非动。

看着车子越走越远，齐叔才开口："这么大的事，保不齐不能回来了。"

陆厉只是沉沉地望着："她会回来的。"

……

找人的业务是黎漾的老本行，做起来也轻车熟路。

到了陆厉给的地址之后，黎漾没急着去做正事，而是先溜到了一家铜锅涮肉，点了满满一桌子的菜，看菜单的时候，是少见的认真。走之前陆厉给塞了些钱，足够黎漾吃上一年。

"麻酱烧饼多大？"

服务生看着本子上写满的菜单，好言相劝："你一个人吃的话，来一个尝尝就行。"

黎漾听了之后点点头："那先来四个，吃不完我打包。"

翻腾的铜锅摆上来，热气逼人。黎漾环顾四周，挑了最嫩的小羔羊肉下进去，左右点了两下水，羊肉变色就可以捞起来吃了。有的肉卷贴在铜锅上，瞬间焦化，黎漾细心地用筷子一点点抠下来，再蘸了麻酱下肚。

氤氲的热气里，桌子对面也坐下来个人，抬眼一看，是于雷。

黎漾的筷子停在空中，隔着雾气只看见一张别人欠了他八百万的脸。

"你怎么来了？"

"厉哥让我看着你，怕你耽误事。"

"他这个人怎么把人……"

看得这么透啊。

锅里飘着羊肉的香气，一块毛肚转了两圈，再不捞就要老了。

黎漾两手摊开摆了一下："那现在怎么说？"

于雷干脆招呼服务员："您好，这桌添一副碗筷。"

名义上是要看着黎漾，其实也没那么严肃。厉哥那句话怎么说的来着？啊对，寸步不离，再把人好好地送回来。但总归意思大差不差，寸步不离，那不就是监视的意思？

两人要去的地方离涮肉的地方不远，"水心斋"的名头也响当当，问了店家怎么走之后，两个人就顺着胡同一直往里。

店面古色古香，门口坐着一位摸鱼编手串的伙计。

"你们老板呢？"黎漾进去便问。

小伙计头也没抬，把一只九眼天珠穿进刚编了一半的绳结里："咱们这是古董铺子，进来都是找瓷瓶建盏字画的，进来就找老板的就只有一类人。"

"哪类人啊？"

“找事的。”

“你废话怎么这么多？”于雷火气上来，指着小伙计就往前上了两步，却被黎漾一手拦住。

“你这是马仔的职业病吗？”

于雷没听明白这话是什么意思，香港电影里的古惑仔不都这么演的吗？难道演技很拙劣？

“就跟老板说，古遗陆氏有人来找。”

第四十二章　水心斋南宫骁

小伙计一听，放下了手里的东西，从上到下打量这两个人。磨蹭了半晌，打了个电话，起身："十分钟之后到堂后来。"

于雷忍不住接话："连洗漱带换衣服的，十分钟那收拾得正经挺快。"

黎漾不想和他耍贫嘴，自己找了店里的休息区坐下，于雷也贼兮兮地靠过来。

"你和厉哥，是从哪出来的呀？"

黎漾一边撑着脑袋一边抬眼："你不知道？"

"那我哪知道，再说了这也不是我能知道的事啊。"

"那你还打听。"

两句话给于雷怼住，让人再没有想和她交谈的欲望。真是冤孽，还没过上两天逍遥自在的日子，就又被叫回来受气。陆厉这人也是有眼无珠，大家都是古遗族出来的，从小都在瑶寨里长大，大事小情不让自己知道，反倒都叫这个半路冒出来的女人知道得一清二楚。

十分钟左右，那小伙计端端正正地出来叫人，一路把人带到了堂后的二楼。于雷也想跟上去，却不料被拦在了楼梯口。

"南宫先生每天只见一位客。"

"那不行。"寸步不离，是陆厉嘱咐的。自己虽然喜欢偷懒耍滑，但陆厉交代的事，还是得打起精神照做。

黎漾心里也打鼓，不管怎么说是在别人的地盘，旁边有个人，总比只有自己要好。但有些事，既然陆厉没说，似乎是不该让于雷也知道。

"你在这等我，有事我喊你。"

楼上房间里的摆设很简单，正对着楼梯口的是一张足能遮住整间屋子的屏风，屏风上的花鸟鱼虫可谓乱绣一气。

听说这位"水心斋"的老板深居简出，很少见外人。只知道年纪三十一二岁，其他的外界一概不知。

南宫骁这时候走出来，手里端着个铜碗，里面是扭动着缠在一起的蚯蚓。看见黎漾上来，自来熟地直接示意她坐。

自己则走到桌子旁，掀开上面盖着的黑布。

一个半米高的透明玻璃圆缸，里面竟然密密麻麻地养了几十只手掌长短的蝎子。蝎子身下铺着一层细沙，细沙上又盖有碎石和煤炭渣。

黎漾看见那几十个勾起的尾巴，头皮一麻。这人怎么还有这么古怪的爱好，放着小猫小狗不去养，养这东西，吃也不能吃，碰又碰不得。

南宫骁敲了敲缸壁，用镊子从铜碗里夹出两只蚯蚓扔进去。里面的蝎子动作十分迅捷，三两下就把一只完整的蚯蚓撕扯开，尾巴高高扬起，好像在释放危险的信号。

"这东西看着吓人，喂了两天还觉得挺有意思。"

"呵呵。"黎漾干笑。

这一声，让他总算想起来还有个人在等着，把铜碗递给小伙计，自己擦擦手坐过来："你们哪位是古遗陆氏的人？"

"都不是，我来是帮他们带个话，有事相求。"

南宫骁身子靠在椅子上："古遗族现在是这种礼节？求人都不亲自来了。"

"陆厉说，青铜古镜在瑶寨。"

南宫骁总算被吊起了兴趣，微微蹙眉："哪来的？"

"古遗族族宗上写的，阴阳祭台，古镜在阴祭台里。"

"阴祭台在哪？"

"塔克拉玛干，沙石林，地宫。"

"怎么取的古镜？"

"石碑上有暗文，按下去就行。"

"暗文怎么说？"

"幽女后人以血启，以血封。承毁古镜者，古遗陆氏。"

南宫骁定定地看了黎漾一会儿，有些难以置信："你们还当真进去了，还能活着出来。"

这是这件事非黎漾来不可的原因，陆厉虽然不知道南宫骁对这件事知道多少，但如果问起沙漠里的各种细节，也只有黎漾可以复述。

且如果说，这个时候还有什么力量可以帮助自己的话，或许只有南宫家。

早在当年张本见承袭《蚩尤残卷》的时候，残卷中就已经缺失了青铜古镜的部分，为了避免不必要的麻烦，张本见并未对外透露这一消息。所有人都认为，九大护国神器，《蚩尤残卷》中均有记载。

张本见后来得知，缺失的青铜古镜部分，辗转遗落到了某个边陲小国，随着小国的覆灭，那一部分的残卷也烟消云散。

直到南宫骁的养父南宫无量接管"水心斋"，破解了《蚩尤残卷》的秘密，立誓要寻齐九大护国神器，包括那一枚不在残卷记载中的青铜古镜。没人知道到底是什么样的秘密，外界只传说，在南宫无量之后，《蚩尤残卷》消失。也有人说，《蚩尤残卷》变成碎片，散落各地。更有人说，《蚩尤残卷》仍然还在"水心斋"，被南宫骁私藏。

显然，柴国森和李拐子，都对第二种说法深信不疑。

也就是在南宫无量寻找九大神器的时候，意外得知了不少关于当年遗落的残卷的消息，了解到了栖身于大山的古遗族，和那枚古遗族人锻造出的青铜古镜。

南宫无量得知青铜古镜关乎着整族人的兴衰存亡，一旦出现意外便会带来不小的伤亡，于是对后人立下规矩：九大神器，青铜古镜不能碰。

南宫家是除了古遗族之外，对整件事的来龙去脉最为了解的人。但这么多年，南宫家始终没有向外透露过任何有关青铜古镜的秘密。南宫无量在世时如此，南宫骁接任后也是如此。

虽说古镜只能由陆家人重启，但凭南宫家的本事，想要解决这个问题也易如反掌，但南宫骁没有，他始终恪守着南宫无量留下的规矩，严守青铜古镜的秘密。

"幽女当年拿到的青铜古镜残卷并不完整，落下了最重要的一页，那一页只有你有。"黎漾定定地看着南宫骁，语气肯定。

这是陆厉教给黎漾的话，陆厉并不知道那一页在哪，只是族宗里曾提到过，青铜古镜的锻造过程起初很顺利，但到最后雕刻的时候，七眼麒麟的眼睛无论如何都无法雕出神态。后来古遗族的工匠只能费尽力气找来南山红宝，镶嵌在麒麟最当中的眼睛上。

所有麒麟和龙的雕刻，点睛都是最后一笔。陆厉猜测，工匠之所以会有这种感觉，很有可能是青铜古镜残卷的最后一页和下一部分首尾相接，导致幽女拿到的并不是完整卷。

南宫骁恢复平静："我不动青铜古镜，也不意味着我会帮你们。凡事冥冥中自有定数，无论是国运复苏，还是家族覆灭，各人都有各人的缘法。"

果然如陆厉所料，还是诈出了南宫骁的态度。

"你这话说得不对。"黎漾反驳，"南宫无量收养你之前，你觉得你的缘法是什么？是挨冻挨饿，吃了上顿没下顿，还是没有学上，走进社会后大字不识一个？这本是你的缘法，但他把你收养了，你成了这"水心斋"的继承人，你自然不用去续你的缘。古遗族人的缘法是什么？是等着青铜古镜重启，预言成真，然后家族覆灭吗？但如果你肯，这就不是他们的缘法。南宫无量救你，陆厉也想救他们。"

黎漾察觉到自己的情绪有些激动，稳了稳心神后说："青铜古镜只能毁掉，一旦重启后果不堪设想。九大神器，残卷缺少的这一册，一旦毁了就会彻底消失，你当真不想看看？"

黎漾是个很好的谈判专家，无论哪一个点，都刚刚好说到了南宫骁的心里。如她所说，古遗族的青铜古镜，是《蚩尤残卷》中，古镜那一册存在过的最后痕迹，一旦销毁，便再无古镜。南宫骁想着，又走到那个养满了蝎子的玻璃缸前，挑出两只蚯蚓去喂。

"那你呢，你为什么会管这件事？"

"哪有那么多为什么，为什么车能走，为什么鸟能飞，为什么我是女的你是男的。什么事都要问为什么，人都累死了。最后一页，你给不给吧？"

南宫骁一时间竟然没能适应这种态度上的反差，刚才还好言相劝，怎么一句话不和就变了张脸。

南宫骁手指一推，原本戴在食指上的一枚翡翠环就掉进了蝎子缸里，顺着碎石缝隙滚了两圈，落在了最下层的细沙上。

"哎呀，你看我，还把戒指掉了。"

这样的阴阳把戏，黎漾这些年也是见得多了。有人存心要难为你，别说把戒指扔进蝎子缸，就算是土豆淀粉里洒了玉米淀粉，都能端着让你挑出来。

黎漾起身往外走，想留他一个人去喂虫子，但刚走了两步，就想起陆厉在地宫里，流着血还要拉住自己的手，想到屋顶上陆厉说的那句话。

"……普普通通的老百姓，想怎么活就怎么活。"

想到这儿，黎漾又毫不犹豫地转身走到了南宫骁面前。身高上有些差异，但黎漾站得直直的："我给你拿出来，你就肯帮忙是吧？"

……

于雷发来消息，确认黎漾进了"水心斋"后，陆厉装作不知情地去了一趟曹家。曹家里里外外还是忙成一团，找人的也有，忙着叫家庭医生的也有。

曹华之的那位续弦，病情发展得很快，昨天夜里已经有了啃食自己的迹象。曹宅里的人没怎么和外面接触过，也是第一次看见这场面，都慌张不已。

看见陆厉来，曹华之的头更疼，本就忙活不开，他这个时候还来添乱。

"我带了陆家的大夫，给婶婶看看。你许多年不回来，这种事遇到的也少。老何有经验，最起码开点镇定的药，先让人好好休息休息。"

曹华之本来还想说点什么，却被一通电话打断，看见电话上的名字，只能偷偷摸摸地背着陆厉去接。

陆厉喊来曹家的保姆："走吧，带我去看看这位新夫人。"

后院新隔出来一间屋子给这位续弦住，床板几乎用的都是曹华之当年离开瑶寨之前的旧家具，随着女人挣扎的动作，咯吱咯吱地响。床边手忙脚乱的女人，是从外面带来的保姆。从这位新夫人过来，就负责照顾她的吃穿住行。可这保姆在外面也从没见过这种场面，显然是已吓得慌了神。

老何拿着听诊器坐在床边，翻看这位夫人身上的伤口。

陆厉若有所思地提起："她发病之前，你们都去过什么地方吗？"

保姆摇头："没有，一直都在院子里。吃的用的都是自己带来的，就是……"

"就是什么？"

"就是来之前，曹老板说要去云南会客，从见完客人回来之后，太太就说嗓子不舒服，身上也发痒。"

老何看了保姆一眼："那差不多就是发病的前兆，村子里发病的人也有过这种情况，先是觉得嗓子痒，止不住地咳嗽，紧接着就是身上发痒，怎么挠都没用。"

"云南？你还记不记得，是云南哪里？"

"是座山，我没跟上去，和司机一直在半山腰等着。"

"再好好想想，是什么山。"

那保姆在慌乱之中，搜索当天的记忆："很奇怪的山，看着让人眼晕，地上的草和树都绿得发光。"

陆厉几乎可以确认，这个保姆说的，就是李家寨子的化尸窟。

现如今，已知的地点有四处：

李家寨子的化尸窟、龙王潭、新疆塔克拉玛干沙石林、瑶寨。

这四个地方，一定存在着某种关联，让进到这里的人，会偶发性地发病，与此同时，接触到了病源的人，也会进入发病的潜伏期。

古遗族族宗上，有两张地图标记着化尸窟和沙石林的位置，但对于这两张地图，前后文并没有过多交代，只是穿插在李氏的故事之中，突然附上了两张图。

陆厉始终觉得，古遗族族宗是经过某种加密处理之后的记录。不然为什么上面记载的东西看起来既有序，又杂乱；既清楚，又不清楚。

想到这，手机里突然收到了一条短信。

——化尸窟已经清理，三日后会合。

陆厉照例删掉了短信，把手机放回口袋。

……

南宫骁本以为黎漾会一走了之，但没想到仅用了几秒钟的思考时间，就能让她狠下心来站在自己面前。

"你肯拿出来，我就答应你。"

南宫骁并不喜欢养蝎子，又丑又没灵性的东西，养起来也没什么成就感。但他喜欢喂它们吃东西，看着它们用尾巴竖起利刃，但又只能被自己困在小小的缸里。

就像黎漾现在的样子。

"好，我给你拿。"

黎漾抬手挽起袖子，想也没想，就伸出了胳膊，没有丝毫迟疑地直接触到了缸底。可能是因为动作过于迅速和坚决，反而把围在一起的蝎子吓得一哄而散。

抬手抓起一把上面的碎石和沙土，黎漾只觉得有无数只蝎子在自己手里逃窜，只能强压着心里的恐惧，钩上了那只翡翠戒环。

随后，东西被重重地放在了旁边的桌子上。

"但愿它价值连城。"黎漾说。

第四十三章　金银满库

何三娘进到别院的时候，陆厉还在交代齐叔一些事，看见姑母进门，忙打发了齐叔。

"什么时候回来的，也不回家。"何三娘兴师问罪，和齐叔擦肩而过的时候，看了齐叔一眼。齐叔心里暗道不好，估计发作起来要拿自己开刀，连忙加快步子去办陆厉交代的事。

"昨天晚上，太晚了怕打扰您睡觉。"陆厉从位子上走下来，迎着何三娘去沙发上坐。

说起来姑母已经快要到六十岁的年纪，但精气神上还是一点不显老。细细的眉毛，眉峰高挑，任谁看了都得说，不是个面善的老太太。

但陆厉这次再见，倒是觉得姑母有了些疲态，不如当年。说来五年不长也不短，自己在外面，族里大大小小的事，都得让她一个人去应付。

"这次是为着什么回来的？"

何三娘了解自己这个侄子，认准了的事情不达目的不罢休，只要国运的事情没解决，八匹马都拉不回他。

三言两语，又不知道这一路的经历该怎么说，不是存心隐瞒，只是有些事知道的人越少反而越安全。即便是这几年一直都跟随在自己左右的于雷，陆厉也没有把任何事与他和盘托出过。独自行走五年，只有黎漾是个例外。

"国运会复苏，是因为阴祭台的青铜古镜被拿走了。"

"你走后这些年，族里一直都在传，说古遗族族宗上有规矩，能拿回青铜古镜的人，会是下一任山主。"

想也知道，这些话是谁传出来的。族宗只能由陆氏看管，所以上面写了什么也只有陆家人才有可能知道，这是权威的保障，也是最大的弊端。

一旦族人对幽女后人的信仰动摇，对族宗的真伪也会开始怀疑。族宗上是否有那句话，只有公开族宗的内容才能自证清白。这也是曹、严两家最想看到的局面，不公开族宗，山主由找到青铜古镜的人承袭的传言就会越传越大。公开族宗，古滇国覆灭的真相和青铜古镜的事情就会昭告天下，古遗族人怕是再也难过上安生的日子。

何三娘是外姓人，自然也没有机会得见族宗。她忧心地说道："想也知道这话是谁传出来的，曹华之虎视眈眈，明里暗里地打听过许多次祠堂内金银库的事。"

自从古遗族开始可以自给自足之后，几十年来金银库都没开过。只有恰逢天灾水患、粮食不产的时候才会开库放钱，到陆厉接任山主之后，几乎没有遇见过类似事情。

"无所谓谁来做这个山主，陆氏也好，曹华之也好，如果能让族人过上安稳太平的日子，也没什么不行。但眼下看来，曹华之绝不是为了让大家过得安生才想当这个山主。阴祭台上有预示，青铜古镜一旦被重启，后患无穷，势必要毁掉。"

何三娘有些担心道："但是现在族里的人都觉得，古镜才是能让古遗族重新昌盛的根本，如果你执意要毁掉……怕是要背骂名。"

"那已然是最好的结果了。"

……

曹华之焦虑地在屋子里踱步，旁边客人位置上坐着古遗族的另一位旗主，严翔。

新夫人的保姆表情着急，说话也打结："他们都管他叫山主，我想着山主问话我总不能不回，再说了他也没说什么……"

"他没说什么？但你可把话都说了！我早怎么没发现你记性这么好，去哪了、什么样你都能记住！"

"他也是关心夫人的病，还叫大夫给仔细看了……"

"他关心什么？我从小看着他长大我还不了解他，他除了他自己，他关心过谁？"

严翔放下茶杯打断曹华之："行了行了，听你在这喊了一早上了，你不累我还累呢。"说完朝保姆使了使眼色，让人先下去。随后自己站起身，走到曹华之的身边。

"眼下他知道什么了都不重要，就算是知道你们去过化尸窟又怎么样，没准他觉得事情不对还能亲去一趟，一来一回，又耽误了不少时间。"

"我就是着急，这眼看着就要满月了，又是祭典的日子，不能出什么乱子吧？"

严翔好像突然想起了什么："柴国森送来的另外几个人呢？"

曹华之压低了声音："都好好关着呢，就跑了一个丫头。"

"看住了，柴国森说了，留那几个人有用。"

"这个柴国森，老子早就看他不爽，敬着他说了几句话，还吩咐上我了。要不是现在还有求于人，早不留他。"

严翔看着曹华之恶狠狠的样子，并未搭话。

要说柴国森为什么会搅和进这件事，都是曹华之亲手把人拉进来的。

早些年两个人在新疆盘货的时候，都进过李拐子的易货行。刚巧易货的那一天，台子上摆的，正好是他俩的货。一来二去的，两个人就混熟了。连带着易货行的李拐子和钱婆，时不时地都能凑到一块吃个饭。

但曹华之和李拐子处不熟，两人都是直话直说的性子，李拐子觉得曹华之肚子里没半点墨水，曹华之觉得李拐子像个倔驴，说话难听，反倒是八百个心眼子、有话从来不直说的柴国森更对曹华之的脾气。

一来二去的，曹华之在柴国森面前说话也就没了防备，把青铜古镜的事就都说给了柴国森听。柴国森心思细，没单纯地把这些话当成酒话，反而暗自记了下来，开始背地里调查。

曹华之酒醒之后也开始后悔，但是说出去的话也收不回来。柴国森煽动曹华之，要他取代陆厉的位置，自己去做山主。柴国森有自己的算盘，只有曹华之做了山主，自己才能有利可图。

曹华之起初并没真动心思，毕竟千年来对陆氏的信任在族人的心里已经根深蒂固，想要撼动并不是简单的事，直到村里开始陆续有人发病。

对疾病未知的恐惧，让所有人开始对国运复苏的事产生怀疑。曹华之趁着这个时机，对外宣称，只有重启青铜古镜才能复兴古遗族，只有复兴古遗族才能解决病源。他对外谎称，族宗上有规矩记载，找到青铜古镜的人，就可以继任下一任山主。这种种计谋，其中都有柴国森的谋划。

慢慢地，族内的人对陆氏的信任也在逐渐动摇。而这，只是柴国森和曹华之计划的第一步，毕竟承袭古遗族最重要的一步，就是青铜古镜。

在陆厉第一次进入沙石林的时候，柴国森就派出了以顾卫东为首的队伍一路随行。曹华之也把自己的亲儿子安插到陆厉的队伍里，为的就是可以和柴国森的队伍取得联系。

结果在沙石林中，陆厉一行人全部覆没，只剩下身受重伤的陆厉。外面的柴国森看见巨鸟攻击沙石林，以为里面的人遇袭，自己逃之夭夭。

但没想到顾卫东把人救了下来，带进了地宫。事实也证明，如果没有陆厉，根本不可能找到祭台，也根本不可能打开机关。但机关打开，里面空空如也。

没有《蚩尤残卷》，没有青铜古镜，什么都没有。

顾卫东和陆厉在被大水冲进了地潭之后，竟然在克里雅河的尽头处浮了出来，还意外遇到了借住在达姆家里的柴国森。

或许一切冥冥之中自有天意，柴国森开始认为，自己注定就是局中人。

就连曹华之也不知道，柴国森是从哪里弄来的青铜古镜。回到瑶寨之前，柴国森还特让自己去了一趟李家寨子，看了一眼那枚传说中的青铜古镜。背面刻着一只七眼麒麟，七只眼睛用红色玛瑙点缀，黑暗里隐隐闪着红色的光。

曹华之想把青铜古镜带回瑶寨，但柴国森说如今还不是时候，要等到国运祭典的那一刻，在所有族人的见证下，曹华之拿出这枚铜镜，才能顺理成章地承袭山主的位置。柴国森要他放心，青铜古镜只有被陆氏后人的鲜血重启后，才能拥有神力。所以即便柴国森有其他的心思，凭他一个人的力量也无用。

满月的时候，柴国森会想办法让陆厉回到瑶寨，帮曹华之完成古镜重启的仪式。

曹华之不是没有怀疑过柴国森的初衷，他如此费尽心血身先士卒，到底为的是什么呢？但柴国森也适时地提出条件，一旦曹华之掌管了古遗族，金银库的财宝，柴国森要分一半。

但柴国森不知，金银库的财宝只是小部分。只要做了山主，曹华之就会拥有族宗里记载的全部宝藏，单单把金银库里的给他又何妨。

但一晃五年过去，曹华之心里的怨气越来越重。不但事事都要听柴国森的安排，甚至连说什么做什么都要被约束，自己倒像个傀儡。

曹华之如今只等着祭典一过，就一脚踢开柴国森。

第四十四章　国运祭典

大概从早上七点，就已经开始有人在准备月圆夜的祭典活动。早些年祭典的流程比较复杂，从下午一点开始，就要净手。先捕蝉归笼，再放生灵龟，然后再开始供奉历代山主，七盘大碟，五盘小碟，逐一磕头。最后用白布集五年内族中所有降生的儿童的指尖血，在始祖幽女灵位前焚烧，以告幽女，古遗族繁衍至今，香火不断。

第一只灵龟到达寨口，才可以开始摇灵龟卦。一般到了这个环节，基本已经是深夜。

灵龟卦只有数字，要按照宗祠内留下的试问天书破解，才能得知卦象最终的意思。

一早开始，族里就已经有人议论纷纷。曹华之接任山主，基本已经是不宣的秘密。就连陆家宅院里的人，私底下也已经传开了。

陆厉面朝着前厅正门坐着，阳光洒进来落在腿上。身后一墙之隔的阴影里，同样坐着一个人。

"柴国森把青铜古镜带来了，晚上的时候会出现在祭台上。那几个人都在他手里，他也知道怎么能让人发病，到时候他会逼你重启。如果你不同意，他就会让这里所有的人都患病。"

陆厉垂了垂眼问道："他没怀疑你？"

身后的人摇摇头，随后意识到陆厉看不到才又开口："不知道。"

或许从柴国森用黎漾的性命威胁顾卫东的那一刻起，顾卫东才真正意识到，和自己做交易的到底是什么人。

自始至终，顾卫东都知道陆厉是谁。

当时紧跟着他进沙漠，眼看着他受了重伤还拼死保护同伴，眼看着他后背被巨鸟抓了个血窟窿，还死死地护着那个早已经咽了气的人。顾卫东不是没想过，要利用这样的人，到底是对是错。

直到救下他，一路走进了地宫。地宫里每隔三个小时，就会发生一次震动，周围的石壁还会亮起绿色的荧光。奇怪的是，那光就好像会影响人的心智一样，让队友发狂，互相厮杀。但好在陆厉对这种光免疫，拖着自己仅剩一丝力气的身体，从发狂的队友手里把顾卫东救了下来。

两个人互相搀扶着走的时候，顾卫东还开玩笑，说出去之后要给陆厉颁个见义勇为奖。但陆厉没承情，嘴硬说自己这么做，是因为一会儿还要有求于他，万一自己死了，也得找个能把话带出去的人。

这嘴硬又心软的性格，让顾卫东有些慌神。大概是有些像黎漾，明明胆小心善，还总要装出一副懒得管别人死活的样子。

祭台翻转，赑屃的机关被陆厉打开，那枚传说中的青铜古镜也在黑暗中闪烁着金属独有的光。陆厉取出古镜的同时，雨水倒灌进地宫。最后关头，是陆厉推他进了水潭，两个人才能逃生。

出去之后，顾卫东因为受伤比较轻，先一步醒了过来，竟然意外地在牧民家里看见了逃得老远的柴国森。顾卫东从陆厉身上翻出了那枚青铜古镜，递给了柴国森。

那是顾卫东第一次在柴国森的脸上看到那么赤裸的贪婪，他忽然警觉，自己是不是做错了什么。所以在柴国森让自己把陆厉放在龙王潭的时候，顾卫东和陆厉换了衣服。

如果陆厉能醒过来，或许会顺着自己的衣服找到自己，或许那些自己想说又不能说出口的真相，会有机会说出来。

但陆厉失忆了，事情突然开始变得更加复杂。

顾卫东这些年只能活在不见光的地下，等待事情的转机，好在，一切都快要结束了。

"柴国森当年没有杀我，为的就是这一天。能一直留你到现在，为的也是这一天。他始终不确定你在地下祭台到底看见了什么，有没有完全对他说实话。只有青铜古镜顺利重启了，他才敢放心地除掉你。"

顾卫东声音沉沉道："无论如何，今天晚上都是最后的机会。"

"你什么时候下定决心要反抗柴国森的？"陆厉一直很好奇。

"因为我发现，柴月萌的病，和青铜古镜毫无关系。她是遗传的癫痫，所以才会被亲生父母遗弃。柴国森领养她的时候并不知道。她那天会突然失控，只是癫痫发作。找女儿一直都只是借口，让我去帮他拿青铜古镜的借口，掩饰他暗中调查这一切的借口。"

顾卫东第一次联系上陆厉的时候，是在陆厉准备带着黎漾动身前往库尔勒的时候。那个快递包裹，是顾卫东的投名状，也是他给黎漾准备的护身符。顾卫东知道，事到如今，只能选择相信陆厉。

但即便在看到快递之后，陆厉依然没有相信顾卫东的话。直到再次从龙王潭醒来，陆厉才记起了当时忘记的一切。

"我总得弥补自己犯下的错，今夜一过，一切就都结束了。"

陆厉看向了远处的正在做准备的祭台，喃喃自语："是啊，都快要结束了。"

……

祭台临水而建，四周插着古遗族的旗帜，三角旗，上面绣的是一只威风凛凛的七眼麒麟。寨口传来灵龟已至的消息，可以开始摇卦了。

瑶寨所有的人都已经早早地围在祭台下，地上站不下的人已经挤在了水边的竹筏上。大人把孩子扛在肩头，都等着看这一场重要的祭典。

曹华之和严翔已经分坐在两旁，正中的主位空着，等着陆厉。午夜子时，黎漾还没回来，陆厉整整衣襟，看了一眼祠堂内所有供奉的陆氏排位，随后拿起手边的木盒，转身走了出去。

陆厉落座，齐叔喊："请，试问天书。"

族里两名青年男子，抬着两根缠了红布的竹子，把一块石尊抬出，放在祭台的正中央。族里近五六年出生的孩童都是第一次看见这画面，显得十分新奇兴奋。反倒是家中的大人，个个都面色凝重。

齐叔把灵龟卦递给陆厉，陆厉抬手接过。

所谓的灵龟卦是一只上下甲都齐全的龟壳，但里边是空的。这灵龟卦，传下来到现在已经有千年，见证了古遗族的兴亡，也见证了这个民族的风雨飘摇。

陆厉刚刚接过，曹华之这个时候却突然站起来。

"开卦之前，我有几句话想问。"他一边说话，一边大摇大摆地走上祭台，站在陆厉身边，"我想问陆氏后人，自从上一次国运兴的卦后，你说离山去寻找青铜古镜，这古镜你找到了没有？"

陆厉看向前方："没有。"

下面顿时传来了窸窸窣窣的议论声，曹华之得到了想要的答案，继而又问："那传说中族宗里有规矩，找到青铜古镜的人，就能接任山主的位置，这传言是真是假？"

"族宗里没有这个规矩。"

"好，那族宗现如今在哪，能不能拿出来公示一下，也好堵上那些说闲话的嘴。"

"族规，古遗族族宗，只能由陆氏掌管，不能外示。"

曹华之挑事一样，故作不解的表情，转身去煽动族人的情绪："那是真是假，总不能你们陆家一人说了算吧。"

下面这时候冒出了几个曹家的人，在人群中一唱一和，逼着陆厉拿出族宗。

曹华之却在这个时候摆摆手："那我看这样吧，你不拿，那我来拿。"

柴国森这个时候从人群中站起来，手里拿着一个雕刻精致的小木箱，木箱打开，泛着光的青铜古镜，完整地躺在盒子里。陆厉只看了一眼，就能确认这就是地宫下面，五年前自己拿出来的那一个。

曹华之想要伸手去拿，柴国森却一个顺势扣上了木箱。

"大家听我一句，我虽然是个外人，但是听说了这件事之后也很着急。陆厉不说，但我想把实话告诉大家。幽女在古镜旁留下一句话：幽女后人以血启，以血封。国运祭典，承毁古镜者，古遗陆氏。大家都知道，想要国运昌盛，就必须要重启青铜古镜。那反之呢，毁掉古镜，古遗族就会覆灭！这么多年，陆陆续续发病的族人，还不能说明问题吗？如今陆氏捏着你们的命，你们说，这青铜古镜是不是该重启！"

那些发病的人，是在场族人的儿子、丈夫、母亲等，柴国森捏准了这一点，让所有人都相信了他的话。底下不知道什么时候传来了反抗的声音："你们陆氏要真的为我们着想，就重启青铜古镜！"

陆厉不急不躁，安抚所有人的情绪："我们在十万大山过了千百年，耕地，铸铜，读书，嫁娶，兴亡难道是一面镜子可以决定的吗？"

"那你怎么解释族里的病！"

"对啊！怎么解释。"

柴国森开口："我的女儿，也是因为这种疯病去世的。所以我很能理解你们的心情，所以在严翔和我说了寨子里的情况之后，我就发誓，我这一生一定要找到青铜古镜。不为了给谁交代，就为了给我自己，给我女儿一个交代。"

曹华之对柴国森这突如其来的反水措手不及："柴国森，严翔，你们两个在这玩我呢？"

对于曹华之的利用价值，到这里已经油尽灯枯，柴国森连看都没有看他，转身靠近陆厉，用只有两个人能听见的声音道："我知道你什么都知道了，当初的事都是曹华之指使，只要你同意重启铜镜，我答应你还是古遗族的山主，荣华富贵，我们两个分。"

想到青铜古镜操控人欲望的能力，柴国森就觉得这五年的苦心谋划没有白费。如今无上的权力和财富就在自己眼前，这感觉让他血脉偾张。

"那你有没有想过你女儿，荣华富贵的大梦深处，她有没有喊你救救她。"

柴国森的眼神冷了下来，看向陆厉的眼神再次充满敌意："你觉得那个白头的老学究有没有喊你救他，还有那个美人，那个新疆的小兄弟，那个疯疯癫癫的道士，哦，还有那个一口一个厉哥喊着的小女孩，他们有没有喊你救救他。"

陆厉听完之后一挑眉："他们，他们不是在我的别院里喝茶吗？"

第四十五章　终章

柴国森脸上的神经一跳，身后有人匆匆跑上祭台，对曹华之耳语。曹华之听完之后突然朝着柴国森哈哈大笑："你在这耍威风算计人，没想到被人摆了一道。"

早在祭典开始之前，就已经有人先一步去把人放了出来，送进了陆厉的别院。现在院门口有人层层看护，柴国森再想放只苍蝇进去怕是也难。

"顾卫东？是顾卫东干的？"

话音刚落，顾卫东的那双眼，就出现在了陆厉的身后，虽然戴着口罩，但那双眼柴国森不会认错，他好像在看一只笼里的蚂蚱，垂死挣扎。

意识到自己落子不慎的柴国森，后退半步："原来如此，陆厉，好大一个局啊。"但柴国森的语气里并没有慌乱，只有毁灭一切的癫狂："但是你知道青铜古镜真正的用途吗？只要我想，我可以让这里的每一个人都患上那种病，包括你。"

陆厉面上未露惧色，但内心却有动摇。

顾卫东曾说过，柴国森无意间破解了患病的秘密，多半和青铜古镜有关。但具体怎么做，连顾卫东也不知道。

看到陆厉眼中的犹豫，柴国森知道自己这最后一张底牌有效。

"摇卦吧，山主。如果卦象依旧显示古滇国国运复苏，就该你来重启青铜古镜了。"

"摇卦吧，时辰快到了。"

"快点吧，山主！"下面你一言我一语地开始催促陆厉。

灵龟卦摇三下，三张骨牌掉了出来。齐叔犹豫着上前捡起，来到试问天书旁边，去一一对照。

所有人都屏住了呼吸，翘首以盼。

"没有，卦象是空的！"

"不可能！"柴国森三步两步冲过去，看了看地上的骨牌显示的内容，对照着试问天书，"严翔！你死了吗！"

严翔看着陆厉和曹华之的脸色，缩头缩尾地从祭台下面跑上来，对照着解读。

"是空的，灵龟卦的索引在试问天书上找不到内容。"

"别跟我说这些，就说是什么意思！"

陆厉的声音自远处传来："说明国运不复存在，无所谓兴，无所谓亡，一切成空。"

不光是严翔，就连曹华之都不敢相信，扒开严翔去看卦。

"不可能，你们这什么东西，摇两下就能成真了？"

这句话犯了众怒："哪来的外姓，还敢质疑灵龟卦，滚下去！"

"对，滚下去！"

柴国森此时已经动了杀心，双眼猩红地看着陆厉："我问你，到底肯不肯重启这古镜？"

"单靠这一枚古镜怕是不行。"远远有声音传来，陆厉抬眼，看到了黎漾。

小陈撑着竹筏，黎漾站在竹筏的最前头，身后是一位身穿黑衣的男人。竹筏推上岸边，黎漾迈步从上面走下来，走到陆厉身旁。

柴国森看黎漾的眼神，是恨不得要把这个人扒皮抽筋一样的恨。

顾卫东在看见黎漾的那一刻，眼中的寒冰不再。看着她还站在这，还活着，这些年在柴国森身边提心吊胆的日子，也值了。

但黎漾并没发现他，抬起头对着柴国森："我劝你早点回去，好好当你的大老板不好吗？跑人家家里在这吆五喝六的，这么大岁数多丢人啊。"

陆厉注意到了黎漾带来的人，要是没猜错的话，应该就是南宫骁。自己只说要借最后一页，怎么连人都亲自来了。

黎漾故作神秘地挡住嘴："他说《蚩尤残卷》的实体不能外借，但是他这里有。"说完黎漾指了指自己的脑袋。

南宫骁被竹筏晃了一路，头昏脑涨，但看见这祭台的情况这么紧张，也没耽误正事："青铜古镜有两枚，阴阳双镜，双镜合并再由铸造者的鲜血封盖。是重启还是毁镜，都是你说了算。"

所以，幽女遗落的并不只是青铜古镜卷的最后一页，而是第二卷整卷的内容。古遗族的工匠只是打造出了阴铜镜，之所以会在最后雕刻七眼麒麟的时候感觉眼睛没有神韵，迟迟无法上手，是因为阴铜镜是阳刻，七眼麒麟凸起；阳铜镜是阴刻，七眼麒麟凹陷。凹凸重合，七眼麒麟的眼睛自然就会被嵌在另一面。

阴铜镜内里由天降陨石打造，外表镀铜。陨石本身具备极强放射性，稍加研磨，粉末一旦被人吸入，就能让人失去心智。发病的时间长短，也根据吸入的量多量少而有不同。

"族宗上有没有记载，当年制造古镜的废料堆积在哪？"

南宫骁的话点醒了陆厉，古时的李家寨子，的确是古遗族手工匠人集居的地方。从他们如此大面积大范围的发病来看，化尸窟中极有可能是被用来存放废料的。当年去到小神婆村子里的人，村长也曾提起过，这些人的背包似乎很重，应该也是在沙石林地下祭台里，发现了少许石料。

柴国森也正是因为四处寻找发病的人，调查发病人的共性，这才意外发现了这个秘密。化尸窟笼子里的那些人，就是柴国森的试验品。

而古遗族内，偶有的病例，如今这么看来，也是柴国森为了引起恐慌，而故意投毒。

南宫骁走到陆厉身边，两人的衣袖相接，陆厉就感觉到自己的手中多了一件冰冰凉凉的物件。

"于我而言，这只是个镜子，但对你不同。"

当阴铜镜和阳铜镜同时出现在祭台上的时候，祭台下方突然开始轻微地抖动。古遗族的工匠将沙石林下的地宫打造成了可以变换结构的漂移地宫，同时也在进入十万大山后，将祭台下方打造成了可移动的空间。

但祭台下方的可移动装置，是一种自毁装置。一旦塌陷，便再也不会恢复原貌。陆厉始终不知道如此设计祭台的原因是什么，现下大概明白了。

陆厉亮出了手中的阳铜镜，柴国森如获至宝，拼命地扑过来争夺。

"带所有人离开祭台。"陆厉回头告诉顾卫东，随后把黎漾推向自己的身后。

祭台的晃动更加剧烈，让人无法直立。

顾卫东一把拉过黎漾，但黎漾此时的注意力已经完全不在顾卫东身上。

"你要干吗？陆厉，你要干吗！"

祭台边上的所有人都被快速疏散，一时间尖叫声、祭台下方传来的震耳欲聋的轰鸣声交织在一起，原本平静的水面竟然也开始泛起水浪，一点点地朝着祭台漫延。

柴国森扑抢过来，却被陆厉一把夺下了他手中的阴铜镜。两枚铜镜合在一起，如同磁铁的阴阳两极相交，合成了一枚两面铜镜。严翔和曹华之也不肯落后，赤裸裸地拼抢，野兽一样满足自己的欲望。

黎漾试图挣脱顾卫东的环抱，慌乱中，竟然一把扯下了他脸上的口罩。

"顾，顾卫东？"五年来，苦苦缠绕黎漾的噩梦终于消散，但黎漾来不及问为什么，只是不停地说："你快救他，你快救他！"

"轰隆"一声，正中央的祭台轰然倒塌，正中央陷进深坑，烟尘四起的时候，黎漾看见柴国森掏出了匕首，一刀扎在陆厉的左腹。

鲜血如注，一滴一滴地落在了陆厉手中的青铜古镜上。原本属于古镜的金属光芒消失，取而代之的是青黑色的铜绿，瞬间爬满了镜面。

黎漾只感觉那一刀好像扎在了自己身上，心脏一阵绞痛。嗓子里被一团棉絮堵住，想叫都发不出声音。

"陆，陆厉。"挣脱开顾卫东，黎漾跌跌撞撞地爬到了祭台边缘。祭台下方深不见底，坠落的碎石压着灰尘，灰尘又从碎石中腾起，轻而易举地掩埋了所有。

黎漾想起陆厉说过的每一句话，想起他说："放心吧，有我在不会让你死的。"

明明是个连自己生死都掌控不了的人，还总想着管别人的死活。

"活该！活该！"黎漾对着深坑大骂。

"说谁呢！"

突然传来的声音能活活把人吓死，黎漾一个激灵，随后又赶紧爬到了深坑边缘。只看见陆厉一只手拉着一块斜插进地下的石板，一只手还紧紧抱着那枚暗淡了的青铜古镜。看见黎漾那张因为悲伤过度而扭曲狰狞的脸，陆厉只觉得好笑。

……

倒塌的祭台用夯土填好之后，变成了孩子们的游乐场。古树上绑着秋千，每到下午太阳落了之后，就有成群的小孩嬉戏玩耍。

随着尘土一起掩埋的，除了青铜古镜的秘密，还有关于那场祭典的一切。

原本噩梦一样的疾病消失了，真如卦象上所说，无所谓兴，无所谓亡，一切成空。

陆厉把黎漾送上竹筏，问她下一步的打算。

"大概是打工赚钱，开店做老板娘。"

陆厉点点头，若有所思。

竹筏在水面上随着水纹轻轻摆动，时不时有小鱼从筏下钻过，成双结对。

沉默了许久，陆厉开口："那我跟你一起去吧，我正好有家店。"

小竹筏漂漂荡荡，穿过大山。

一场梦起，一场梦空，那些将说未说完的话，都在路上。

（全书完）